Kim Småge

Die weißen Handschuhe

Roman

Aus dem Norwegischen
von Regine Traxel

Scherz

Besuchen Sie uns im Internet:
www.scherzverlag.de

Die Originalausgabe erschien unter dem Titel
«Kainan» bei H. Aschehoug & Co. (W. Nygaard), Oslo

Taschenbuchausgabe Scherz Verlag, Bern, 2003

ISBN 3-502-51923-4
Umschlaggestaltung: ja DESIGN, Bern: Julie Ting & Andreas Rufer
Umschlagbild: Getty Images, München
Gesamtherstellung: Ebner & Spiegel, Ulm

... und sie kam zu ihm, gekleidet wie ein Mann

Der Vorhang fällt. Tosender Applaus.

Wie starke Wellen branden die Klatschsalven gegen die Bühne, unrhythmisch und wild.

Joscha sieht, wie sich die Gouvernante Charlotta Iwanowna in die Seite kneift. Erfolg. Ein letztes Mal.

Der Vorhang wird zur Seite gezogen. Hoch oben knarrt die Schiene. Ein alter, schwerer Vorhang. Eine alte, abgenutzte Schiene. Der Zuschauerraum liegt im Dunkeln. Es ist eine lebendige, klatschende Dunkelheit. Weiße Handflächen fallen in einen gemeinsamen Takt, finden einen Rhythmus.

Die Menschenkette auf der Bühne beugt sich nach vorne, verneigt sich, dankt. Wieder das Knarren der Schiene. Staub rieselt aus den schweren Stofffalten, wirbelt jäh auf, als das Publikum aufsteht und weiterklatscht.

«Teufel!», zischt der Gutsbesitzer. «Das nenne ich einen würdigen Abgang. Lächeln, Leute, lächeln!»

Zahnfleisch wird entblößt. Sie lächeln. Sechzehn Menschen in einem Zimmer, das angefüllt ist mit Aufbruch und Reise: leere Wände, gestapelte Koffer und Kisten, vorhanglose Fenster. Und hinter den Fenstern liegt der todgeweihte Kirschgarten. Zweiunddreißig Abende durfte er blühen. Jetzt wird man ihn auf den Mist werfen. Lächeln, Vergänglichkeit, Lächeln.

Träge schließt sich der Vorhang. Ein kurzes Wippen, bevor er zum Stillstand kommt. Das Publikum verlässt den Saal. Das Geräusch der zurückspringenden Klappsitze ist wie ein letzter Applaus.

«Das muss gefeiert werden!» Die Gutsbesitzerin Ljubowa Andrejewna Ranewskaja pflanzt einen Kuss mitten in das geschminkte Gesicht des Dieners Firs. «Den ersten Schluck Champagner trinke ich aus dem Schuh!»

«Wohl bekomm's», antwortet der bucklige alte Diener. «Ich

meine, es gibt angenehmere Betäubungsmittel.» Er hebt ihren Rock etwas an und weist auf ihre Schuhe. «So eine Schweinerei! Deine Füße schwimmen ja im sauren Bühnenschweiß!» Sie klopfen sich gegenseitig auf die Schultern und gehen lachend von der Bühne.

Joscha bleibt allein zurück. Sieht auf das halb volle Sektglas, das auf einem Stuhl steht, ergreift es, hebt den Arm in einer dramatischen Geste, sagt: «Auf das Wohl derer, die gehen! Auf das Wohl derer, die bleiben!» Nimmt einen Schluck. «Das ist kein echter Champagner, das kann ich Ihnen versichern.» Dieselben Worte wie früher am Abend, die gleiche Haltung, dieselbe Mimik. Nur die Stimme ist anders. Sie gehört nicht Joscha, dem jungen, livrierten Diener. Es ist eine Frauenstimme.

Lena streicht mit der Hand über die steife Hemdbrust, berührt ihre eingeengten, gepeinigten Brüste, die dieses Versteckspiel endgültig Leid sind. Ein männlicher Diener mit einem zwei Nummern zu kleinen Hemd ist eine Sache, aber ein «männlicher» Diener mit Brüsten und Frauenarztterminen eine völlig andere. Sie lächelt. Wie viele Zuschauer ihre «Geschlechtsumwandlung» wohl bemerkt hatten, ohne das Programmheft zur Hilfe zu nehmen? Sicher nicht viele, wenn überhaupt. Verkleidung und Schminke waren perfekt. In diesem Aufzug könnte sie ausgehen und heterosexuelle Frauen anmachen.

Der Theaterdirektor war überraschend schnell einverstanden gewesen, als sie die Rolle, übernehmen wollte. Hatte es vielleicht daran gelegen, dass es nicht genug junge Männer im Ensemble gab? Einige Kollegen hatten befürchtet, dass die Figur ins Parodistische abrutschen würde, und das durfte man dem guten alten Tschechow keinesfalls antun. Eine unfreiwillig komische Figur würde nur die Aufmerksamkeit von Firs, dem alten Lakaien, ablenken. Er bleibt am Schluss allein zurück, verlassen und vergessen wie ein altes Möbelstück, während die anderen in die große weite Welt ausfliegen. Die Zuschauer sollten einen Kloß im Hals haben, wenn sie nach Hause gingen.

Lena hatte ihre Rolle als Joscha gut gespielt. Vielleicht gerade *weil* die Figur im Grunde eine Karikatur war, wie viele dieser wichtigtuerischen, blasierten Dienergestalten. Und karikieren konnte sie. Das – und ihr Talent für Stimmenimitationen – hatte ihr wohl auch zu der Rolle verholfen. «Sie haben wirklich ein beachtliches Imitationstalent», hatte der Theaterdirektor gesagt und es hatte fast wie ein Trost geklungen nach dem Motto: «Sonst haben Sie ja nicht viel zu bieten, aber immerhin das.»

Lena verbeugt sich gegen den prachtvollen, verblichenen Vorhang, gähnt und wendet sich dann an einen unsichtbaren Firs: «Ich habe dich satt, Alter. Es ist höchste Zeit, dass du krepierst.»

Krepieren. Aus dem Leben scheiden. Eine treffende Umschreibung der Tatsache, dass Lenas Name in nächster Zukunft auf keiner Besetzungsliste stand. Keine Leseprobe morgen. Von jetzt an gehörte sie, Lena Krane Löss, zu den vielen jungen und arbeitslosen Talenten. Besonders schlimm war, dass sie nicht mehr ganz so jung war. Sie hatte die dreißig überschritten und noch keine so genannte ernste Rolle gespielt. Klar, sie hatte ziemlich spät mit der Schauspielerei angefangen, aber wenn es in diesem Tempo weiterging, war sie bald zu alt, um die Rolle der Mutter Åse zu spielen.

Ein Bühnenarbeiter kommt herein. Er heißt Ralph, nimmt Unterricht in Stimmbildung und ist noch voller Illusionen. Er räuspert sich und spricht Lena an. «Wenn du schon unbedingt krepieren willst, dann such dir doch bitte einen anderen Ort dafür aus, ja?» Er grinst sie breit an, hat hinter den Kulissen gestanden und zugehört. Mit raschen Handgriffen beginnt er, das Bühnenbild der russischen Geschichte abzumontieren. Für die nächste Vormittagsvorstellung ist norwegischer Wald angesagt, Fichtenwald, kein russischer Oberklassegarten in der Kirschblüte. Lena zuckt gleichmütig die Schultern. Nichts kann sie ablenken von ihrem Abschiedsritual. «Des Schauspielers pathetischer Abschied von seiner Bühne, seinem Theater, seinen Zuschauern.» Ach nein, vergiss das mit den Zuschauern, die sind schon nach Hause gegangen.

Mit Joschas tiefer, nasaler Stimme trägt Lena die längste Replik ihrer Rolle vor, einen Text, den sie von Anfang an perfekt beherrscht hat. «Warum weinen Sie?» In diesem Moment sollte sie das Glas erheben und trinken. Aber es ist leer, die Zitronenlimonade ausgetrunken. «In sechs Tagen bin ich wieder in Paris. Morgen setzen wir uns in den Zug und fahren davon. Dann werden Sie uns nie wiedersehen. Es ist kaum zu glauben. Vive la France!»

Ohrenbetäubende Stille. Der Theatervorhang wartet atemlos auf die nächste Replik. Lena beschließt, Ralphs einsetzendes Hammerkonzert zu überhören. «Die Verhältnisse hier zu Hause sind nichts für mich, ich kann hier nicht leben ... es ist nicht zu ändern.» Lena führt das Glas an den Mund, trinkt einen Schluck Luft. «Warum weinen Sie? Führen Sie ein anständiges Leben, dann haben Sie keinen Grund zum Weinen.»

Jetzt ist Dunjascha an der Reihe. Sie wird sich pudern und einen flüchtigen Blick in den Taschenspiegel werfen. Aber Dunjascha ist nicht da. Sie sitzt eine Etage tiefer und kippt sich ein Glas Champagner nach dem anderen in die Kehle.

«He, Lena!» Die Stimme des Bühnenarbeiters klingt etwas gereizt. «Die Vorstellung ist vorbei. Warum gehst du nicht runter und leistest den anderen Gesellschaft?» Er nickt ihr aufmunternd zu. «Dort gibt es Champagner. Dein Glas sieht verdammt leer aus.»

«Vielen Dank für die Auskunft», erwidert Lena mit einem süffisanten Lächeln und fährt mit gespielter Empörung fort: «Du wagst es tatsächlich, mit Hammer und Brechstange herzukommen und die Muse zu bitten, die Stätte ihres Wirkens zu verlassen, um sauren Champagner zu trinken? Meinst du etwa, deine unermüdlich schaffenden Hände und dein von Fleiß gebeugter Rücken seien mehr wert als mein Geist, meine Kreativität?»

«Ojemine, hoffentlich meinst du diesen Schwachsinn nicht ernst!» Ralph wirft ihr den Hammer vor die Füße. «Hilf mir lieber bei der Demontage, wenn du schon unbedingt hier bleiben willst.»

Demontage? Was für ein bedeutungsschwerer Ausdruck! Das richtige Wort zum richtigen Zeitpunkt. Genau das war es doch, was sie gerade tat; sich selbst demontieren, auseinander nehmen, in den ursprünglichen Zustand zurückversetzen. Ihre One-man-Show war ein Teil dieses Vorgangs. Lena hatte ihre Rollenklischees erfüllt, ja überzogen. Jetzt war es an der Zeit, sich davonzumachen und die anderen in Frieden arbeiten zu lassen. Lena macht eine tiefe Verbeugung gegen den Vorhang, bemerkt, dass ihr Kragen noch genauso steif sitzt wie am Premierenabend, dreht sich auf dem Absatz um und geht ab.

«He, der Hammer!», ruft Ralph ihr hinterher. Sie hebt das Werkzeug auf und schleudert es über den Boden. «Viel Glück mit deiner Demontage», ruft sie ihm im Hinausgehen zu.

Der Treppenaufgang ist eng und unbequem. Lena ist froh, dass sie keinen langen Rock trägt, die glatten Lackschuhe sind schlimm genug. Warum müssen die Wände in solchen «Schleusen» immer so trist und kahl sein?

«Vagina», hatte eine Kollegin mal gesagt, «dieses Treppenhaus ist die Vagina des Theaters. Hier schweben wir umher, von hier aus gelangen wir in die Garderobe, ins Schminkzimmer, in den Proberaum, hier fühlen wir uns sicher und beschützt, während wir auf die Erlösung warten, auf die Geburt, die Premiere. Und um dorthin zu kommen, hinaus in die Freiheit, müssen wir den schmerzvollen Weg durch diese enge Vagina gehen. Spürt ihr denn nicht die innere Sperre gegen diesen Schritt?»

«Herrgott!», hatte jemand anders gestöhnt. «Hör doch endlich auf mit deinem Unterleibs-Gelabere, ich bin schon nervös genug.»

Aber die Frau hatte Recht. Lena bleibt stehen und betrachtet die «Anatomie» der leicht gewundenen Treppe. Anatomie war ein entschieden treffenderer Ausdruck als Architektur. Ihr ist diese Treppe tatsächlich immer wie ein lebendiger Organismus vorgekommen, der sich windet, krümmt und sie in Richtung Ausgang drängt. Doch jetzt ist plötzlich nichts mehr von diesem Gefühl übrig. Die Stufen liegen kalt und unbewegt vor ihr, die Wände schweigen, nichts sagend und tot. Nicht das geringste Vibrieren liegt in all dieser Leblosigkeit. Nach zweiunddreißig Geburten in rascher Aufeinanderfolge verlangt wohl auch diese Vagina eine Ruhepause. Plötzlich verspürt Lena das Bedürfnis, die Wände mit Graffiti zu schmücken, eine Botschaft zu hinterlassen. «Lena was here» oder besser noch: «Sie kam, sah und verschwand.» Denn genau das würde sie jetzt tun – verschwinden. Baumeister Solness hatte keine Verwendung für sie, weder er noch der Theaterdirektor. Morgen würden ihre Ferien beginnen. Kein Lampenfieber, keine Proben, keine neuen, unsicheren Versuche, einen Text zu lernen. Nichts. Der Terminkalender verhieß sozusagen unbezahlten Urlaub. Der Weg zum Broadway war weit. Aber dorthin wollte sie eigentlich auch gar nicht. Ihr «way» nach vorn würde ziemlich schmal sein, ebenso schmal wie der Pfad, auf dem die Seligen zu wandern behaupteten.

Als Lena weiter nach unten kommt, dringen die ausgelassenen Stimmen der anderen an ihr Ohr. Es wird gefeiert. Gute Kritiken, eine volle Kasse, eine zufriedene Theaterleitung. Ja, doch, das sind Gründe zum Feiern. Sie sollte hineingehen und mitmachen, einen freundschaftlichen Klaps auf die Schulter und ein paar aufmunternde Worte entgegennehmen. Wahrscheinlich müsste sie den einen oder anderen Vortrag über sich ergehen lassen, etwa über den weiten und beschwerlichen Weg zum Erfolg. Wie sehr sie doch alle gekämpft, geschuftet, gehungert und gelitten hatten! Hinter dem Rücken des Vortragenden würde man sich verschwörerisch zuzwinkern, denn war der vermeintlich Hungernde nicht schon mit sechzehn Aktienspekulant gewesen? Mit Papas Brieftasche als Sicherheit?

Eigentlich ist die Truppe in Ordnung. Lena hat sie alle irgendwie lieb gewonnen, mit ihren Eigenheiten und Schwächen. Sie legt eine Hand auf die Türklinke, setzt ein freundliches Gesicht auf und will hineingehen. Jetzt tue ich es schon wieder, denkt sie. Jetzt mache ich wieder etwas, wozu ich eigentlich keine Lust habe. Ich werde hineingehen, weil es so von mir erwartet wird, weil ich Angst habe, andernfalls als sonderbar und zickig zu gelten. Na gut, dann war sie eben sonderbar und zickig, aber sie konnte beim besten Willen nichts mit den Stimmen da drinnen anfangen. Und auf Champagner hatte sie auch keine Lust. Sie wollte allein sein, schlicht und ergreifend allein sein. Und sie würde sich nicht den Kopf nach einer Ausrede zerbrechen.

Lena zieht die Hand von der Türklinke zurück und klappert mit Joschas blank polierten Schuhen in die herbstliche Dunkelheit hinaus. Sie geht auf einem Teppich aus Ahornblättern, die ihren sicheren Halt ein paar Meter weiter oben verlassen haben. Lackschuhe sind vielleicht nicht das ideale Schuhwerk in einer solchen Nacht.

Lena zieht den Herbstgeruch tief durch die Nase ein und hat das Gefühl, dass ihre Lunge sich mit Wasser füllt. Aufgeregt lässt sie ihren Blick durch die Dunkelheit schweifen. Endlich! Endlich war er da, dieser wunderbare, undurchdringliche Nebel, den sie so gut aus ihrer Kindheit kannte. Dieser geheimnisvolle Nebel, in dem die Geschichten über den Hund von Baskerville, Doktor Jekyll und Mr Hyde und nicht zuletzt Jack the Ripper entstanden waren. Lena hatte alle gelesen, mit gesträubten Nackenhaaren. Sie hatte sich fürchterlich gegruselt und weitergelesen. Dann, während der Rest der Familie schlief, hatte sie sich heimlich aus dem Haus geschlichen, über die mit Ahornblättern bedeckte Kieseinfahrt, hinaus durch das Tor zur Straße, zur Welt draußen. Dort hatte sie gestanden und beobachtet, wie sich das Licht der Straßenlaternen in den dichten, watteartigen Nebelschwaden verflüchtigte, wie sich die Konturen der Dinge ins Nichts auflösten. Auch die Geräusche waren anders als sonst gewesen, der Stadtlärm war gedämpfter, wie aus unendlich weiter Ferne, an ihr Ohr gedrungen, während jedes neben ihr herabfallende Laubblatt ein Erdbeben auslöste. In solchen Nächten war ihre wohlvertraute Straße fremd, wie verzaubert, und die Leute, die Lena dort sah, waren Werwölfe. Sogar Herrn Berentzens altersschwacher, fetter Airedale-Terrier nahm beim abendlichen Gassigehen die unverkennbaren Züge eines Wolfes an.

Lena hatte sich nie weiter als bis auf diese Straße hinausgewagt. Weiter hatte ihr Mut nicht gereicht. Damals nicht. Und später, als es nicht mehr nötig war, sich heimlich davonzumachen, da war der Herbstnebel verschwunden. Bestimmt war eine weltweite Klimaveränderung schuld daran, zumindest dort, wo Lena wohnte. Herbst für Herbst verging mit dem gewöhnlichen, feuchtkalten Nebel, der sich eher aus Rauch und Abgasen zusammensetzte als aus Märchen und Abenteuern. Lena vermisste ihren norwegischen Nebel, und wenn sie im Ausland war, träumte sie sogar davon. Ausländische Nebel waren irgendwie anders. «Du bist eine richtige Rassistin!», hatte Jean ihr vorgeworfen. «Man muss schon ziemlich verrückt sein, wenn man sich nach dieser norwegischen Suppe sehnt! Norwegischer Haferschleim!»

Lena lächelt in sich hinein, legt den Kopf zurück und holt tief Luft. Wie eine Statue steht sie da, mit geschlossenen Augen, will die feuchte Luft durch jede Pore ihrer Haut aufnehmen. Was für ein Genuss! Sie öffnet die Augen und besinnt sich. Jetzt wird sie das Tor aufmachen, hinaus auf die Straße treten, die Laternenpfähle zählen, bis zum Ende der Straße gehen. Und dann weiter, Dr. Jekyll und Mr Hyde suchen, Jack the Ripper einen Schreck einjagen, den Hund von Baskerville streicheln. Die Welt war so reich, hatte so viel zu bieten, und das war genau das, was sie an diesem Abend brauchte.

Es gibt kein Tor vor dem Theatergebäude, und die Laternenpfähle haben andere, viel stärkere Lampen als die in Lenas Straße. Trotzdem sehen sie aus wie schwelende Talglichter in einer finsteren unterirdischen Höhle. Sorgfältig zusammengefegte Laubhaufen tauchen aus der Dunkelheit auf, sehen aus wie zottelige Grizzlybären im Winterschlaf. Als Lena mit dem Fuß nach einem tritt, hört sie ein deutliches Brummen. Dann sieht sie sich verstohlen um und springt mitten hinein ins Laub, aufgeregt wie ein kleines Kind, das genau weiß, dass es etwas Verbotenes tut. Gut, dass weit und breit kein Mensch zu sehen ist. Plötzlich blendet das Licht eines Scheinwerfers in der Dunkelheit auf. Lena kneift die Augen zusammen, dann erkennt sie das Frei-Schild auf dem Dach eines Taxis. Der Wagen fährt im Schritttempo vorbei, der Fahrer nimmt kaum Notiz von dem lackschuhbekleideten Wesen, das in dem Laubhaufen hockt. Lena richtet sich auf und geht weiter. Aus der Hafengegend ertönt das Heulen einer Sirene. Oder kommt es aus einer anderen Richtung? Der Nebel spielt Blindekuh mit den Geräuschen, jagt sie mal hier-, mal dorthin und macht jede Richtungsbestimmung unmöglich.

Ein Paar taucht aus dem Nebel auf. Die beiden halten sich so fest umschlungen, als hätten sie Angst, einander zu verlieren. Sie gehen vorbei und verschwinden schon nach ein paar Metern aus Lenas Blickfeld.

Sie setzt ihren Weg in Richtung Zentrum fort, meidet die belebten Hauptstraßen. An Abenden wie diesen sind die meisten abgelegenen Straßen wie ausgestorben, sie werden zu düsteren Sackgassen, dead-ends. Aus Angst, in der Dunkelheit zu stolpern und die Orientierung zu verlieren, geht Lena dicht an den Häusern entlang. Doch es gibt nur wenige Geschäfte mit erleuchteten Schaufenstern und die Dunkelheit verschluckt das Licht der spärlichen Neonreklamen. Da sie nicht viel sehen kann, versucht Lena, sich auf die Geräusche in der Umgebung zu konzentrieren. Ein unangenehmes Sirren im linken Ohr stellt sich ein, irritiert sie. Es verschwindet, als sie die Luft durch die Nase ausstößt. Aber alle Geräusche, die sie wahrnimmt, sind ihre eigenen. Das Blut, das durch die Adern pocht, der Magen, in dem es lautstark grummelt, die lauten Schritte der Lackschuhe. Sie versucht, ihre Aufmerksamkeit wieder auf andere Dinge zu lenken. Blödsinn, sich selbst zuzuhören.

Traumwandlerisch einem Spiel aus ihrer Kindheit folgend, ändert Lena immer die Richtung, wenn sie an einem Eckhaus vorbeikommt. Sie findet sich in einer Toreinfahrt wieder, stutzt, besinnt sich und kehrt um. Das war ihre beste Therapie: sich in

Kindheitsträume fallen lassen, im spärlichen Licht der Straßenlaternen durch den Nebel streifen, dem Geräusch schleppender Schritte lauschen, sehen, wie sich dunkle Schatten zu Menschen formen, einen kleinen Stich ins Herz spüren, wenn jemand vorbeigeht; einen verstohlenen Blick wagen und die Reaktion auf ihre Kleidung, ihr Aussehen testen. *Joschas Aussehen.* Seine gemalten, spöttischen Gesichtszüge. Lena schmunzelt. Die wenigen Menschen, die ihr auf dieser Straße entgegenkommen, sehen sie so argwöhnisch an, als ob *sie* Jack the Ripper leibhaftig wäre.

Irgendwie paradox: Du verkleidest dich als Mann, und – schnipp! – bist du der starke Typ, derjenige, vor dem die anderen respektvoll Distanz wahren. Oder was signalisierte ihr Äußeres? Sah sie eher nach dicker Brieftasche und Kreditkarte aus, leichte Beute für lichtscheue Gestalten? Nein, nicht in diesem Nebel, hier signalisierte niemand irgendetwas. Selbst ein Leuchtturmfeuer hätte hier wohl Probleme, auf sich aufmerksam zu machen.

Vorsichtig tastet sich Lena an der Häuserfront entlang. Zu ihrer Linken muss sich eine Baustelle befinden, zumindest lassen die rot-weißen Absperrungen darauf schließen. Plötzlich streift ihre Hand eine Holztür, und Lena springt vor Schreck zur Seite, als die Tür unmittelbar vor ihr aufgestoßen wird. Sie taumelt, kann sich gerade noch vor einem Sturz in die Baugrube retten, indem sie sich an der Absperrung festhält. Die beiden Männer, die aus dem Haus kommen, scheinen Lena nicht bemerkt zu haben. Der eine stößt einen Fluch über das Wetter aus, der andere lacht lauthals. Dann schlägt die Tür wieder zu. Sie schließen ab und verschwinden in der Nebellandschaft.

Lena war verwirrt stehen geblieben. War sie etwa wieder am Theater angelangt? Ach was, sie stand weder vor ihrem noch vor irgendeinem anderen Theatergebäude. Aber merkwürdig, die beiden Männer waren fast genauso gekleidet gewesen wie Lena, abgesehen von den Mänteln, die sie lässig über die Schultern gelegt hatten. Sie starrt nachdenklich auf die Tür, lässt ihren

Blick an der Fassade hinaufgleiten. Erinnerungen werden wach, Erinnerungen an rauschende Feste. Durch diese Tür war sie mehr als einmal gegangen, an der beschützenden Hand des Vaters, in feierlicher Erwartungsstimmung, in glänzende Seide gekleidet. Die Freimaurerloge. Weihnachts- und Silvesterfeste, Konzerte und Bälle. Breite Marmortreppen und luftige Hallen, anmutige Säulen und Spiegel mit schmuckvollen Goldrahmen. Überall luxuriöse Ausstattung, abgesehen von den Toiletten, wo es immer unangenehm gerochen hatte und wo die Türen Ritzen hatten, sodass man von außen hineinsehen konnte. Lena hatte meistens ausgehalten, bis sie wieder zu Hause war, so verhasst waren ihr diese Toiletten gewesen! Gar nicht so einfach bei den Mengen an Limonade, die sie dort bekommen hatte.

Vater, denkt sie, wir beide hatten das typische Vater-Tochter-Verhältnis. Nie haben wir richtig miteinander reden können. Trotzdem habe ich dich als meinen lieben, guten Papa in Erinnerung. Aber gekannt habe ich dich nie. Ich weiß nur, dass ich es dir zu verdanken habe, dass ich als Au-pair-Mädchen nach Frankreich gehen durfte, dass du derjenige warst, der mir das Tor zur Welt öffnete – während Mutter sich hartnäckig dagegenstellte. Und dann bist du gestorben, bevor ich dir erzählen konnte, dass meine Karriere als Au-pair, Reiseleiterin, Studentin und Mädchen für alles in der Botschaft zu Ende war, definitiv aus und vorbei. Ich hatte nie Gelegenheit, dir vom Theater zu erzählen, und von der Kindergruppe, die ich leitete. All die kleinen Rollen im «Erwachsenentheater», die man mir zuteilte! Vielleicht hättest du mit mir über die komischen Ausländer gelacht, die ich gespielt habe? Deutsche und Engländer, deren französischen Akzent ich souverän imitierte.

Lena starrt gedankenverloren auf die Tür. Dann setzt sie sich langsam in Bewegung. Nein, der Vater hätte ganz bestimmt nicht mit ihr zusammen gelacht. Seine Tochter eine Schauspielerin – das war das Letzte, was er sich gewünscht hatte. Ein repräsentativer Job in der norwegischen Botschaft, mit weißer Bluse und guten Umgangsformen, hätte eher seiner Vorstellung entsprochen. Ein Satz ihres Vaters war fest in ihr Gedächtnis eingebrannt. Als kleines Mädchen hatte sie einen Schulaufsatz über einen Traum geschrieben und eine besonders gute Note dafür bekommen. Freudestrahlend war sie nach Hause gestürmt und hatte ihrem Vater keine Ruhe gelassen, bis er sich bereit erklärte, den Aufsatz zu lesen. «Du musst deine Fantasie zügeln, mein Kind», war sein einziger Kommentar gewesen, woraufhin er sich wieder seiner Zeitung gewidmet hatte.

Erst Jahre später in Frankreich war es ihr gelungen, sich von ihrer strengen Erziehung frei zu machen. Mit Jeans Hilfe hatte sie gelernt, frei zu atmen, sich frei zu bewegen und ihre Fantasie, ihre Gefühle auszuleben. Sie hatte Jean abgöttisch geliebt und dabei glatt übersehen, dass auch er eine Art Dressur betrieb. Auch er lebte in Zwängen, die Lena unmöglich für sich akzeptieren konnte. Irgendwann wurde ihr klar, dass sie vom Regen in die Traufe geraten war, und sie distanzierte sich von Jean. Als er versuchte, sie mit einer anderen Frau eifersüchtig zu machen, war es endgültig aus. «Herrgott! So was Erbärmliches!», hatte sie ihn angeschrien. «Ihr Franzosen glaubt wohl, das ganze Leben lässt sich mit Leidenschaft und Gefühlen regeln!» Das war dann der Schlussakt gewesen.

Lena fröstelt, spürt die Feuchtigkeit, die durch Joschas Jacke und Weste dringt. Der Stoff ihres weißen Hemdes klebt wie nasse Gelatine an ihrem Körper. Die Schminke löst sich langsam, aber sicher auf. Sie legt prüfend einen Finger an die Wange, merkt, wie ihr Wassertropfen über die Haut perlen. Sie schüttelt sich wie ein nasser Hund, beschließt zum Theater zurückzugehen. Höchste Zeit, Joscha abzulegen, zum Trocknen aufzuhängen und die eigenen Klamotten anzuziehen. Außerdem liegen dort noch ihr Geld und die Wohnungsschlüssel. Zu Hause wird sie sich einen starken Tee mit Rum machen, sich im Sofa zusammenrollen und den Ferien entgegenträumen. Lena verzieht das Gesicht und streckt sich selbst die Zunge heraus. Nein, sie wird auf keinen Fall auf irgendetwas warten, das hat sie sich längst abgewöhnt. Die Aufträge flattern nicht von selbst ins

Haus. Seit sie von zu Hause ausgezogen ist, hat sie keinen finanziellen Vorteil mehr durch die Tatsache gehabt, dass sie die Tochter des Reeders Ole Fredrik Krane Löss und dessen Ehefrau Ella, geborene Roll Rasmussen, ist. Und seit dem Tod des Vaters verfügte die Familie über keine liquiden Mittel. Zumindest hatte die Mutter behauptet, dass sie das Haus verkaufen müsste, wenn die Kinder ihr Erbteil einforderten. Das Erbteil einfordern – welch grausamer Gedanke! In Ordnung, hatte Lena sich gesagt, ein fettes Konto verleitet ohnehin nur zum Nichtstun. In diese Verlegenheit war sie jedenfalls bis heute nicht geraten.

Sie findet den Theatereingang verschlossen vor, die Lichter sind aus, die Klingel tot. Aber es muss doch noch jemand da sein? Was ist mit Ralph? Er kann doch unmöglich schon fertig sein. Sie drückt wiederholt auf die Klingel, rüttelt fluchend an der Türklinke. Falls die anderen noch da sind, dann sind sie inzwischen so besoffen, dass sie nichts mehr mitkriegen. Und Ralphs Hammerkonzert übertönt die Klingel natürlich. Was in aller Welt soll sie nun machen? Ihre Wohnungsschlüssel liegen dort drinnen und ihr Portemonnaie. Es bleibt ihr wohl nichts anderes übrig, als die anderen zu suchen. Vielleicht sind sie in ihre Stammkneipe in die Stadt übergewechselt, in die «Gelbe Witwe» oder wie auch immer der Laden heißt. Sie muss die anderen finden, am besten, bevor auch sie sich vollständig in dieser Feuchtigkeit auflösen. Die Schlüssel zum Theater ausleihen und den Abend irgendwie hinter sich bringen. Wieder taucht Lena in die Nebellandschaft ein, diesmal entschieden weniger euphorisch als zuvor am Abend. Welch unerfreuliches Dakapo, denkt sie ungehalten und versetzt einem im Weg liegenden Laubhaufen einen heftigen Tritt.

Die große gläserne Eingangstür zur «Witwe» trieft vor Feuchtigkeit, ebenso die Fensterscheiben. Von außen sehen die Gestalten aus wie Fische, die sich in einem Aquarium tummeln. Die Kellner servieren mit schwerelosen Bewegungen. Alles fließt. Unglaublich, wie sich dieser Nebel mit Wasser voll gesogen hat, denkt Lena. Noch ein einziger Tropfen und alles löst sich auf. Sie kneift angestrengt die Augen zusammen, versucht, ein bekanntes Gesicht hinter der Wassergardine zu erkennen. Sie entdeckt ihr Spiegelbild in der Fensterscheibe. Joscha starrt sie an, verschwommen und unklar. Die herunterrinnenden Wassertropfen verwandeln ihn in eine Karikatur, ein Zerrbild seiner selbst. Lena schaudert und wendet sich abrupt ab. Sie wird nicht hineingehen, kann die Blicke, die Bemerkungen, die ausgelassene Feststimmung nicht ertragen, nicht jetzt. Sie vergräbt die Hände tief in den Hosentaschen, zieht die Schultern hoch und geht.

Andreas ist ihre Rettung, Lenas Zwillingsbruder, der ihr den Vortritt ließ, als sie zur Welt kamen. Er ist der einzige Mensch, den sie in dieser Gegend kennt. Er wohnt in der dritten Etage eines komfortablen Mietshauses.

Es dauert seine Zeit, bis sie sich in der nebelverhangenen Stadt orientieren kann und die richtige Straße findet. Die Häuserfassaden sehen alle so verflixt ähnlich aus. Doch die Hecke und die kleine schmiedeeiserne Eingangspforte erkennt sie schon von der gegenüberliegenden Straßenseite. Lena will die Straße überqueren, zögert aber, als sie einen Mann durch die Pforte kommen sieht. Er sieht sich um und zündet sich eine Zigarette an. Dann geht er über die Straße auf ein Auto zu, steigt ein und fährt im Schritttempo davon.

Lena sieht dem Wagen verwundert hinterher. Läuft denn heute Abend jeder verkleidet durch die Gegend? Liegt es am Nebel, dass sich alle so elegant anziehen? Der Mann, den sie gerade im Licht der Straßenlaterne gesehen hat, war auch eine Ausgabe des Dieners Joscha. Weiße Hemdbrust mit steifem Kragen. Lena spürt, wie ihr eigener Kragen weich und klamm am Hals klebt. Lackschuhe hat der Fremde auch getragen, blank polierte. Und weiße Handschuhe lugten aus der Jackentasche hervor. Ein richtig gut aussehender Typ, wahrscheinlich unterwegs zu einer Fete. Oder nein, seiner mürrischen Miene nach zu, urteilen war der Abend für ihn schon gelaufen. Er sah aus, als habe er die schönste Frau des Abends an einen Rivalen abtreten müssen.

Als sie einen Fuß in den mit nassem Laub bedeckten Rinnstein setzt, hört sie das quatschende Geräusch ihres Schuhs. In dem Moment fährt ein Taxi im Schritttempo vorbei. Sie zieht ihren Fuß zurück. Nur kein Risiko eingehen bei diesem Wetter. Der Wagen hält, die Türen gehen auf, helles Frauenlachen und polternde Männerstimmen ertönen. Vier Stimmen rufen danke schön und Auf Wiedersehen. Dann springt das Taxi-Schild auf «frei» um. Die Gruppe steuert die schmiedeeiserne Pforte an. Kurz entschlossen macht Lena einen Satz über den Rinnstein hinweg und eilt über die Straße, um sich der Gruppe unauffällig anzuschließen. Sollte Andreas' Klingel mal wieder nicht funktionieren, hat sie keine Lust auf das Risiko, die ganze Nacht hier draußen verbringen zu müssen.

Lena nickt den drei Fremden, die ungeduldig darauf warten, dass der vierte seinen Schlüssel findet, freundlich zu. Sie spürt die prüfenden, abschätzigen Blick. Mit gestrafften Schultern versucht sie zu signalisieren, dass sie nichts Gesetzwidriges vorhat. Keine Angst, ich bin nur ein etwas durchnässter Gentleman. Der Nebel, Sie wissen schon. Hach ja, dieser schreckliche Nebel. Einfach furchtbar, so feucht und klamm! Der Mann mit dem Schlüssel hat mit Sicherheit eine Unmenge Drinks intus, denkt Lena. Er macht eine undefinierbare Handbewegung. Meint er nun «komm!» oder «Halt!»? Im grellen Licht des Eingangs fühlt sich Joscha unsicher wegen seiner zerlaufenen Gesichtszüge. Aber der Typ mit dem Schlüsselbund hat auch ein kleines Handikap: Er hat die Kontrolle über seine Augen verloren und scheitert bei dem Versuch, Blickkontakt mit seinem Gegenüber aufzunehmen.

«Na, komm schon, Mann!», sagt er mit einem ungeduldigen Winken. Er hat keine Lust, länger herumzustehen und die Nebelluft einzuatmen. Direkt lebensgefährlich ist das ja! Lena schreitet mit würdiger Miene an ihm vorbei, murmelt ein Dankeschön und steigt mit quietschenden Schritten die Treppe hinauf. Aus diesen Schuhen müsste man jetzt Champagner trinken, denkt sie belustigt. In der ersten Etage schließt sich eine Tür hinter Lachen und fröhlichem Stimmengewirr.

Die Stufen der alten Holztreppe sind ausgetreten. Lena streift mit der Hand über das breite Geländer. Ein richtiges Prachtstück ist das, glatt und einladend als Rutsche für Kinder. In weit ausladenden Bögen windet sich das Geländer von der dritten bis zur ersten Etage. Beim Hinunterblicken spürt sie den Schwindel erregenden Sog in der Magengegend, die Anziehungskraft, die von der dunklen, verlockenden Tiefe dort unten ausgeht. Merkwürdig, sie wird den Kindheitsglauben, dass bei Tante Karin im Treppenhaus ein böser Geist wohnte, wohl nie richtig loswerden. Ein Geist, der sich immer nur zeigte, wenn sie von ganz oben durch die Geländerstäbe nach unten guckte. Er wollte sie zum Springen verlocken, versprach ihr eine weiche Landung. Stundenlang konnte sie dastehen und in den vier Etage tieferen, schwärzesten Abgrund starren. Der Geist war da, auch wenn ihn die Erwachsenen nicht sahen. «Ach herrje, stehst du schon wieder da», sagte ihre Mutter dann immer und zog Lena in Tante Karins nach Kampfer riechende Wohnung.

Der Sog war noch immer da. Auch wenn der böse Geist nicht mehr existierte, der Sog war geblieben.

Lena wendet sich von der Treppe ab und geht auf eine Wohnungstür zu, an der kein Namensschild hängt. Andreas zieht es vor, anonym zu bleiben, zumindest was den Namen betrifft. Sie kennt diesen Brauch aus Frankreich. Dort präsentierte man ungern, wer hinter welchen Türen wohnte. Der Albtraum für eine Ausländerin, die eine bestimmte Adresse suchte. Doch den Franzosen reichte es offenbar, wenn Freunde und Familienmitglieder über den Wohnort informiert waren.

Die Tür zu Andreas' Wohnung ist solide, aber nichts sagend. Der Luxus reicht nur bis zur Türschwelle. Niemand würde auf die Idee kommen, hier einzubrechen. Lena lächelt. Ihr Bruder hat es nie darauf angelegt, zu zeigen, wie viel Geld er hat. Aber seine Wohnung war immer schon beeindruckend. Hell und luftig, teuer und schick. Abgesehen von der Bibliothek. Die war schrecklich überladen, mit Tiffanylampen, staubigen Vorhängen und englischen Eichenmöbeln. Und überall dieser kalte Zigarrengeruch. Lena war es ein Rätsel, dass er dort atmen konnte, geschweige denn arbeiten.

Plötzlich geht das Licht aus. Der Treppenaufgang verschwindet in totaler Finsternis. Lena flucht leise vor sich hin. Wie soll sie jetzt die Klingel finden? Mist, sie weiß nicht mal mehr, auf welcher Seite der Tür sie sich befindet. Die Lichtautomatik war nicht berechnet für solche Trödelliesen wie sie. Die Leute, die hier wohnten, waren ja ach so international! Französische Türschildbräuche und englische Energiesparmaßnahmen. Sie führt die Hand nach links und stößt an die Klinke, drückt sie nach unten. Sie gibt nach, die Tür ist offen. Komisch, sieht ihm gar nicht ähnlich. Lena zögert. Ein grober Verstoß gegen die Etikette, unangekündigt bei jemandem aufzukreuzen. Also setzt sie die Suche nach der Klingel fort. Endlich – eine kalte, runde Messingwarze mitten auf einer tätowierten Messingbrust. Ein heiserer, tiefer Kehllaut ertönt. Sie zieht den Finger zurück, drückt die Klinke nach unten und geht zögernd hinein. Jetzt hat sie Andreas immerhin vorgewarnt. Die Dunkelheit im Flur wurde auch langsam etwas ungemütlich. Vielleicht war der böse Geist aus der Kindheit doch noch nicht ganz tot? Sie lächelt schwach, bemerkt, dass Andreas eine private Energiesparkampagne gestartet hat. Hier drinnen ist es fast genauso düster wie vor der Tür. Nur ein schwacher, grünlicher Lichtpunkt durchbricht die Finsternis. Lena runzelt die Stirn. Ist Andreas vielleicht gar nicht zu Hause? Weggegangen, ohne die Tür abzuschließen? Warum hat sie auch nicht von der Straße aus nachgesehen, ob Licht in der Wohnung brannte? Sie erinnert sich nur an den trüben Nebeldunst.

Als sich ihre Augen an die Dunkelheit gewöhnt haben, entdeckt sie einen schwachen Lichtstreifen am Ende des Flurs. Dort liegt das Wohnzimmer. So schnell wie möglich tastet sie sich auf das Zimmer zu, hofft, dass sie nicht mit irgendwelchen

Gegenständen wie Schirm- oder Garderobenständer kollidiert. Ihre Schuhe rufen ein saugendes Geräusch auf den Steinfliesen hervor. Glücklicherweise hat Andreas keine kostbaren Teppiche, die würde sie mit diesen Schuhen garantiert versauen.

Ob er schon schläft? Bei unverschlossener Wohnungstür? Die Stelle hinter ihrem Ohrläppchen beginnt zu brennen. Lena weiß, was das bedeutet: Sie hat Angst, wittert Gefahr. Es ist so unangenehm still hier, so undurchdringlich. Nur das Glucksen ihrer Schuhe ist zu hören. Wonach riecht es? Sie schnuppert. Ein dezentes Männerparfüm? Ja, natürlich. Aber da ist noch etwas, ein schwacher, undefinierbarer Geruch. Etwas Stickiges, Drückendes. Krankenhausgeruch? Ach was, nein. Lena tippt die angelehnte Wohnzimmertür mit dem Finger an, sodass sie langsam in den Raum gleitet.

Und dort, im schwachen Lichtkegel einer kleinen Lampe, liegt Andreas, in eine Wolldecke eingehüllt, auf dem Sofa ausgestreckt. Er sieht ihr schweigend entgegen, blinzelt, richtet sich langsam auf.

Ein Schauer der Erleichterung rieselt ihr über den Rücken. Du liebe Zeit, was hatte sie eigentlich erwartet? Einen leblosen Körper mit einem Messer im Rücken? Dummerchen, Andreas ist zu Hause, gesund und munter, gerade aus tiefem Schlummer erwacht. Vielleicht hat er einen kleinen Rausch ausgeschlafen. Eine gelöste Heiterkeit erfüllt sie. Unschuldiger kleiner Bruder. Hier liegt er und ahnt nicht, welche Angst er seiner Schwester eingejagt hat.

Sie macht einen Schritt auf ihn zu. Doch Andreas bleibt reglos sitzen und starrt sie an, als sei sie ein Gespenst. Oder hält er sie vielleicht für einen Hausdiener, der sich in der Adresse geirrt hat? Hat er etwa eine Frau unter der Decke versteckt?

«Wer sind Sie?» Die Stimme klingt ungewohnt heiser. Wer sie ist? Meine Güte, er hat sie doch schon in diesem Kostüm gesehen, im Theater! Lena sieht an sich hinunter. Der schwarze Anzug scheint noch von der feuchten Luft zu dampfen. Dann hebt sie langsam den Kopf, nimmt Joschas überlegene Haltung ein und trägt mit nasaler Stimme und vibrierenden Nasenflügeln vor: «Ich, ich bin der Diener Joscha von der geheimen Dienerschaft.»

Entweder er kapiert tatsächlich noch immer nicht, wer sie ist, oder er spielt ein Spiel mit ihr. Lena hat nichts dagegen. Aber wenn sie sich nicht auf der Stelle ihrer engen Weste entledigt, wird sie für immer flachbrüstig bleiben. Sie führt eine Hand an die Brust, um die Weste aufzuknöpfen.

Eine abrupte Bewegung vom Sofa her fesselt ihre Aufmerksamkeit, lässt sie mitten in der Bewegung innehalten. Die Dunkelheit des Zimmers nimmt ihr plötzlich den Atem, will sie ersticken, erwürgen. Dort sitzt ihr Bruder und hält etwas mit beiden Händen umklammert. Eine Pistole ist auf sie gerichtet.

Sie starrt ihn sprachlos an. Was zum Teufel soll das bedeuten? Ist das ein neues Gesellschaftsspiel? Da macht sie nicht mit, das gefällt ihr nicht. Andreas soll die Waffe weglegen, in Luft auflösen soll sich das Ding. Das ist ein Albtraum, nur leider ein sehr lebendiger. Sie will zwinkern, den Anblick des Bruders, der auf dem Sofa sitzt und unbeirrbar auf sie zielt, einfach wegblinzeln. Die Augenlider sind zu träge, es gelingt ihr nicht. Sie nehmen den Befehl nicht an, die Nervenzentrale ist abgekoppelt, die Leitungen abgeschnitten. Wie erstarrt bleibt sie in der Gestalt des Dieners Joscha stellen, die rechte Hand noch immer wie festgefroren an einem der Westenknöpfe.

Ihr Gegenüber auf dem Sofa blickt hasserfüllt auf die verschwommene Gestalt, die in seine Wohnung eingedrungen ist. Andreas beobachtet, wie sich der Ausdruck des verschatteten Gesichts langsam verändert, zu einer satanischen Maske erstarrt. Dort steht der Rächer – die Rächenden Hände –, *er* ist es, der dort steht, bereit, die Mordwaffe aus der Weste zu ziehen und den tödlichen Auftrag auszuführen. Zu spät, das Opfer ist ihm zuvorgekommen, hat schneller reagiert. Die Mundwinkel hinter der Pistolenmündung verziehen sich zu einem hämischen Grinsen, ein Speicheltropfen rinnt aus dem Mund, läuft über das Kinn. Doch Andreas bemerkt es nicht einmal, er spürt nur die

Pistole, die er fest im Griff hat, spürt nur den Triumph. Die erste Runde hat er gewonnen. Noch haben sie ihn nicht, so schnell gibt er sich nicht geschlagen. Morten!, schießt es ihm durch den Kopf. Was ist mit Morten? Konnte er fliehen oder liegt er unten im Treppenhaus? Wieder läuft Speichel aus seinem Mund. Seine Hände zucken. Er kann töten. Aber es muss schnell gehen, denn er spürt schon das Ziehen, das einen neuen Schmerzanfall ankündigt. Langsam legt er den Zeigefinger an den Abzug.

Sag was, Lena, sag doch endlich was! Schrei es heraus, dass du Lena bist, seine Schwester! Verdammt noch mal, mach endlich den Mund auf!

Schweißperlen rinnen ihr über die Stirn, mischen sich mit schweren Tropfen die Wange hinunter. Aber Joscha ist tot, es gibt keine Worte. Noch ein Augenblick, und alles ist vorbei, das Stück ist aus, der letzte Vorhang fällt. Ohne tosenden Applaus. Der Diener Firs bleibt allein zurück, um zu sterben. Der Diener Joscha stirbt hier.

Der Text, wie ging noch mal der Text? Firs' Abschiedsreplik. Langsam taucht sie auf, bildet sich neu, eine stille wortlose Replik. Langsam formen sich Gedanken zu Worten. Sie verwendet ihre ganze Kraft darauf, die Worte auszusprechen: «‹Das Leben ist vorbei. Es ist, als hätte ich nie gelebt ... Ich werde mich ein wenig hinlegen ... du hast keine Kraft mehr, nichts mehr ...›»

Dann sinkt sie kraftlos zu Boden, bleibt reglos liegen, ein dampfendes schwarzes Bündel. Durch einen Schleier aus Schweiß und Tränen sieht sie, wie ihr Bruder langsam die Hände sinken lässt, wie die Pistole in die blaue Wolldecke fällt. Sieht, wie er sich vor Schmerzen krümmt, und ihr wird schlagartig klar, dass sie einen kranken Menschen vor sich hat, eine leichenblasse Ausgabe ihres Bruders Andreas. Seine Gesichtszüge, jede Pore seines Körpers sind von Krankheit und Leiden gezeichnet. Zitternd vor Schmerzen sitzt er auf dem Sofa.

Herrgott, was ist passiert? Entsetzt starrt Lena ihren Bruder an, vergisst die drohende Gefahr. Mühevoll richtet sie sich auf, taumelt ihm entgegen, will helfen. In nächsten Moment entdeckt sie die Waffe, die greifbar nah auf der Decke liegt, und hält abrupt in ihrer Bewegung inne. Noch ein Schritt und die Pistole gehört ihr. Plötzlich hebt ihr Bruder beide Hände und legt sie gegen die Stirn, die Handflächen nach außen weisend. Daumen und Zeigefinger formen ein Dreieck. Bevor Lena etwas tun oder sagen kann, erhebt er seine Stimme, und seine Worte hören sich an wie ein verzweifeltes Stoßgebet: «*A moi, à l'enfant de la veuve de Naphthalie.*»

Lena stutzt, von heftigem Widerwillen erfasst. Was soll das? Ist Andreas etwa irgendeiner okkultistischen Bewegung verfallen und gerade auf dem besten Weg, wahnsinnig zu werden?

Blitzschnell nimmt sie die Pistole an sich und schleudert sie über den Boden, um sie aus seiner Reichweite zu entfernen. Dann packt sie ihren Bruder mit beiden Händen und schüttelt ihn, will ihn wachrütteln. Er zeigt keine Reaktion, ist schlaff und kraftlos wie eine leblose Puppe in ihren Händen. «Andreas!», ruft sie verzweifelt. «Andreas, ich bin's, Lena!» Sie reißt sich den angeklebten Schnurrbart ab, zieht die Perücke vom Kopf. Sie klammert sich an ihn, während sie wie ein Wasserfall auf ihn einredet, immer wieder seinen Namen ruft. Todesangst, schießt es ihr durch den Kopf, das ist Todesangst. Ein Teil von mir, meine andere Hälfte, löst sich ab und stirbt. Zuerst umnebelt sich der Verstand, dann setzt das Gehirn aus.

Sie kämpft. Ohne näher bezeichnen zu können, wogegen sie kämpft, redet, rüttelt, fleht und klammert sie.

«Andreas, so sag doch was. Ich bin es, Lena, deine Zwillingsschwester. Es passiert dir nichts, du bist in Sicherheit. Sag irgendetwas, du machst mir schreckliche Angst.»

«Meine Tabletten», hört sie ihn mit gesenktem Kopf murmeln. «Gib mir meine Tabletten.»

Lena sieht sich um und entdeckt auf dem Sofatisch einen Glasbehälter mit Tabletten und ein halb volles Wasserglas. Sie reicht ihm die Tabletten, schnuppert an dem Glas. Es riecht nach nichts. Schweigend nimmt er es entgegen, spült die Tabletten mit dem letzten Schluck hinunter und will ihre Hände wegschieben. Aber sie wagt nicht, ihn aus der Umklammerung freizugeben und kniet in der gleichen Stellung vor dem Sofa, bis er endlich entspannt in die Kissen zurücksinkt.

«Ein Arzt, Andreas, ich rufe einen Arzt. Du bist ernsthaft krank», sagt sie. Sie erhebt sich und steuert das Telefon an, knipst unterwegs eine weitere Lampe an.

«Nein, Lena, bitte nicht», hört sie ihn sagen. «Ich weiß, dass ich krank bin, aber ich stehe schon unter ärztlicher Aufsicht. Es ist überflüssig, jemanden anzurufen. Der Anfall gerade war nur so stark, weil ich meine Tabletten nicht rechtzeitig eingenommen habe.»

«Aber was hast du denn? Und warum liegst du nicht im Krankenhaus und lässt dich dort behandeln? Es ist unverantwortlich, dich hier mutterseelenallein herumliegen zu lassen.»

Er macht eine wegwerfende Handbewegung. «Es ist eine Infektion», antwortet er, «eine Leberinfektion. Ich hab mir den Dreck schon vor Monaten eingefangen, als ich in Benin war, aber es ist erst vor ein paar Wochen ausgebrochen.»

Lena erinnert sich an die Afrikareise ihres Bruders. Es ging um irgendwelche Ölgeschäfte. Aber die Sache platzte, weil die verantwortlichen Behörden da unten plötzlich ihre Meinung änderten. So hatte es jedenfalls in der Zeitung gestanden.

«So was Ärgerliches!», erwidert sie. «Anstelle des Auftrags hast du also eine Leberkrankheit bekommen. Ist es Gelbsucht?»

Andreas schüttelt den Kopf. Seine Augen sind geschlossen, das Gesicht sieht völlig entspannt aus. Morphium, denkt Lena besorgt. Bekommt er dieses Gift, um wieder gesund zu werden?

«Bei wem bist du in Behandlung?», erkundigt sie sich. «Und was sagen die Ärzte über ...»

Andreas winkt ab. «Vertrau mir, Lena», er klingt jetzt ganz ruhig. «Mir steht einer der besten Ärzte Norwegens zur Verfügung, und es ist besser für mich, zu Hause zu liegen als in der schrecklichen Krankenhausatmosphäre vor mich hin zu dämmern. Außerdem kann ich hier arbeiten. Nur diese verdammten Anfälle sind manchmal ein bisschen nervig.»

«Ein bisschen nervig!», sagt Lena empört. «So nennst du einen Anfall, der dich so sehr durcheinander bringt, dass du andere Leute mit der Pistole bedrohst? Oder kannst du dich nicht daran erinnern, was sich vor ein paar Minuten hier abgespielt hat?»

Er antwortet nicht, verzieht keine Miene. Aber Lena kann im Gesicht ihres Bruders lesen wie in einem Buch. Sie sieht genau, wann sein innerer Kontrollmechanismus einsetzt. Früher hat sie so oft Situationen erlebt, in denen er enorme Selbstbeherrschung zeigte, eine perfekte Kontrolle über Körper und Mienenspiel. Selbst jetzt, in seinem Dämmerzustand, hat er sich völlig im Griff. Aber seiner Schwester kann er nichts vormachen. Sie weiß genau, dass er sich an jede Sekunde erinnert. Er hat die Waffe hervorgeholt, um zu töten. Sie zu töten? Nein, er muss sie mit jemandem verwechselt haben. Aber mit wem?

Plötzlich beginnt sie am ganzen Körper zu zittern. Erst jetzt kommt die starke Anspannung heraus, unter der sie in den letzten Minuten gestanden hat. «Andreas!», ruft sie drängend. «Für wen hast du mich gehalten, als ich zur Tür hereinkam?»

«Komm her, Lena», antwortet er mit ruhiger Stimme und streckt eine Hand nach seiner Schwester aus. Er zieht sie sanft zu sich auf das Sofa, nimmt sie in seine Arme, streichelt ihr übers Haar. Seine Hände sind kalt. Eiskalt und feucht, seine Wangen fiebrig. Der gleiche Geruch, der Lena schon beim Hereinkommen aufgefallen war, schlägt ihr entgegen. Ein süßlicher, stechender Geruch.

«Es war eine Fieberfantasie», sagt Andreas. «Ich leide manchmal unter Verfolgungswahn, wenn die Anfälle einsetzen. Und heute bin ich ohnehin ziemlich geschafft, weil ich den ganzen Tag gearbeitet habe.» Er schweigt und rückt etwas von ihr ab.

«Du warst mir richtig unheimlich», sagt Lena leise, dicht über sein Gesicht gebeugt. «Du warst nicht Andreas, mein Bruder, du warst ein Mr Hyde, ein Werwolf, ein schrecklicher Anblick.» Erst jetzt fällt ihr auf, wie dünn er geworden ist, seit sie sich das letzte Mal gesehen haben. «Sag mal, was isst du eigentlich? Liegt es an der Diät, dass du so abgemagert bist?»

Er nickt. «Ja, ich lebe Diät, das zehrt ganz schön».

Lena betrachtet das Gesicht des Bruders. Es kommt ihr vor, als sehe sie sich selbst nach einer Fastenkur im Spiegel. Früher hat es sie oft gestört, dass sie sich so ungeheuer ähnlich sahen. Die weit auseinander stehenden, leicht schräg geschnittenen Augen, die gerade Nase, die vollen dunklen Lippen, die ovale Gesichtsform, der Haaransatz mit dem Wirbel auf der linken Seite – alles war gleich. Sie lächelt versonnen, stellt fest, dass ihr Puls wieder auf normalen Touren läuft. Aber das Adrenalin jagt noch durch ihr Blut, macht sie rastlos und unruhig. Am liebsten würde sie laut schreien, gegen die Wände trommeln, um sich richtig abzureagieren.

«Andreas?» Sie sieht ihn forschend an. Er scheint beinahe zu schlafen. «Wann wirst du wieder gesund? Was sagt dein Arzt?»

«In zwei bis drei Wochen, vielleicht auch vier. Dann ist der Dreck raus aus dem Körper. Ich muss regelmäßig zur Kontrolle, darf mich nicht erkälten. Vorübergehende Immunschwäche, weißt du.» Seine Worte klingen wie auswendig gelernt.»

Lena ist klar, dass er sie beruhigen will, dass er die Situation verharmlost. Sie spürt, dass irgendetwas nicht stimmt. Seine Umarmung ist so fremd, so schrecklich distanziert. Wenn er nur die Augen aufmachen würde, dann könnte sie sich selbst überzeugen, ob seine «Medizin» wirklich nur schmerzstillend ist. Denn damit hat sie Erfahrung. Jean war Arzt, von ihm hatte sie viel über bestimmte Wirkungen und Symptome gelernt. Sie hatte ihn oft zu seinen Patienten begleitet, in die schlimmsten Asyle und Heime, wo die Menschen vor sich hin dämmerten, kurz vorm Abtauchen unter die Oberfläche, ins Nichts, und nur ein Windhauch genügte, um sie endgültig zu vernichten, aufzulösen.

«Andreas», flüstert sie, «warum hast du dieses Zeichen mit den Händen gemacht? Und die französischen Worte – was bedeuten die im Klartext?»

Volltreffer. Sein Kontrollmechanismus läuft auf vollen Touren, höchste Alarmstufe. Er lacht ein kurzes, unechtes Lachen, hustet. «Wischst du dir nicht die Stirn ab, wenn du schwitzt?», fragt er zurück.

Bluff, ein riesiger Bluff. Er hat sich nicht die Stirn abgewischt. So wischt man sich nicht die Stirn ab. «Ach ja, natürlich», antwortet Lena und wartet gespannt, wie er den französischen Spruch erklärt.

Fröstelnd betrachtet sie seine mageren Schultern, seinen ausgemergelten Körper. Wartet. So lange, bis sie den Eindruck hat, dass er von ihr wegdriftet und einnickt.

Lena rüttelt unsanft an seiner Schulter. «Du, antworte mir gefälligst! Was sollten diese merkwürdigen Worte bedeuten?»

«Andreas runzelt verärgert die Stirn. «Ich weiß es nicht mehr», antwortet er ungehalten. «Wie soll ich mich daran erinnern, was ich gefaselt habe, während mich Fieber und Schmerzen fast um den Verstand brachten?»

Er lügt. Lena spürt es geradezu körperlich, dass er sie anlügt. Aber was will er vor ihr verbergen? Natürlich versteht sie Französisch, schließlich ist es ihre zweite Muttersprache. Aber die Worte ergaben keinen Sinn. Sie hörten sich an wie ein Ritual oder eine Art Schwur. Wie die inständige Bitte, verschont zu bleiben.

Sie fröstelt, stößt den Bruder noch einmal an. «Ich kann mich genau daran erinnern, was du gesagt hast. Ich kann es wortwörtlich wiederholen, wenn du willst. Aber was es bedeutet, will ich wissen. Hör endlich auf den Geheimnisvollen zu spielen. Das macht mich nur noch neugieriger.»

Er signalisiert Abwehr, seine Schultern wirken eckig und feindlich. Es ist, als habe sich sein Körper in einen Kokon eingesponnen. Bis hierher und nicht weiter, warnt er. Aber allen Warnsignalen, die sie früher immer beachtet hat, zum Trotz wird sie nicht Halt machen, diesmal nicht. Sie *muss* es wissen. Wenn sich ihr schlimmster Verdacht bestätigt, dann hat er sich einer okkultistischen Gruppe verschrieben. Denkbar wäre es jedenfalls. Andreas ist ein Schwärmer, ganz im Gegensatz zu ihr. Zwar lässt Lenas planloser, unstrukturierter Lebenslauf anderes vermuten. Aber in Wirklichkeit war Andreas, obwohl äußerlich gesehen der Gradlinigere, immer schon der eigentliche Romantiker und Träumer. Zumindest als Privatmann. Als Geschäftsmann war er ein würdiger Nachfolger für Krane Löss senior. Kein Wunder übrigens, er hatte eine harte Schule durchlaufen.

Lena lässt nicht locker, will eine Antwort haben. «Zu mir, dem Kind der Witwe von Naphthali», trägt sie vor.

Andreas rückt von ihr ab, stützt sich auf einen Ellbogen und starrt sie aus weit geöffneten Augen an. Morphium, denkt Lena, seine Medikamente enthalten auf jeden Fall Morphium. Und hoffentlich noch etwas anderes, Heilendes.

«Verdammt, wieso kommst du eigentlich in diesem Kostüm hier reingeschlichen?», fährt er sie wütend an. «Warum rufst du nicht vorher an? Wer hat dich überhaupt reingelassen? Antworte, zum Teufel!»

Auf seiner Stirn stehen kleine Schweißperlen. Wieder hat er diesen wilden, fremden Ausdruck in den Augen. Es tut Lena weh, ihren Bruder so zu sehen. Sie ringt sich ein unschuldiges Kleinmädchen-Lachen ab.

«Ach komm, reg dich ab. Wenn du wirklich wissen willst, warum ich gekommen bin, erkläre ich es dir.»

Dann erzählt sie ihm von der letzten Vorstellung, von den Champagner trinkenden Kollegen, von ihrem jämmerlichen Versuch, ein Solo auf die Bühne zu legen, und schließlich von dem Nebel, *ihrem* Nebel, der sie in die Kindheit zurückversetzte; von dem belebenden Streifzug durch eine Stadt, die aussah wie die Zotteln eines wilden, dampfenden Wolfes. Sie erzählt von stolpernden, unsicheren Schritten, vom Vater und dem Freimaurergebäude, das offenbar nicht nur für Neujahrsempfänge und Weihnachtsfeiern genutzt wird, wie sie heute festgestellt hat. Weiter berichtet sie Andreas, dass sie zurück zum Theater gegangen ist, um ihre Sachen abzuholen, dort aber niemanden mehr antraf. Dann hat sie vor der Kneipe gestanden und es einfach nicht fertig gebracht hineinzugehen. «Nein!», hat die nasse Fensterscheibe ihr zugeflüstert. «Tu es nicht!» Und dann, in ihrer Not, ist ihr Andreas, ihr leiblicher Bruder eingefallen. Lena bemerkt, wie er bei ihrem letzten Satz zusammenzuckt. Sie verliert den Faden, fährt nach einer Weile fort: «Ich bin also hergekommen, um in deiner bescheidenen Herberge zu übernachten.»

Sie lächelt etwas verlegen, sieht ihn erwartungsvoll an. Aber er reagiert nicht, macht einen völlig abwesenden Eindruck. Hört er überhaupt noch zu? Lena stupst ihn an.

«Erzähl weiter», sagt Andreas. «Ich höre zu.»

«Dein Nachbar von der ersten Etage hat mich reingelassen. Er hat mich übrigens für einen Mann gehalten. Deine Wohnungstür war weder abgeschlossen noch mit der Kette verriegelt. Warum schließt du nicht ab, Andreas?»

Er schüttelt den Kopf, gibt ihr zu verstehen, das sie weiterreden soll.

«Und dann? Ja, was dann? Ich bin reingegangen, aber nicht ohne vorher zu klingeln. Wahrscheinlich hast du es nicht gehört, weil du geschlafen hast. Dann stehe ich also hier, zu Tode erschrocken, weil sich niemand meldet und alles dunkel ist. Aber der absolute Höhepunkt warst du, du Idiot! Hockt im Wohnzimmer und richtet eine Pistole auf seine arme Schwester!»

«Nur keine Panik, die ist nicht geladen», sagt er. «Woher sollte ich Munition bekommen?»

Heuchler, denkt Lena. Munition bekommst du genau da, wo du dir auch die Waffe besorgt hast. Illegal besorgt selbstverständlich. Aber das sollte nicht ihr Problem sein. Wenn er sich mit einer Waffe im Haus wohler fühlte – typisch männliche Wichtigtuerei –, dann sollte er sich von ihr aus alle Schubladen damit vollstopfen. Trotzdem – der Gedanke, dass die Pistole nicht geladen war, beruhigte ungemein. Andreas war schließlich kein Mörder, er wollte nur abschrecken mit der Waffe. Lena schiebt ihre Gedanken beiseite. Je länger sie grübelt und versucht, das Geschehene zu bagatellisieren, desto mehr Widersprüche tauchen auf. Sie hat nicht den Mut, noch mehr Fragen zu stellen, jedenfalls nicht jetzt. Der Abend ist hart genug gewesen, es steckte so viel Dramatik darin wie in einem ganzen Leben. Höchste Zeit, zur Ruhe zu kommen, das Kostüm auszuziehen, heiß zu duschen, eine Kleinigkeit zu kochen und den Patienten zu versorgen. Sie setzt sich auf, will sich erheben.

«Der Nebel», hört sie Andreas mit schwacher Stimme sagen. «Ist es wirklich so neblig draußen?» Lena nickt. «Dampfst du deshalb so wie ein nasses Pferd? Hau bloß ab!», fügt er schroff hinzu. «Nicht, dass ich mich wegen dir erkälte!»

Sie springt hastig auf. Mein Gott, wie gedankenlos von ihr, mit den klammen Sachen so nah bei Andreas zu liegen! «Entschuldige», murmelt sie kleinlaut. «Du wirst dich schon nicht erkälten. Ich zieh mich rasch um und mach uns dann eine heiße Tasse Tee. Hast du Honig da?»

Lena könnte losheulen bei der Vorstellung, ihrem armen Bruder, diesem körperlichen Wrack, irgendwelche Bazillen oder Bakterien zu übertragen. Sie wendet sich ab und geht zur Tür. Sie kennt sich aus in der Wohnung, weiß, wo sie Dusche und Bademantel findet. Andreas hat ein Gästezimmer mit eigenem Bad in der Wohnung und Lena ist immer willkommen gewesen. Plötzlich hört sie ein unterdrücktes Lachen vom Sofa her. Als sie sich umdreht, strahlt Andreas sie an. Sie lächelt irritiert zurück.

«Bist du wirklich in diesem Aufzug durch die Stadt gelaufen?», fragt er belustigt.

«Hm», antwortet sie nickend.

«Du musst die Leute zu Tode erschreckt haben. Bestimmt träumen sie heute Nacht alle von Jack the Ripper, im festen Glauben, ihm begegnet zu sein.» Er bricht in schallendes Gelächter aus.

Lena runzelt die Stirn. Dieses Lachen passt nicht zu ihrem Bruder. Es klingt verzerrt, irgendwie . . . ungesund. Es ist bestimmt das Morphium, beruhigt sie sich. Es lässt die Stimmungen so stark schwanken. Egal, Hauptsache, seine gute Laune hält so lange wie möglich an.

«Ja, und stell dir vor, ich war nicht die Einzige, die so rumgelaufen ist. Die beiden Gestalten, die aus der Freimaurerloge kamen, hatten das gleiche affige Kostüm, das auch Vater manchmal trug. ‹Die Rächer der Finsternis›, sozusagen in Stereo», sagt Lena lachend. «Was meinst du, was für einen Schock die Leute gekriegt haben, die den beiden in den dunklen Straßen über den Weg gelaufen sind?» Andreas stimmt in ihr ausgelassenes Lachen ein. «Aber der Typ, der unten aus deiner Haustür geschlichen kam», fährt sie mit geheimnisvoller Stimme fort, «der hat wirklich den Vogel abgeschossen. Das war ein echter Bürgerschreck, eine Horrorvision. Tauchte aus dem Nichts auf und verschwand im Nichts, das heißt in einem Auto», korrigiert sie sich schnell. «‹He looked as if he was dedicated to the evil forces in society.› Der Satz stammt übrigens aus einer Komödie.»

Verwundert stellt Lena fest, dass alle Fröhlichkeit aus seinem Gesicht gewichen ist. Mist, denkt sie, welche Stimmung ist jetzt an der Reihe? Melancholie? Depression? Wahnsinn? Hoffentlich ist es die letzte Stimmung vor dem Einschlafen, sie ist mittlerweile selbst ziemlich erschöpft.

«Wie bist du hier hereingekommmen, Lena?» Andreas' Stimme hört sich irgendwie erleichtert an.

«Wie ich bereits sagte: Die Tür war nicht abgeschlossen und die Kette lag auch nicht vor.»

Andreas sackt unmerklich in sich zusammen, wühlt zerstreut in der Wolldecke, als ob er nach etwas sucht. «Er muss vergessen haben . . .» Er spricht den Satz so leise zu Ende, dass sie ihn nicht verstehen kann. Wieder überkommt sie eine unbestimmte Angst. «Wer muss *was* vergessen haben?», will sie wissen.

Er antwortet nicht, ignoriert ihre Frage. «Andreas!», faucht Lena ihn an. «Ich will sofort wissen, wer hier war und vergessen hat, die Tür abzuschließen.» Ein kalter Schauer läuft ihr über den Rücken, die Stelle hinter ihrem Ohrläppchen brennt wie verrückt. Mühsam unterdrückt sie den plötzlichen Impuls, zur Wohnungstür zu rennen und nachzusehen, ob sie die Kette vorgelegt hat.

«Reg dich nicht auf», erwidert Andreas. «Ich hatte Besuch heute Abend. Der Betreffende hat vergessen, die Tür abzuschließen.» Lena glaubt ihm kein Wort. Zu viel gespielte Harmlosigkeit liegt in seiner Stimme.

«Er kam also von dir, mein ‹Zwilling›, den ich unten auf der Straße gesehen habe? Hast du neuerdings Freunde aus der Theaterbranche? Er war doch verkleidet, oder?»

«Verkleidet?», wiederholt Andreas schulterzuckend. «Ja, vielleicht, irgendwie schon.»

«Irgendwie?» Lena wird ungeduldig. «Entweder man ist verkleidet oder man ist es nicht.»

Andreas stößt einen tiefen Seufzer aus. «Wenn du den Abendanzug der Freimaurer als Verkleidung bezeichnen willst, dann bitte, von mir aus!» Er legt sich wieder zurück und schließt die Augen.

«Aha, du hattest also Besuch von einem Freund, der zufällig Freimaurer ist. Und nach einem Treffen in der Loge ist er noch kurz bei dir vorbeigekommen, habe ich Recht?» Ohne eine Antwort abzuwarten, fährt Lena fort: «Ist er dein Hausarzt? Ich kann mich nicht entsinnen, ob er einen Arztkoffer dabei hatte.»

Erinnerungen an ihre Kindheit werden wach, an Andreas, den lieben folgsamen Sohn, der Gift und Galle spuckte über die Mitgliedschaft des Vaters in der ‹Geheimen Schurkenschaft›, wie er die Freimaurerloge nannte. Aber er hatte nie gewagt, dem Vater die Meinung zu sagen. Sie, Lena, war die Zielscheibe für seine Wut und Frustration. Und jetzt erzählte er ihr, als sei es das Selbstverständlichste von der Welt, dass er Freunde in den Kreisen hat, die er früher so verabscheute! Es mussten gute Freunde sein, die so spätabends noch kamen und sogar über einen Schlüssel verfügten. Es war unfassbar!

Lena räuspert sich und hustet, um ihre Beklemmung loszuwerden. «Warum bist du freiwillig mit Leuten zusammen, deren Ideologie du zutiefst verachtest?» Sie fragt so ruhig wie möglich, will sich ihre Erregung nicht anmerken lassen.

«Verachten?» Ihr Bruder starrt sie ungläubig an. Hast du verachten gesagt?» Er schweigt eine Weile, streicht nervös mit den Händen über die Wolldecke. «Magdalena! Du verlangst, dass ich mich selbst verachte!»

Wieso verlangte sie das? Lena war völlig ratlos. Nur eins wurde ihr langsam klar: Sie kannte ihren Bruder längst nicht so gut, wie sie immer geglaubt hatte. Während der Jahre, die sie voneinander getrennt gewesen waren, hatte Andreas sich verändert. So simpel war das. Davon geht die Welt nicht unter. Die Theorie, dass Zwillinge gegenseitig ihre Gedanken lesen können, war ein Mythos. Andreas war in die Fußstapfen seines Vaters getreten, hatte dessen Schreibtisch und Titel geerbt. War es da nicht naheliegend, dass er auch Interessen und Mitgliedschaften in verschiedenen Vereinen und Clubs übernahm?

Trotzdem. Es war eine verdammt bittere Erkenntnis. Mein Bruder, denkt Lena, der früher verbissen gegen alles gekämpft hat, woran er nicht glaubte, gegen alles «Unverdauliche», wie er es nannte; ausgerechnet er hat sich bedingungslos der Rolle verschrieben, die ihm von jeher zugedacht war. Übrigens merkwürdig, dass er noch nicht geheiratet hat, um der Sippe einen kräftigen blonden Stammhalter zu sichern. Oder ist das eine armselige Art von Protest? Eine bewusste Verweigerung, damit das Spiel ein Ende hat, die Tradition mit ihm stirbt?

«Es ist okay für mich, dass du Freimaurer bist», sagt Lena betont ruhig. «Solche Knabenclubs sind wohl die Antwort der Männer auf die Kaffeekränzchen ihrer Frauen, an denen sie nicht teilnehmen dürfen. Es geht mich nichts an, wenn dich diese Bruderschaft geistig und persönlich bereichert.»

Du verdammter Heuchler, denkt sie dabei wütend. Sie erinnert sich, wie Andreas die blütenweißen Freimaurerhandschuhe ihres Vaters im Kamin mit Ruß verschmierte. Er hatte eine diebische Freude daran, während die Mutter händeringend, aber tatenlos zusah. Lena hatte die Leidenschaft, die ihren Bruder in solchen Momenten befiel, nie nachvollziehen können. Die Strafe wurde schweigend entgegengenommen und schweigend ausgeteilt. Die Mutter stand währenddessen vor der Tür, zuckte bei jedem Schlag zusammen. Auf ihrem Gesicht lag ein verzückter, genüsslicher Ausdruck. Lena hatte sie gehasst.

«Und die ‹Magdalena› kannst du dir gleich sparen. Ich dachte, wir hätten eine Abmachung in dieser Sache.» Lena merkt, wie Wut in ihr aufsteigt. Es ist ihr plötzlich völlig egal, wie krank Andreas ist. Wenn jemand sie Magdalena nannte, wurde sie ernsthaft sauer. Allzu lebhaft hat sie die Blicke des Religionslehrers in Erinnerung, all das Peinliche, das geschah, als sie stolz erklärte, warum sie auf den Namen Magdalena getauft war.

Sie war ungefähr sieben Jahre alt gewesen, als der Vater sie in einem ungewöhnlich vertrauten Gespräch in das Geheimnis ihres Namens eingeweiht hatte. Wahrscheinlich hatte er damit gerechnet, dass sie es sofort wieder vergaß. Aber seine Worte prägten sich unauslöschlich in ihr Gedächtnis ein, vielleicht auch deshalb, weil es solche Vater-Tochter-Gespräche so gut wie nie gab. Das Vertrauen des Vaters erfüllte sie mit Stolz und die Enttäuschung über seinen Schwindel hätte sie gerade noch verkraften können. Aber nicht das, was danach geschah. Ihre Eltern wurden zum Direktor gerufen und dort mit den Behauptungen ihrer siebenjährigen Tochter konfrontiert. Was dann passierte? Hatte der Vater sie verteidigt? Hatte er kraft seiner Autorität und seiner stärkeren Position die Stirn zuzugeben, dass er selbst seiner Tochter die Geschichte so erzählt hatte? Natürlich nicht, es kam anders. Es hieß, Lena habe eine ziemlich lebhafte und manchmal gar makabre Fantasie. Und wenn sie sich nicht besserte, würde sie auch noch die Mitschüler mit ihren ketzerischen Aussagen verderben.

Lena spürt, wie die ohnmächtige Wut von damals wieder in ihr hochsteigt. «Warum du Andreas heißt, weiß ich nicht», sagt sie etwas bissig. «Vielleicht hat es mit dem Andreas-Kreuz zu tun. Es wäre typisch gewesen für unseren Vater. Aber warum er mich Magdalena genannt hat, das weiß ich nur allzu gut.

Schließlich habe ich dafür leiden müssen. Für das Wissen, meine ich, nicht für den Namen. Willst du es hören?»

Die Frage klingt eher wie eine Aufforderung.

«Bitte, Lena», erwidert Andreas und legt die Hand an die Stirn. «Nicht in alten Wunden rühren, okay?»

Ohne auf seine Bemerkung einzugehen, lässt sie sich in einen weichen Sessel fallen. «Gut, fangen wir an: Ich bin Ole Fredrik Krane Löss und du bist die kleine Magdalena. Es ist Sommer, und wir befinden uns auf der Veranda, vom Duft der blühenden Rosen und rankendem Efeu umgeben. Honigtrunkene Hummeln summen durch die grüne Pracht, die Welt ist erfüllt von Sommer und Ewigkeit. Der Mann, von dem du abstammst, sitzt neben dir und streicht dir liebevoll übers Haar. ‹Liebe kleine Magdalena›, sagt er, ‹dein Haar ist wunderschön.› Das kleine Mädchen, mit den schönen Haaren schließt die Augen und betet, dass alles so bleiben soll, dass es immer so sein soll. Auch eine Siebenjährige kann solche andächtigen Momente erleben, kann so intensiv fühlen, dass es an Wahnsinn grenzt. Wahnsinn, weil man einem anderen Menschen ausgeliefert ist, seinen Stimmungen und Launen. Eine Siebenjährige begreift, dass es die Erwachsenen sind, die die Augenblicke des Glücks schaffen – und wieder zerstören können.

‹Magdalena›, sagte Vater. ‹Weißt du, warum du so heißt?› Ich schüttelte wahrscheinlich den Kopf, hatte den Namen nie gemocht. ‹Du hast über Jesus gelernt›, fuhr er fort. Ich nickte, erinnerte mich an die Schilderungen des lieben weiß gekleideten Supermannes, der alles unter Kontrolle hatte, angefangen von Hungersnöten bis hin zur Auferstehung von den Toten. Alles, bis auf seine eigene Kreuzigung. Da war er machtlos. Ich war damals enttäuscht, dass er auf diese Art gedemütigt wurde. Der Supermann für andere entpuppte sich als ganz gewöhnlicher Sterblicher.

‹Jesu Ehefrau heißt Magdalena, erklärte Vater. Ich war irritiert, weil ich in der Sonntagsschule gehört hatte, dass Jesus Junggeselle war. Von Frauengeschichten war nie die Rede gewesen. Aber es gab so vieles, was die Erwachsenen vor uns Kindern verbargen. Also blieb ich mucksmäuschenstill sitzen und hörte gespannt zu.»

Lena unterbricht sich einen Moment, betrachtet ihren Bruder, der im schwachen Schein der Lampe liegt. Ob er ihr überhaupt noch zuhört? Egal, beschließt sie, ich erzähle meine Geschichte zu Ende.

«Ich kann mich nicht an den genauen Wortlaut erinnern, aber Vater sprach so wie immer. Eine vereinfachende Kindersprache verwandte er nie. Den Inhalt habe ich genau im Kopf.

‹Jesus war von königlichem Blut›, sagte er. ‹Er war ein direkter Nachkomme Salomos und Davids. Die Geschichte von dem armen Zimmermann aus Nazareth ist erfunden. Die Stadt gab es nicht zu Jesu Zeit. Er war ein gebildeter Mann, der sich an die gesellschaftlichen Gepflogenheiten hielt. Er heiratete. Es galt damals als unschicklich, freiwillig unverheiratet zu bleiben. Seine Frau hieß Maria aus der Stadt Magdala. Ihr Name taucht oft in den Evangelien auf, allerdings haben engherzige Männer sie dort als Prostituierte dargestellt. In Wahrheit war sie eine reiche Frau aus einflussreichem Geschlecht, vom Stamme Benjamin.›

Ich hörte wie gebannt zu. Was Vater erzählte, war viel interessanter als die Geschichten aus der Sonntagsschule. ‹Hast du von der Hochzeit zu Kanaan gehört?›, fragte er mich, woraufhin ich eifrig nickte. Hatte Jesus dort nicht Wasser in Wein verwandelt? Oder war es ein Bluff? Hatte er die ganze Zeit gewusst, dass die Regale im Weinkeller voll waren?

‹Magdalena›, hauchte Vater mit andächtiger Stimme, und einen Moment lang war ich im Zweifel, ob er mich oder Jesu Ehefrau meinte. ‹Magdalena›, wiederholte er. ‹Nach Frankreich flüchtete sie mit ihrem Spross.› Ich verstand kein Wort. Was hatte sie dabei? Blumenzwiebeln? Als ich Vaters ernstes Gesicht sah, wagte ich nicht nachzufragen.

‹Sie trug das Allerheiligste in sich›, murmelte er, und mir dämmerte, was er sagen wollte: Sie war schwanger! ‹Papa, hat sie ein Baby bekommen?›, platzte ich heraus. ‹Pst, frag nicht so viel, mein Kind. Das Einzige, was du wissen sollst, ist, dass Magdalena der schönste Name ist, den ein Mädchen bekommen kann. Denn er bedeutet *Leben.*›

Ich weiß noch genau, dass mir Tränen in die Augen stiegen, vor lauter Dankbarkeit darüber, dass mein Papa mir den schönsten Namen gegeben hatte, den er kannte. ‹Der heilige Gral›, fuhr er mit gesenkter Stimme fort. Du meinst Baal, korrigierte ich ihn in Gedanken. Das war jedenfalls der Ausdruck, den ich mal in der Sonntagsschule aufgeschnappt hatte.»

Völlig in ihre Erinnerungen versunken, bleibt Lena auf dem Ledersessel sitzen. Alles kommt ihr so nah vor, als sei es gestern gewesen. Wenn sie die Augen schließt, strömen die Düfte des Sommertages in ihre Nase. Auch Andreas liegt mit geschlossenen Augen, doch Lena bezweifelt, dass er angenehme Düfte einatmet. Aber er scheint zuzuhören. Gut, dann macht sie weiter.

«Dieses Märchen präsentierte er mir also, und er hat bestimmt nicht damit gerechnet, dass ich es behalten würde. Kannst du dir vorstellen, in welch tiefen Konflikt ich geriet, als uns in der Schule eine völlig andere Version dieser Geschichte aufgetischt wurde? Die Sonntagsschule hatte ich ja nie ernst genommen, es war eher eine Mal- und Märchenstunde. Aber in der Grundschule wurde es anders. Mir wurde bald klar, dass nur einer von beiden Recht haben konnte; mein Vater oder der Religionslehrer. Natürlich entschied ich mich zu Vaters Gunsten und trug lautstark vor der Klasse vor, dass Jesus ein echter König gewesen ist, der mit einer echten Königstochter ein echtes Königskind gezeugt hatte. Und mein Name sei der schönste von der Welt, behauptete ich, weil Jesu Frau den gleichen hatte. Kannst du dir das Chaos vorstellen, das ich auslöste? Das Lehrerkollegium betet bestimmt noch heute für mich, weil ich mich damals weigerte, meine Meinung zu ändern. Noch nicht mal, als mich ausgerechnet derjenige im Stich ließ, der schuld an allem war, wollte ich Abbitte leisten. ‹Du musst deine Fantasie zügeln›», zitiert Lena und schlägt wütend mit der Faust auf den Sessel. «Verdammte Schweinerei!»

Andreas starrt seine Schwester an. «Lena», flüstert er. «Ich wusste nicht, dass Vater dich so sehr geliebt hat.»

«Geliebt hat!», stößt sie verächtlich hervor. «Auweia, das hört sich an wie aus einem drittklassigen Theaterstück. Er hat mich nicht mehr und nicht weniger geliebt als dich. Eigentlich waren wir ihm beide ständig im Weg. Aber du hattest ja Mutter. Für mich war sie nur ein Mensch, der immer mit leidender, gekränkter Miene herumlief und zu allem, was ich wollte, Nein sagte. Nur wenn sie nach Wein roch – oder war es Sherry? –, suchte sie meine Nähe. Aber dann wollte ich nicht. Mutter sollte nicht nach Wein riechen und glänzende Augen haben. Sie sollte so sein wie die Mütter meiner Freundinnen, nach frischen Frikadellen und leckerer Soße duften.»

Andreas richtet sich auf und sieht Lena vernichtend an. «Kein Wort mehr gegen Mutter!», brüllt er sie an. «Keine Gemeinheit mehr, hörst du? Du hast ja keine Ahnung, Lena.»

Sie schneidet ihm eine Grimasse, dann springt sie auf und wirbelt übermütig lachend durch das Zimmer.

«Super, Andreas, ganz toll! Die Szene ist Ibsen-reif. Noch ein Satz und das Drama nähert sich dem Höhepunkt: ‹Kranker, entkräfteter Sohn verteidigt seine unverstandene Mutter. Grotesk aussehende Schwester in Männerklamotten, die im letzten Akt von ihrem seltsamen Bruder mit der Pistole bedroht wurde, bekommt von diesem zu hören, dass der Vater sie mehr als alles auf der Welt geliebt hat. Nun sollte das Zwitterwesen endlich Verständnis dafür aufbringen, dass der Sohn, der den Vater hasste, daniederliegt und französische Beschwörungsformeln vor sich hin lallt! *‹A moi, à l'enfant de la veuve de Naphthalie!›*»

Als sie ihm die letzten Worte entgegenschleudert, versucht Andreas aufzustehen, will auf sie zugehen. Aber er ist zu schwach und fällt entkräftet ins Sofa zurück. «Nein!», schreit er sie an. «Mach, was du willst, sag, was du willst, aber bitte hör auf damit. Ich flehe dich an.»

«Okay», antwortet Lena ruhig. «Ich war schon immer diejenige, die nachgibt. Also halte ich den Mund, gehe unter die Dusche und leih mir deinen Morgenmantel aus. Dann mache ich uns was zum Essen und versorge dich. Die einzige Gegenleistung, die ich erwarte, ist ein Bett für diese Nacht. Einverstanden?»

Er nickt, sinkt in die Kissen zurück und bittet sie, etwas Wasser zu holen. Im Hinausgehen fällt Lenas Blick auf die Pistole, die zwischen Fußbodenleiste und Stuhlbein am Boden liegt. Sie nimmt sie unauffällig an sich und eilt in den Flur. Dort stellt sie fest, dass sie vergessen hat, die Türkette vorzulegen. Schnell holt sie das Versäumte nach und atmet erleichtert auf.

Im Gästezimmer legt sie als erstes Joschas Kostüm ab, nimmt dann eine kurze Dusche, frottiert sich gründlich trocken, bis ihre Haut sich rötet. Sie schlüpft in den weichen, langen schottisch karierten Bademantel. Nachdenklich nimmt sie die Pistole, betrachtet sie eingehend, wiegt sie in der Hand. Jean hatte auch eine Pistole besessen, die der hier zum Verwechseln ähnlich sah. Lena sichert die Waffe, spannt den Hahn zurück. Als sie das Magazin kontrolliert, schnürt sich ihre Kehle zusammen: Das Magazin ist voll mit Blei. Sie zählt sechs Patronen.

Sechs Patronen. Genug, um sowohl sie als auch Joscha für die ewigen Jagdgründe zu perforieren. Andreas!, schießt es ihr durch den Kopf. Warum? Gegen eine plötzliche Übelkeit ankämpfend, stürzt sie zum Waschbecken, spült den Mund unter fließendem Wasser. Was soll sie tun? Die Patronen herausnehmen und die Pistole an die gleiche Stelle im Wohnzimmer zurücklegen? Ihrem Bruder auf den Kopf zusagen, dass er sie belogen hat? Oder soll sie die Waffe geladen zurücklegen? Ob sie sich dann noch sicher fühlt in dieser Wohnung. Prüfend betrachtet sie ihr Gesicht im Spiegel. Ohne Joschas Maske sieht sie ängstlicher, verletzbarer aus. Andreas, denkt sie, du würdest mich nie töten wollen. Es war ein anderer, auf den du gezielt hast, jemand, der dich bedroht, der dir Angst macht. Jemand, der nur in deinen Fieberfantasien existiert. Sie schiebt ihre Gedanken beiseite und geht in die Küche, versucht den schweren Gegenstand in ihrer Manteltasche zu ignorieren.

Als sie die Kühlschranktür öffnet, sieht sie sich mit gähnender Leere konfrontiert. Sie blickt sich suchend um, sucht vergeblich nach Brot oder anderen frischen Lebensmitteln. Merkwürdige Diät. Vielleicht macht er eine Kaviar- und Champagner-Kur? Aber noch nicht einmal das ist vorrätig. Nur eine reichhaltige Konservensammlung mit exklusivsten Inhalten. Lena rümpft die Nase. Im Küchenschrank entdeckt sie eine Packung Spaghetti, original italienische Bandnudeln und eine Fertigsoße, eine Dose Muscheln, ein Glas Oliven und eine Büchse Sardinen. Wie soll sie mit diesen Zutaten eine Diätkost für ihren Patienten zaubern? Wovon lebt dieser Mensch nur, fragt sie sich kopfschüttelnd. Das grobkörnige Knäckebrot im Brotkasten ist auch nicht gerade Diätkost. Andreas, was ist hier eigentlich los?

Als Lena schließlich mit dem Spaghettitopf bewaffnet das Wohnzimmer betritt, findet sie ihren Bruder in tiefem Schlaf vor. «Los, Bruder, das Essen ist fertig!», sagt sie resolut. Zu ihrer Verwunderung kommt er der Aufforderung ohne Murren nach.

«Danke, das hat wirklich gut getan», sagt er nach dem Essen. «Jetzt bin ich müde und will schlafen.»

«Aber nicht hier», bestimmt Lena. «Du wirst in deinem Bett schlafen, nicht auf dem Sofa.»

Als er nicht reagiert, zieht sie ihm kurz entschlossen die Decke weg und greift ihm beherzt unter die Arme, um ihn hochzuziehen. «Los, du müder Krieger.» Er lächelt matt und rafft sich mühsam auf.

Hast du denn gar keinen Mumm mehr in den Knochen, Junge, schimpft sie in Gedanken, als sie Andreas unter Aufbietung aller Kräfte ins Schlafzimmer schleppt. Sie knipst die Nachttischlampe an, schlägt die Bettdecke zurück. Auf die Frage, ob er sich nicht waschen will, antwortet er mit einem Kopfschütteln. «Morgen, jetzt bin ich zu müde», sagt er und lässt sich wie ein nasser Sack aufs Bett fallen, woraufhin er sofort einschläft.

Lena beschließt, dass er unmöglich in voller Montur liegen bleiben kann. Also befreit sie ihn von den verschwitzten Sachen. Bei ihrem Zwillingsbruder hat sie keine Hemmungen, nur die Unterhose bleibt tabu. Nachdem sie ihm den Schlafanzug angezogen hat, der über einem Stuhl neben dem Bett hing, holt sie einen nassen Waschlappen aus dem Bad und wischt ihm damit Gesicht und Hals ab. Dann legt sie die schmutzigen Sachen in einen Korb, der bereits von Wäsche überquillt.

«Gute Nacht», flüstert Lena und drückt ihn kurz an sich. Wieder steigt ihr dieser stechende, süßliche Geruch in die Nase, der ihr an ihrem Bruder bisher so fremd war. Früher war er immer peinlich auf Körperpflege bedacht gewesen, hatte doppelt so oft geduscht wie sie, hatte immer nach Seife geduftet.

Sie setzt sich auf die Bettkante und betrachtet ihren Zwilling. Sie sehen sich so ähnlich, dass ihr schon fast unheimlich ist. Aber die Seelenverwandtschaft, an die sie immer geglaubt hat, existiert nicht mehr. Morgen, denkt Lena, morgen will ich genau Bescheid wissen über deine Leberkrankheit. Und wenn du glaubst, mich mit ein paar lapidaren Worten abspeisen zu können, irrst du dich. Ich werde die Wohnung nicht verlassen, bis ich Klarheit habe, bis dieses ungute Gefühl verschwunden ist. Sie sieht in sein Gesicht und gleichzeitig in ihr eigenes, das ihr aus dem Spiegel über dem Bett entgegenblickt. Sie erschauert. Es ist, als ob sie sich selbst dort liegen sieht, krank und bleich zwischen maskuliner Bettwäsche.

«Gute Nacht.» Ihr Flüstern bleibt unbeantwortet. Er schläft fest.

Auf Zehenspitzen schleicht Lena hinaus, überprüft noch einmal die Türkette, zieht sich ins Gästezimmer zurück und sinkt seufzend in die weichen Daunendecken. Plötzlich fällt ihr die Pistole wieder ein, die Frage, was sie damit machen soll. Das Gesicht des schlafenden Bruders vor Augen, springt sie hastig auf und geht ins Wohnzimmer, wo sie die Waffe dorthin zurücklegt, von wo sie sie weggenommen hat. Voll geladen. Wieder in ihrem Zimmer, lässt sie sich in die weiche Kleewiese aus Daunen fallen und schlummert ein.

Mitten in der Nacht schreckt sie auf, aus einem finsteren, auf der Netzhaut aufgeprägten Albtraum.

Die Handschuhe, die eleganten weißen Handschuhe, die Andreas in den Kamin geworfen hatte, waren in ihrem Traum zu einem Paar grotesk aussehender Boxhandschuhe angeschwollen. Sie gingen auf Lena los, droschen mit brutaler Gewalt auf sie ein. Sie versuchte sich zu wehren, aber die Schläge hagelten unbarmherzig auf sie nieder. Schwer und rhythmisch. Klatsch, klatsch. Mit jedem Hieb gruben sich die Fäuste tiefer in ihr Fleisch und sie erwachte mit einem Schmerzensschrei. Versuchte in das Gesicht hinter den Handschuhen zu packen, mit ihren Händen zu greifen. Aber da war kein Gesicht hinter den Schlägen. Nur die weißen Handschuhe, die schlugen und schlugen.

Sie wühlt sich aus dem Bett, steht zitternd und in Schweiß gebadet auf wackligen Knien. Verfluchter Albtraum, das hat sie nicht verdient. Die Wohnung liegt im Dunkeln. Sie lauscht, doch kein Laut dringt an ihr Ohr. Nur ihr eigenes, schweres Atmen. Reg dich ab, redet sie sich selbst ärgerlich zu. Ganz ruhig, Mädchen.

Plötzlich nimmt sie ein schwaches Klicken wahr. Oder ist es ein Rascheln? Reglos starrt sie auf die Tür. Jetzt hört sie es ganz deutlich. Ein gedämpfter Laut, wie gepolsterte Fingerknöchel auf Holz. Er kommt vom Flur her. Ist Andreas Schlafwandler? Zitternd stößt sie die Zimmertür auf, blickt in den dunklen Gang. Undeutlich nimmt sie die Umrisse der Wohnungstür wahr, erkennt, dass die Kette vorgelegt ist, dass kein schlafwandelnder Bruder herumschleicht. Aber die Türklinke – sie befindet sich nicht in der richtigen Stellung. Ganz und gar nicht in der richtigen Stellung! Sie zeigt nach unten anstatt waagerecht. Starr vor Entsetzen beobachtet Lena, wie sich die Klinke langsam wieder nach oben bewegt. Ein leises Klicken und sie ist wieder in der Ausgangsstellung.

Die Angst schießt ihr in die Fingerspitzen, ein stechender Schmerz wie nach einer Erfrierung. Die Handschuhe, der Albtraum – er steht draußen vor der Tür. Steht dort und will rein! Was ist das nur für ein Wahnsinn? Sie schluckt schwer. Das Herz klopft ihr bis zum Hals. Unwirklichkeit. Total ausgeklinkte Unwirklichkeit. Aber die leichten Fußtritte, die sich von der Tür entfernen und auf der Treppe verschwinden, sind echt. Auch das Geräusch der zufallenden Haustür. Lena stürzt zum Fenster und sieht die Umrisse eines Mannes, der auf ein geparktes Auto zugeht. Zwei Scheinwerferlichter schneiden sich in den Nebel. Der Wagen rollt langsam die Straße hinunter.

Lena reibt sich die Augen, unterdrückt einen hysterischen Schrei. Wahnsinn, der pure Wahnsinn. Wer könnte das gewesen sein? Andreas' Freimaurerfreund? Nein, vor ihm hatte Andreas keine Angst, das hätte sie ihm angemerkt. Ein Einbrecher? Kaum. Solche Typen lassen sich nicht von einer läppischen Türkette abschrecken. Also ein Mensch ohne Gesicht mit dem Vorsatz, ihrem Bruder zu schaden? Ihm Angst einzujagen? Hat Andreas sich auf dubiose Geschäfte eingelassen? Ihr wird schwindlig von den vielen Fragen. Und von der Ungewissheit. Aber immerhin hat die Türkette gehalten.

Das Herz klopft ihr noch immer wie wild, als sie ins Badezimmer geht. Ruhig, Lena, ruhig! Der eiskalte Strahl aus dem Wasserhahn trägt zur Entspannung bei. Sie lässt literweise Wasser über Stirn und Wangen laufen. Spürt, dass sie langsam wach wird, die Schrecken des Albtraums ferner rücken. Spürt, wie es in ihrem Magen grummelt und arbeitet. Pasta mit Muscheln und Oliven war sicher nicht das «ruhigste» Nachtessen. Milch, denkt sie, warme Milch.

Es ist dunkel und still in Flur und Küche. Lena lauscht an der Schlafzimmertür des Bruders. Auch dort herrscht absolute Stille. Andreas hat noch nie geschnarcht.

Es ist keine Milch da, weder in flüssiger noch in pulvriger Form. Lena macht sich eine Tasse Tee. Setzt sich und schaut aus dem Fenster. Der Nebeldunst ist heller geworden. Bestimmt geht es schon auf den frühen Morgen zu. Endlich. Aber die Sonnenstrahlen werden alle Mühe haben, den triefenden Schleier zu vertreiben, der über Häusern und Straßen liegt. Zweifelhaft, ob sie es schaffen werden, denkt Lena. Die Oktobersonne ist nicht gerade die glühendste Liebhaberin.

Lena nimmt ihre Tasse und schleicht zurück zum Gästezimmer. Unterwegs holt sie sich ein paar Zeitungen aus einem Ständer im Flur. Sie sind sorgfältig zusammengefaltet, sehen ungelesen aus. Leise öffnet sie die Wohnzimmertür und wirft einen Blick hinein. Zwei Lampen brennen. Und zwischen Fußbodenleiste und Stuhlbein liegt die Pistole, genau so, wie sie sie hingelegt hat.

Aber der Albtraum war nun nicht mehr eine geladene Pistole. Der Albtraum waren prügelnde Handschuhe.

Wieder im Bett, die Kissen im Rücken, die Teetasse auf dem runden Kunststoffbettpfosten balancierend, fällt Lenas Blick auf ein Gemälde, das direkt vor ihr an der Wand hängt. Sie hat es noch nie gesehen, Andreas muss es erst vor kurzem gekauft haben. Als sie nachrechnet, wird ihr klar, dass es schon einige Monate her ist, seit sie zum letzten Mal in diesem Zimmer war.

Das Bild wirkt überladen mit alten romantischen Motiven, und der Anblick des pompösen Goldrahmens jagt ihr einen Schauer über den Rücken, so unangenehm erinnert sie dieser Stil an die «Gute-Stube»-Gemütlichkeit ihres Elternhauses. Sowohl das Bild als auch der Rahmen sind völlig deplatziert in diesem sachlichen, mit modernen Plastikmöbeln eingerichteten Raum. Der Stilbruch ist ihr unerklärlich. Wenn Andreas schon in diese Art Kunst investierte, dann könnte er den Kram doch wenigstens in angemessener Umgebung unterbringen. Die Bibliothek würde sich hervorragend dafür eignen. Sie ist genauso barock und schwülstig wie dieses Ding.

Vom Bett aus vertieft sie sich in die Betrachtung des Bildes. Der Künstler hat sich eindeutig der Licht-und-Schatten-Malerei verschrieben, stellt Lena fest. Teile der Leinwand liegen völlig im Dunkeln, während andere Partien wirken, als ob sie aus dem Hintergrund vortreten und auf den Betrachter zukommen.

Links im Bild stehen zwei Jungen. Ihre Gesichter sind sanft und engelhaft. Das übernatürlich helle Licht modelliert die weich fallenden Stofffalten ihrer Gewänder. Jeder von ihnen hält eine Art Stab in der Hand. Sind die beiden vielleicht Schafhirten? Solche einfältigen Figuren aus der Bibel? Wenn das stimmt, haben sie wohl ihre Herde verloren. jedenfalls ist das, worauf sie so verzückt ihr Augenmerk richten, alles andere als eine harmlose Kreatur: Es ist ein Totenkopf, ein grinsender weißer Totenkopf, der auf einem viereckigen Steinsockel liegt. Im Hintergrund breitet sich ein stark bewegter, intensiv leuchtender Himmel aus.

Wie grotesk!, denkt sie befremdet. Sie kneift die Augen zusammen und konzentriert sich auf den Schädel, der offensichtlich Gegenstand hingebungsvoller Anbetung ist. Ist dort auf der Schädeldecke nicht ein dunkler Fleck zu sehen? Vielleicht ein Loch. Ist der Arme etwa mittelalterlicher Gehirnchirurgie zum Opfer gefallen? Hammer und Meißel oder gar einem Bohrer? Und wo ist der Rest des Mannes? Lena verzieht angeekelt das Gesicht. Das Bild ist wirklich widerlich. Wenn die Jünglinge nur nicht diesen verklärten Gesichtsausdruck hätten! Ängstlich müssten ihre Blicke sein oder zur Not auch neugierig. Nur nicht so glückselig, so hingebungsvoll.

Sie steht auf, um sich das Bild aus der Nähe anzusehen. Überrascht stellt sie fest, das es ein Druck ist, eine simple Reproduktion. Andreas muss verrückt geworden sein. Der Rahmen ist mit Sicherheit weit mehr wert als das Poster.

Ein kleines Messingschild am unteren Rahmenrand verrät, dass der Künstler Guercino heißt, das Gemälde aus dem Jahre 1618 stammt und das Original in der Galleria Nazionale D'Arte Antica in Rom hängt. Kein Titel. Aber unterhalb des Totenkopfes entdeckt sie eine Inschrift, eingraviert in einen Gegenstand, der aussieht wie ein schwarzer Steinsarg: *Et in Arcadia Ego*. Merkwürdig, das sagt ihr überhaupt nichts. Weder im Original noch in der Übersetzung. «Und in Arkadia ich.» Bin ich, war ich. *Arkadien.* Sie lässt das Wort auf der Zunge zergehen, kramt in ihrem Gedächtnis nach der Schublade, die ihre spärlichen Geographiekenntnisse enthält. Aber die Lade klemmt, gibt keine Assoziationen. Lena denkt angestrengt nach. Der Liedermacher Fridtjof Andersen: War er es nicht, der über eine Landschaft gesungen hat, die Arkadien hieß? Sie summt leise vor sich hin, findet den Namen: Ligurien, das war es bestimmt. Klingt nach griechischer oder römischer Mythologie. Aber Klang hin, Klang her: auf jeden Fall gibt das Bild einigen Aufschluss über den Besitzer, und das heißt im Klartext: Andreas hat höchst merkwürdige Vorlieben entwickelt, zeigt Persönlichkeitszüge, die seiner Schwester völlig fremd und unerklärlich sind. Das Romanklischee «sie kannten einander nicht mehr» ist traurige Realität geworden.

Sie tritt etwas zurück, betrachtet das Bild mit finsterer Miene. Es ist eine Zumutung, auf diesen geschmacklosen phosphoreszierenden Totenkopf glotzen zu müssen, während man im Bett liegt. Kurz entschlossen hängt Lena das Bild ab, stellt es auf den Boden und lehnt es umgedreht an die Wand.

Als sie sich wieder ins Bett kuscheln will, stellt sie ärgerlich fest, dass die Laken inzwischen kalt geworden sind, genau wie der Tee. Sie schlüpft unter die Decke, nippt lustlos an ihrer Tasse und breitet eine Zeitung vor sich aus. Sie ist von Freitag. Heute ist Samstag, oder vielmehr seit sechs Stunden Sonntag. Egal, sie hat schon lange nicht mehr Zeitung gelesen. Seit der Premiere des «Kirschgartens», und das ist schon eine Ewigkeit her. Wenn nicht zwei. Lena gibt sich einen Ruck und beginnt mit der deprimierenden Lektüre alter Katastrophen- und Unglücksnachrichten.

Rasch überfliegt sie den innen- und außenpolitischen Teil, noch rascher die Sportberichte, verweilt erst wieder bei den Kleinanzeigen, die über diverse Wochendendveranstaltungen informieren. «Die beiden letzten Aufführungen» liest sie in der Theaterrubrik. Auch eine alte Neuigkeit. Überhaupt – was will sie eigentlich mit der Freitagausgabe? Heute ist Sonntag, Mädchen. Du musst schon bis Montag warten, um dich auf den neuesten Stand mit der Welt zu bringen.

Sie legt die Zeitung zusammen. Schlägt sie wieder auf. Da war etwas, die Annonce oben links. Die Einladung zu einem Freimaurertreffen. Jedenfalls vermutet sie, dass es sich um eine solche Anzeige handelt, obwohl sie unter der Rubrik «Religiöse Veranstaltungen» steht. Die Nachricht ist verschlüsselt. Lena hat sie schon zu Hunderten gesehen, diese kodierten Mitteilungen, und jedes Mal drängte sich ihr die Frage von neuem auf, was dieses exklusive Getue sollte. Die Zahlen, Buchstaben und Symbole ergeben keinen Sinn, zumindest nicht für Lena und nicht auf Anhieb. So soll es wohl sein, Außenstehende sollen Außenstehende bleiben. Logisch denken, Lena!, fordert sie sich auf. Welche Informationen sind wichtig, wenn man eine Versammlung einberuft? Ort, Datum und Uhrzeit. Klar, der Ort muss das Logengebäude sein. Nachdem sie eine Weile die Zahlenreihe betrachtet hat, lacht sie laut auf. Um diesen läppischen Kode zu knacken, muss tatsächlich keine Expertin her: 271019861900 bedeutet schlicht und ergreifend dass das Treffen am Montag, dem 27. Oktober 1986, um neunzehn Uhr stattfindet. Zielgruppe: St. Andr.

Zufrieden sinkt Lena in die Kissen zurück. Sie hat das lächerliche Geheimnis entlarvt. Gut, sehr gut. Wenn sie ganz sicher gehen will, kann sie ja morgen Abend gegen neunzehn null null eine kleine Radtour an der Loge vorbei unternehmen. Sie hat ohnehin nichts anderes vor. Plötzlich kommt ihr ein Gedanke: Andreas! Ob auch er zu der Zielgruppe gehörte, auch er ein «Sankt Andreas» war? Das würde bedeuten, dass er morgen zu diesem Treffen gehen müsste. Unmöglich, das konnte er nicht schaffen, er ist viel zu schwach. Vielleicht hat er ja heute Abend mit seinem Freimaurer-Bruder die Frage diskutiert, ob seine Krankheit Grund genug ist, um der Versammlung fern zu bleiben? Lena vertreibt den Gedanken an die sich bewegende Türklinke, verbleibt in halb liegender, halb sitzender Stellung und sieht gedankenverloren auf die nackte Schlafzimmerwand.

Langsam geht der Morgen in Tag über. Und mit der Dunkelheit entschwinden die meisten bösen Geister in weite, weite Ferne. Aus den brauchbarsten Zutaten, die sie in der Küche findet, bereitet Lena ein Frühstück. Andreas ist wach, sie hat vor einer Weile gehört, dass er ins Bad gegangen ist. Mit einem Tablett beladen geht sie zu seinem Schlafzimmer, stößt mit dem Fuß die Tür auf. «Frühstück im Bett«, kündigt sie fröhlich an und würde am liebsten im selben Moment auf dem Absatz kehrtmachen, als ihr ein stickiger, säuerlicher Geruch entgegenschlägt. «Deck dich gut zu!», fordert sie ihren Bruder auf. «Ich mache erst mal das Fenster auf.»

Andreas lächelt sie an. Es scheint ihm besser zu gehen als letzte Nacht. «Ist die Dame allergisch gegen Männergerüche?», fragt er. Endlich, das ist ihr frecher Bruder, wie er leibt und lebt, wie sie ihn kennt.

«Männergerüche!», versetzt sie indigniert. «Es stinkt nach Schweißsocken.» Aber die liegen im Wäschekorb, fügt sie im Stillen hinzu, habe sie selbst gestern reingelegt.

«Meine Güte, hast du das alles in der Küche gefunden?», erkundigt sich Andreas und bedient sich.

«Hm, man nimmt, was man kriegen kann. Dein Vorrat an Diätkost ist aufgebraucht. Ich gehe morgen für dich einkaufen.»

Er bedankt sich, zählt auf, was sie besorgen soll, während er lustlos im Essen herumstochert. Soso, das Menü passt dir nicht, denkt Lena. Zugegeben, es ist weder Diätkost noch ein anständiges Frühstück.

«Du?» Sie sieht den Bruder forschend an. «Das Bild, das im Gästezimmer hängt – wo hast du das nur aufgestöbert?»

«Ach das», erwidert er und greift nach seiner Teetasse. «Das ist ein Geschenk. Es passt nicht in das Zimmer.»

«Gelinde ausgedrückt», stimmt Lena zu. «Es hat mir einen schlaflosen Morgen bereitet.» Sie zieht es jedoch vor, den Albtraum, die lebendige Türklinke und den nächtlichen Besuch nicht zu erwähnen. Aber irgendwie fühlt sie sich erleichtert. Andreas hat das Bild nur aus Höflichkeit aufgehängt, weil es ein Geschenk war. Natürlich im Gästezimmer! Damit er es nicht ständig vor Augen hat. Eine geschickte Lösung.

Der Sonntag ging langsam zu Ende. Sie verbrachten die meiste Zeit getrennt. Andreas im Wohnzimmer, Lena im Gästezimmer. Er döste vor sich hin, las eine Weile, nickte wieder ein, ohne auf die Unterlagen zu achten, die leise raschelnd zu Boden fielen. «Meine Ruhe», sagte er einmal, als sie einen Blick zur Tür hineinwarf und fragte, ob er etwas brauche.

Lena fühlte sich wie erschlagen, ihr Körper war so ausgelaugt wie nach einem Marathonlauf, ihr Kopf so leer wie nach einem harten Examen. Ziellos irrte sie in der Wohnung umher, zog sich schließlich ins Gästezimmer zurück und ließ das träge Gefühl der Schlaftrunkenheit ungehindert durch ihren Körper strömen. Nur einmal zog sie die Vorhänge zur Seite und sah direkt vor sich eine undurchdringliche Mauer aus schmutzig grauem Dunst. Schlapp kroch sie wieder ins Bett und schlummerte ein.

Das Theater, meine Klamotten, die Schlüssel. Schlaftrunken setzt sich Lena im Bett auf. Ich muss meine Identität abholen. Aber es ist Sonntag, Lena, sagt sie sich. Und der ist uns heilig. Den Theatern auch. Jedenfalls in Norwegen. Sonntagsarbeit ist einfach zu teuer. Also trifft man überall erloschene Lichter und verschlossene Türen an. Vergebliche Liebesmüh. Ich halte mich heute besser hinter *dieser* verschlossenen Tür. Sie steht auf und überprüft sofort die Türkette, geht dann ins Wohnzimmer, um den Schlüssel zu holen, damit sie die Wohnungstür abschließen kann.

Andreas schläft einen lautlosen Schlaf mit geschlossenem Mund. Neben dem Sofa liegen ein paar Papiere auf dem Boden verstreut. Lena bückt sich, um sie aufzusammeln, hält verwundert inne. Es sind keine Geschäftsunterlagen, wie sie erwartet hat, keine typische Lektüre für einen jungen aufstrebenden

Reeder. Das Papier, das sie in den Händen hält, ist aus festem Karton. Unten rechts liest sie die Aufschrift «Rom 1984». Es sind Erinnerungen.

Golden schimmernde, transparente Farben wogen auf sie zu. Gespannt hält sie den Atem an. Hier ist sie gewesen, genau hier hat sie gesessen. Das Pantheon, der Tempel aller Götter. Ein kreisrunder Kuppelbau, von mächtigen Granitsäulen getragen, erleuchtet durch eine Öffnung von neun Metern Durchmesser, weit oben in der Kuppel. Ein erhebender, stiller Ort. Wo das Regenwasser auf den Marmorboden tropft, sich in Schächten sammelt und in den Untergrund abfließt, in einen ewigen Fluss – den Tiber. Und dennoch – an diese weich zerfließenden Schattengestalten, die von der lichten Kuppel herunterschweben und mit wogenden, träge vom Boden emporsteigenden Formen verschmelzen, kann Lena sich nicht erinnern. Und dieser schöne, dunkelhaarige Mann, der andächtig dasteht und die Stille zu umarmen scheint – an ihn kann sie sich schon gar nicht erinnern.

Es ist schön. Herzzerreißend schön. Andreas zeigt ihr das Pantheon mit seinen Augen. Sie ist so bewegt, dass ihr die Hände zittern. Das Aquarell ist nicht nur technisch perfekt, es ist göttlich, zeugt von hoher Begabung. Ach, Andreas – nicht ich, *du* bist der Künstler von uns beiden, denkt sie, die schlafende Gestalt auf dem Sofa betrachtend. Wie kannst du das hier mit Charterverträgen, Frachtbriefen, Maklern und Telexen vereinbaren? Warum brichst du nicht aus, fängst einfach von vorne an? Wovor hast du Angst? Warum bist du nicht stark genug? Verdammt, sie könnte losheulen.

Behutsam legt sie das Aquarell wieder auf den Boden, nimmt ein anderes auf. Sie blinzelt, zunächst irritiert von der intensiven Farbigkeit, den stark bewegten Linien, die sie mit sich reißen in einen Sog aus lebendigen Farben und Wellen. Und dann entdeckt sie unter der schimmernden Oberfläche die lichte Gestalt eines dunkelhaarigen Mannes. Er hat kein Gesicht. Aber er ist von einer unbeschreiblichen Schönheit. Lena geht in ihr

Zimmer zurück, verwirrt und beschämt, als hätte sie heimlich das Tagebuch des Bruders gelesen, eines Bruders, den sie nicht mehr kennt. Aber an den sie sich aus der Kindheit erinnert. Versunken in Erinnerungen, fällt sie schließlich in einen tiefen, traumlosen Schlaf, verschläft Abendessen und Krankenpflege. Atmet im Gleichtakt mit ihrem Zwilling, der zwei Türen weiter schläft.

Metamorphose

«Ich muss mir was zum Anziehen von dir leihen», sagt Lena, während sie das Frühstücksgeschirr abräumt. «Sonst kann ich nicht zum Theater gehen. Hast du was Passendes für mich?»

«Sieh selbst nach», antwortet Andreas und weist auf einen Einbauschrank, der sich über die volle Wandbreite erstreckt.

Andreas hat keine «Klamotten». Stattdessen hängt eine riesige Auswahl an Anzügen im Schrank.

«Besitzt du denn keine einzige Jeans», erkundigt sich Lena, während sie neugierig seine teure Garderobe durchstöbert. «Schick!» Sie holt eine Kombination hervor, die aus einer Baumwolljacke in grau-grünem Karomuster, einfarbiger Hose, passendem Hemd und grauem Lederschlips besteht. «Zu welchen Gelegenheiten ziehst du denn damit los? Wenn du auf Geschäftsreise gehst?», fragt sie und hält ihm den Bügel entgegen. «Du überraschst mich, Bruderherz. Du hast tatsächlich Geschmack.» Sie nimmt einen dezent grauen, streng geschnittenen Anzug von der Stange und hält ihn mit kritischer Miene vor sich. «Dieses Teil hier solltest du lieber einmotten. Und ich», fügt sie mit feierlicher Stimme hinzu, «werde dir dabei behilflich sein, ich und die Dreckluft draußen. Ich will heute eine mutige Frau sein, und eine gehörige Portion Mut gehört dazu, wenn man so was Tristes und Langweiliges anzieht.» Bevor Andreas protestieren kann, klemmt sie sich den Anzug unter den Arm und geht hinaus, das Tablett auf einer Hand balancierend.

Gestern Joscha, heute Andreas. Lena lächelt ihrem Spiegelbild zu. Der Anzug ist bestimmt maßgeschneidert. Er sitzt wie angegossen, wie für sie gemacht. Aber langweilig ist er trotzdem. Jetzt fehlen nur noch Aktentasche und Kreditkarten, dann stünden ihr alle Türen offen. Sie betrachtet sich kritisch, macht sich auf die Suche nach Schminkutensilien, will unterstreichen, dass sie eine Frau, dass sie Lena ist. Wie erwartet findet sie nichts. Es wird wohl noch eine Weile dauern, bis ihr Bruder so flippig wird, dass er Lidschatten benutzt. Lena frisiert ihr Haar so feminin wie möglich, verspürt keinen Drang, wie ihr Bruder auszusehen. Findet einen Seidenschal, den sie sich um den Hals drapiert, und fühlt sich wieder wie eine Frau. Joschas Schuhe sind noch immer feucht, stellt sie naserümpfend fest, als sie einen davon anprobiert.

«Lena!», hört sie ihren Bruder rufen. «Kannst du mir einen Gefallen tun?» Klar kann sie das. «Auf dem Schreibtisch in der Bibliothek liegt eine Kassette. Kannst du die im Büro abgeben? Gib sie meiner Sekretärin, Frau Ruud, und bitte sie, das Band so schnell wie möglich abzutippen. Okay?» Lena nickt. «Und Geld zum Einkaufen findest du . . .» Er überlegt einen Augenblick. «Ach ja, die Brieftasche liegt hier.» Er öffnet die Nachttischschublade und zieht zwei Fünfhundertkronenscheine aus der Brieftasche. «Nimm schon», erwidert er auf ihren Einwand, dass es zu viel sei. Lena steckt das Geld in die Jackentasche und drückt ihm einen Kuss auf die Wange. «Eine Dusche würde dir nicht schaden», sagt sie. «Dein ‹Männergeruch› ist ziemlich penetrant.»

«Jaja, Schwesterherz. Wenn du zurückkommst, werde ich nach den erlesensten Seifen duften. Warte, du musst den Schlüssel mitnehmen. Ich hab genug von offenen Türen.» Er nimmt einen Schlüssel vom Bund und reicht ihn seiner Schwester.

Wie deine Hände zittern, denkt Lena. Sie sehen aus wie Krallen, so mager sind sie geworden. «Kommt dein Arzt heute?», erkundigt sie sich.

«Ja, kann sein. Auf jeden Fall ruft er an», antwortet Andreas. «Und jetzt hau ab, damit ich mich endlich von meinem Männergeruch befreien kann», fügt er augenzwinkernd hinzu.

Mit Joschas sterblichen Hüllen in einer Plastiktüte, Bruder Andreas' Textilien am Leib und einem Vorschuss auf das Erbe in der Tasche geht Lena hinaus. Widersteht der Versuchung, das Geländer hinunterzurutschen, und steuert in Richtung Theater.

Im Tageslicht wirkt der Nebel schmutzig. Lena hat nicht den Eindruck, dass er nachgelassen hat, eher umgekehrt. Es liegt auch ein anderer Geruch in der Luft als gestern Abend. Es stinkt nach Abgasen und Schornsteinen.

Symbiose

«Meine Güte, bist du schick!» Vera, die Maskenbildnerin, wirft Lena über den Rand ihrer Kaffeetasse hinweg einen bewundernden Blick zu. «Für welche Rolle brauchst du das Kostüm?» Sie sieht geschafft aus, hat hart gearbeitet, um die Leute für die Matinee vorzubereiten. Das Schminkzimmer quillt über von Make-up-Dosen und Stiften, Perücken und Puderquasten. Vera kommentiert das Chaos mit einem Schulterzucken. «Ja, hier sieht es echt schlimm aus. Aber bevor ich mit Aufräumen anfange, musste ich mir erst mal einen Kaffee kochen. Habe Gesichter gemalt, die stundenlang die Fichtenwald-Kulisse überstehen sollen.»

Lena lächelt, gießt sich eine Tasse Pulverkaffee auf. «Viel Spaß», sagt sie. «Aber gönn dir erst die Pause.» Sie sinkt auf einen einigermaßen freien Stuhl, streckt die Beine aus und stößt einen tiefen Seufzer aus. «Das hier ist kein Kostüm. Es ist der Bürodress meines Bruders. Für mich ist es vorerst aus mit dem Verkleiden, die Theaterintendanten stehen nicht gerade Schlange, weißt du.» Sie seufzt wieder. Die Theateratmosphäre, der vertraute Geruch der Schminke machen sie melancholisch.

«Hm, so ist das also», murmelt Vera. «Was hältst du denn von einem Job als Model? Du hast einen Körper wie aus einer Fitnessstudioreklame.»

«Fitnessstudio!», sagt Lena lachend. «Wie sich das schon anhört! Soll das vielleicht eine Anspielung auf meine breiten Schultern und die schmalen Hüften sein? Ich glaube, unser Schöpfer hatte keine Lust, mehr als eine Ausgabe zu entwerfen, als er meinen Zwillingsbruder und mich kreierte.»

«Meine Güte!», sagt Vera wieder und stiert mit großen Augen auf Lenas Hosenschlitz. «Aber hast du dafür nicht da unten ein bisschen wenig abbekommen?» Sie lachen.

«Seht ihr beiden euch auch im Gesicht ähnlich?», erkundigt

sich Vera, nachdem sie eine Weile schweigend und Kaffee schlürfend dagesessen haben.

«Was?» Lena sieht die andere abwesend an. Sie war ganz vertieft in die Überlegung, wie sie ihre Jobsuche angehen soll. « O ja», antwortet sie dann. «Wir sehen uns unglaublich ähnlich. Ich bin überzeugt, dass Andreas und ich die ersten eineiigen Zwillinge verschiedenen Geschlechts sind. Für meinen willensstarken Papa war nämlich nichts unmöglich. Ich bin sicher, dass er das Befruchtungssystem manipuliert hat. Moment mal . . .», sie angelt nach ihrer Handtasche, holt ein Foto ihres Bruders aus dem Portemonnaie und reicht es Vera. «Überzeug dich selbst.» Der Anblick des Bildes versetzt ihr einen kleinen Stich ins Herz. Es stammt aus der Zeit vor der Afrikareise und zeigt ihren Bruder wesentlich gesünder und kräftiger aussehend als jetzt.

«O, là là», bemerkt Vera. «Ist der noch zu haben? Ich finde, du könntest ihn einer armen Maskenbildnerin ruhig mal vorstellen. Der ist ja wirklich niedlich!»

Lena schmunzelt und streckt die Hand nach dem Foto aus. «Du musst schon mit mir vorlieb nehmen. Wie gesagt, wir gleichen uns wie ein Ei dem anderen.»

«Ach ja?» Veras Blick wandert wieder zu Lenas Hosenschlitz. «Wie war das noch mit den eineiigen Zwillingen? Ich finde, da unten siehst du erbärmlich flach aus. Aber . . .», sie springt unvermittelt auf. «Aber wenn ich *ihn* nicht kriegen kann, schaffe ich mir meinen Traumprinzen eben selbst, und zwar aus dem Rohmaterial.» Sie stürmt auf Lena zu und bleibt dicht vor ihr stehen. «Und das Rohmaterial bist du, meine Liebe! Komm, wir fangen sofort an.»

Ohne zu zögern erklärt Lena sich einverstanden. Vera beherrscht ihr Handwerk, es ist ein Genuss, sich von ihr schminken zu lassen. «Okay, danach helfe ich dir beim Aufräumen.»

«Vergiss es. Erst das Vergnügen, dann die Arbeit.» Vera trifft im Handumdrehen alle Vorbereitungen.

Mit ein paar geübten Griffen trägt sie sie Grundierung auf, modelliert, gibt Lenas weiblichen Zügen ein strengeres, maskulines Aussehen. Lena sieht ihr fasziniert bei der Arbeit zu. Es scheint Vera so leicht von der Hand zu gehen. Aber Profiarbeit sieht immer einfach aus, denkt Lena. Vera hat Andreas' Foto vor dem Spiegel platziert. Schritt für Schritt gleicht sie ihr Modell dem Vorbild an.

«Wenn ich mit dir fertig bin», lispelt sie durch eine leere Hülse, die sie sich in den Mund gesteckt hat, «dann kannst du die Freundin deines Bruders anmachen. Aber du musst mir Bescheid sagen, wie es im Bett war.» Ein breites Grinsen geht über ihr Gesicht.

Zum Abschluss wischt sie mit einem Schwamm über Kinn- und Kieferpartie. Lena stellt überrascht fest, dass sie plötzlich aussieht, als habe sie Bartstoppeln. Gott, es ist fast unheimlich. Sie sieht in den Spiegel hinein und Andreas sieht ihr daraus entgegen.

«Er hat etwas schmalere Wangen», sagt sie. «Jedenfalls zur Zeit», fügt sie hinzu.

«Kein Problem.» Vera zaubert mit einer weichen Bürste ein paar Gramm Gesichtsfett weg. «Na, du Schöner, habe ich dich gut getroffen?» Sie tritt einen Schritt zurück und begutachtet ihr Werk.

«O Mann!», sagt Lena beeindruckt. «Ich glaube, unsere eigene Mutter würde drauf reinfallen, wenn die Haare auch noch gleich wären.»

«Das haben wir gleich», erwidert Vera und hat im nächsten Moment eine Schere in der Hand. «Ihr habt genau die gleiche Haarfarbe, deine sind nur drei Zentimeter länger. Opferst du anderthalb davon?»

Lena misst sie mit einem skeptischen Blick. «Kannst du denn auch Haare schneiden?»

«Keine Ahnung, aber ich werde es gleich wissen.»

«Nichts da.» Lena schüttelt energisch den Kopf. «Such mir lieber eine passende Perücke raus.» Die Frau bringt es fertig und rasiert mir auch noch die Schamhaare, denkt sie und lächelt in sich hinein.

«Okay, okay.» Vera zeigt ihr ein paar Perücken. «Aber das

bringt es nicht, das sage ich dir gleich. Dein Bruder sollte sich übrigens ruhig mal eine neue Frisur zulegen, die etwas mehr Pep hat. Ohren frei und obendrauf füllig und stufig. Mit etwas Schaum sieht die ganze Sache dann echt fetzig aus. Und dir stände das genauso gut, das garantiere ich dir.»

Lena schließt die Augen und atmet tief ein. «Fang schon an», sagt sie dann. Vera hat eigentlich völlig Recht. Man soll keine halben Sachen machen. Schon wenige Minuten später weiß sie, dass Vera tatsächlich Haare schneiden kann. «Nein, bitte keinen Schaum», wehrt sie ab, als Vera ihr eine Hand voll einmassieren will. «Ich muss noch kurz in sein Büro, etwas abgeben. Dort hat noch keiner Herrn Krane Löss mit einer Schaumfestigerfrisur gesehen.»

«Hoffentlich hat er starke Nerven», sagt Vera. «Sonst fällt er tot um, wenn du hereinkommst.»

«Er ist heute nicht da, deshalb muss ich ja hin.»

Vera blickt sie aus zusammengekniffenen Augen an. Sie sieht aus wie ein Panther kurz vor dem Sprung auf seine Beute. «Du», beginnt sie gedehnt. «Sollen wir eine Wette schließen? Ich wette, dass dich niemand durchschaut, zumindest solange du den Mund hältst. Hältst du dagegen? Der Einsatz sind zwei Flaschen Wein.»

«In Ordnung», antwortet Lena. «Aber wir erhöhen das Risiko. Ich mache den Mund auf und rede. Bist du noch dabei?»

Die macht ein Gesicht, als sehe sie den Weinabend schon dahinschwinden. Dann nickt sie. Abgemacht.

Gestik und Körperhaltung ihres Bruders imitierend erhebt Lena sich von ihrem Stuhl, dreht sich langsam um, greift nach einem Handspiegel und betrachtet sich. Von vorne, von hinten, von der Seite. «Es ist vollbracht», sagt sie. «Beinahe.» Sie reißt ein langes Stück von einer Papierrolle ab, knüllt es zusammen und steckt es sich vorne in die Hose. «Man kann ja nie wissen, ob der kleine Bruder nicht ein Verhältnis mit der Sekretärin hat», sagt sie mit einem schelmischen Grinsen. «Wenn ja, würde sie sich bestimmt fragen, was aus seiner Männlichkeit geworden ist.»

«Gebrauch den da aber besser nicht», meint Vera lachend. «Das gibt nur Schweinkram.»

Lena räuspert sich und stellt sich Vera mit dunkler Männerstimme vor. «Mein Name ist Andreas Krane Löss, und ich bewundere Ihre schönen Augen, Ihre sinnlichen Lippen, Ihr stattliches Profil schon seit langem. Langer Rede kurzer Sinn: Darf ich Sie zu einem Drink einladen?»

Vera stößt einen Begeisterungsschrei aus. «Der Rotwein gehört mir! Du bist fantastisch! Wie schaffst du es, deine Stimme so zu verstellen? Das muss doch enorm schwierig sein.»

«Gegenfrage: Wie schaffst du es, Gesichter so zu verändern? Das muss mindestens genauso schwierig sein.»

Die beiden Frauen lächeln sich an. Aber die Flaschen bekommst *du,* denkt Lena. Egal, wer die Wette gewinnt. Die hast du dir ehrlich verdient.

«Du, Lena», sagt Vera, nachdem sie eine Weile schweigend ihr Werk bewundert hat.

«Andreas bitte!»

«Du, welchen Sinn hat eigentlich diese Verwandlung?», fragt sie und in ihrer Stimme liegt ein leichtes Zögern.

«Keinen, soweit ich weiß.»

«O nein!», ruft sie aus und fuchtelt dramatisch mit den Händen. «Dann habe ich es also schon wieder gemacht! Habe jemanden überredet sich meinen Verwandlungskünsten auszuliefern, nur weil ich nicht aufhören kann, wenn ich mal angefangen habe.»

«Stell dich nicht so an!», sagt Lena lachend. «Ich muss jetzt in die Stadt, Frauen anmachen und Rotwein für dich kaufen. Hast du übrigens eine Hornbrille mit Fensterglas da? Andreas trägt so eine und ich fühle mich ehrlich gesagt wohler mit einer Glasscheibe zwischen mir und der Welt.»

Vera hat. Und mit einem Abschiedsgruß schreitet Lena hinaus in die Welt. Immer noch mit Joschas schwappenden nassen Schuhen.

Die Empfangsdame sieht auf und grüßt freundlich, als Lena hereinkommt. Die ist jedenfalls schon mal nicht meine Geliebte. Zu alt und zu brav, denkt Lena, als sie den Gruß erwidert und zielstrebig den Korridor ansteuert. Andreas' Vorlieben gingen mit Sicherheit eher in Richtung coole und klassische Schönheit aus der Oberschicht. Aber was wusste sie schon über den Geschmack ihres Bruders? Hatte sie ihn überhaupt schon mit Frauen gesehen? Natürlich hatte sie das, und es war immer der Typ moderne Karrierefrau gewesen, zu dem eigentlich auch sie gehören sollte. Aber soweit sie wusste, hatte Andreas nie eine feste Beziehung gehabt.

Als sie vor seiner Bürotür steht, bricht ihr der kalte Schweiß aus. Komm schon, reiß dich zusammen, Lena. Es ist doch nur ein Spiel. Falls seine Sekretärin es merkt, erzähle ich ihr von der Wette und wir lachen darüber. Hoffentlich hat sie etwas mehr Humor als Vaters langjährige Sekretärin. Aber was soll ich tun, wenn sie sich mir an den Hals wirft und einen Kuss haben will? Lena schluckt. Am besten die Grippe und die Ansteckungsgefahr vorschieben, das zieht bestimmt. Sie kramt ein Taschentuch hervor und hält es sich vor die Nase.

Laut niesend betritt Lena das Vorzimmer. Präventive Maßnahme nennt man das. Vorsichtshalber niest sie noch einmal, als sie die Tür schließt, murmelt einen undefinierbaren Gruß in ihr Taschentuch. Ob man sich hier duzt oder sietzt?, fragt sich Lena, während sie sich schnäuzt.

«Nein, so was! Hallo!», hört sie die Frau sagen. «Du solltest wirklich zu Hause bleiben mit deiner Erkältung! Hauch mich ja nicht an!»

Lena atmet erleichtert auf. Küssen ist schon mal nicht angesagt. Sie rückt ihre Brille zurecht und wirft der Dame, die hinter einem Stapel Aktenordner und einer Tageszeitung sitzt, ein unschuldiges Lächeln zu. «Jaja, ich weiß, ich bleibe auch nicht lange.» Sie legt die Kassette auf den Schreibtisch. «Das hier ist eine ziemlich dringende Sache. Alle weiteren Informationen findest du auf Band.»

War da ein flüchtiger Ausdruck der Verwunderung auf dem Gesicht der Sekretärin? Ein leichtes Stirnrunzeln? Leise Zweifel? Keineswegs. Sie nimmt das Band entgegen, sagt: «In Ordnung», legt es in den Rekorder ein und reicht ein paar Zettel mit wichtigen Nachrichten über den Schreibtisch. Lena murmelt ein Dankeschön, geht in das Büro des Bruders und schließt die Tür hinter sich.

Sie schmunzelt zufrieden. Ihre Metamorphose hat den Test bestanden, ihr Andreas ist glaubwürdig. «Hier riecht es nach Erfolg», sagt sie leise vor sich hin, als sie um den Schreibtisch herumgeht und die Finger über die staubfreie, blitzblanke Tischplatte gleiten lässt. Sie zieht den Stuhl hervor und setzt sich. Nein, es riecht nach Würde. Merk dir das, Lena. Würde. Ihr Blick wandert über die riesige Tischfläche hinweg auf die gegenüberliegende Wand. Dort hängt das große Gemälde, das sie noch von den seltenen Besuchen kennt, die sie ihrem Vater früher in seinem Domizil abgestattet hat. Ein goldfarben eingerahmter Orkan, mindestens Windstärke 11, mit einem Schiff, das völlig ruhig und bewegungslos in den tosenden Wellen zu liegen scheint. Lena hat immer geglaubt, dass zwei Maler an diesem Bild beteiligt waren: der eine hatte das Meer gemalt, der andere das Schiff, und zwar in dieser Reihenfolge. Es hat sich nichts verändert, die Bewegungen wirken genauso unnatürlich wie eh und je. Warum ließ Andreas diese Scheußlichkeit nur hängen? Es musste eine Qual sein, es den ganzen Tag im Blickfeld zu haben.

Den Kopf in die Hände gestützt bleibt Lena am Schreibtisch des Vaters sitzen und denkt über ihren Bruder nach. Hier sitzt du, Andreas, und regierst einen kleinen Teil der Welt. Vaters Welt, die du verflucht hast, die nie die deine werden sollte. Jetzt gehört sie dir. Was ist aus deinen Idealen geworden? Aus deiner Glut? War es nur ein ganz normaler Generationskonflikt? Die Aquarelle, die sie vergangene Nacht bewundert hat, kommen ihr wieder in den Sinn. Ermutigung, Zuspruch, Förderung: Das waren Fremdwörter in unserem Elternhaus, denkt sie bitter. Bei uns gab es nur Erwartungen, Pflichten. Sie versuchten uns das Träumen abzugewöhnen, künstlerische Kreativität im Keim zu ersticken. Ich flüchtete. Du bliebst zurück. Dein Abnabelungsprozess muss besonders schmerzvoll gewesen sein.

Als plötzlich das Telefon klingelt, zuckt Lena vor Schreck zusammen. Was nun? Selbstverständlich den Hörer abnehmen, es muss die Sekretärin sein. Sie meldet sich mit angemessen heiser klingender Stimme: «Ja?» Die Dame aus dem Vorzimmer hat irgendeinen Menschen in der Leitung, einen Makler Raffke oder wie er auch immer heißen mag. «Sag, dass ich in einer Besprechung bin, er soll eine Nachricht hinterlassen», instruiert Lena. Ihre Hände sind schweißnass, als sie auflegt. Nichts wie raus hier, ist plötzlich ihr einziger Gedanke. Man sollte den Spaß nicht zu weit treiben. Anstatt hier herumzusitzen und Andreas' Geschäftsfreunde abzuwimmeln, sollte sie zwei, nein drei Flaschen Rotwein kaufen und zurück zum Theater gehen.

Mit dem typischen Gang des Bruders geht sie hinaus, verabschiedet sich und verlässt das Imperium.

Vera ist wieder in Hektik, gerade damit beschäftigt, die Schminke der Schauspieler aufzufrischen. Sie blickt nur kurz auf, als Lena hereinkommt und ihr die Tüte mit den Flaschen vor die Nase hält. «Na, was habe ich gesagt?», meint sie lächelnd, bevor sie in einer Wolke aus Puder verschwindet. «Du, Lena, wenn du dich abschminken willst, kannst du die Creme hier benutzen .» Sie weist auf eine Dose. «Aber mir wäre es lieber, wenn du das oben in der Garderobe machst, ich erwarte nämlich noch mehr Reparaturen.»

Lena rümpft die Nase. Sie hat keine Lust, die Garderobe noch einmal zu sehen. Es ist hart genug gewesen, die Sachen dort abzuholen. Das reicht für heute. «Ich schminke mich zu Hause ab.» Im Hinausgehen wirft sie Vera eine Kusshand zu.

«Bis bald und danke für die Wette», ruft Vera ihr hinterher.

Als sie auf dem Nachhauseweg dem einladenden Blick einer eleganten Brünetten begegnet, traut Lena ihren Augen nicht. Der nächsten Frau, die ihr auf der Straße entgegenkommt, zwinkert sie zu – und fängt einen vernichtenden Blick auf. Ach ja, es ist nicht so einfach, ein Mann zu sein. Sie kauft in dem Tante-Emma-Laden ein, der in der Nähe von Andreas' Wohnung liegt. Glücklicherweise gibt es solche Läden noch. Im Hausflur stellt sie die zahlreichen Tüten ab, holt einen Taschenspiegel hervor, wischt sich mit einem Papiertaschentuch und etwas Fettcreme die gröbste Schminke vom Gesicht, trägt etwas roten Lippenstift auf und kontrolliert das Ergebnis. Jetzt ist sie wieder Lena, zwar dezent als Mann geschminkt, aber kein potenzieller Schockfaktor für den kranken Bruder. Sie schleppt sich die Treppenstufen hinauf und betritt die Wohnung.

Andreas liegt auf dem Sofa und blättert in einer Zeitung.

«Hallo», begrüßt sie ihn. «Wie geht's?»

«Ganz gut», antwortet er. «Der Arzt ist hier gewesen und war recht zufrieden mit mir.»

Aber er wirkt trotzdem wieder so angespannt, denkt Lena, und diese rötliche Gesichtsfarbe sieht auch nicht gerade gesund aus. An den Schmerzmitteln kann es nicht liegen, dann wären seine Züge entspannter. Ihm scheint übrigens noch nicht mal aufzufallen, dass meine Haare ein Stück kürzer sind.

Sie geht in die Küche und bereitet eine Diätmahlzeit. Die Pistole liegt nicht mehr im Wohnzimmer. Das ist ihr beim Hereinkommen sofort aufgefallen. Hoffentlich ahnt er nicht, dass Lena seine Lüge über die ungeladene Pistole aufgedeckt hat. Nachdem sie sich umgezogen hat, serviert sie das Essen. Vorsichtig erkundigt sie sich nach seiner Krankheit. Die Antworten bleiben recht vage, aber Lena fühlt sich dennoch etwas beruhigt.

Schließlich fasst sie sich ein Herz und stellt die Frage, die sie schon seit dem vergangenen Abend beschäftigt. «Andreas, kann ich ein paar Tage hier bleiben und Florence Nightingale für dich spielen? Du brauchst jemanden, der dir ein bisschen zur Hand geht. Wenn ich dich nerve, kannst du mich ja rausschmeißen. Einverstanden?» Sie wartet ab, sieht, dass er zögert, nachdenkt. «Doch, du brauchst mich auf jeden Fall», sagt sie dann, bevor er protestieren kann.

Er sieht aus, als wäge er das Für und Wider gegeneinander ab. Lena fühlt sich leicht gekränkt. Ist sie denn so unerträglich als Schwester? Aber okay, sie will sich nicht aufdrängen. Sie hat sich schon auf eine mehr oder weniger begründete Absage eingestellt, als Andreas nickt und sich einverstanden erklärt. Aber sie müsse sich darüber im Klaren sein, dass er ein Junggesellendasein führt und dass er es nicht ertragen kann, wenn ihm jemand zu sehr auf die Pelle rückt. Auch nicht, wenn es die eigene Zwillingsschwester ist. Als sie ihm einen Kuss gibt, stellt sie angenehm überrascht fest, dass er nach Seife duftet.

«Aber nur für ein paar Tage», fügt er dann hinzu und sieht aus, als ob er seine Entscheidung schon bereue.

Lena nickt, wechselt das Thema. «Hast du in letzter Zeit mit Mutter gesprochen?» Sie selbst hat kein ganz reines Gewissen, hätte sich längst mal wieder oben auf dem Hügel blicken lassen müssen.

«Ja, wir telefonieren ab und zu», lautet die knappe Antwort. Lena hat den Eindruck, dass er allein sein will. Seine Augen sehen müde aus, er will schlafen. Bevor sie das Zimmer verlässt, hört sie ihn sagen: «Ums Putzen brauchst du dich nicht zu kümmern. Ich habe zweimal die Woche eine Hilfe. Sie kommt morgen.»

Ja, selbstverständlich, Hausarbeit stand nicht auf seinem Terminplan.

Lena zieht sich in ihr Zimmer zurück und macht eine Flasche Rotwein auf. Sie hat vier gekauft, zwei für Vera und zwei für sich. Unentschieden. Andreas darf wegen seiner Leberkrankheit bestimmt keinen Wein trinken. Also kann sie das guten Gewissens alleine tun.

Als Lena auf die Uhr sieht, ist es halb sechs. Zeit, nach Andreas zu schauen. Vielleicht braucht er irgendetwas. Sie hat nicht geschlafen, nur dagesessen und versucht, ihre Gedanken zu ordnen. Der Wein hat sich angenehm warm im Körper ausgebreitet. Es ist lange her, dass sie alleine Wein getrunken hat. Therapie, denkt sie. Wein kann manchmal eine gute Therapie sein. Sie steht langsam auf. Vielleicht sollte sie rausgehen, was zum Lesen besorgen. Ein Blick aus dem Fenster lässt sie zögern. Draußen ist es dunkel und neblig. Unter diesen Umständen ist es besser, die Bücheregale ihres Bruders nach neuem Lesestoff zu durchforsten.

Plötzlich horcht sie auf. Andreas ist ins Schlafzimmer gegangen, sie hört ihn im Bad. Es liegt direkt neben dem Gästezimmer. Hör auf zu lauschen, ermahnt sie sich. Was ist ungewöhnlich daran, dass er sein Zimmer aufsucht? Sie horcht wieder auf, als dumpfe, polternde Geräusche durch die Wand dringen. Warum veranstaltet er nur so einen Krach im Badezimmer? Hoffentlich ist er nicht gefallen. Vielleicht hat er das Gleichgewicht verloren, ist mit dem Kopf auf die Fliesen aufgeschlagen. Ob sie nachsehen soll? Nein, jetzt ist es still geworden, sie hört, wie die Schranktür geöffnet wird. Du liebe Zeit, wie hellhörig solche Altbauten sind! Daran können auch teure Tapeten und solide Fliesen nichts ändern. Was passiert jetzt? Lena spitzt die Ohren, aber es hört sich nicht so an, als ob er Hilfe braucht. Und wenn, dann wird er sicher nach ihr rufen.

Eine Viertelstunde vergeht. Dann hört sie plötzlich ein Fluchen und gleich darauf ihren Namen: «Lena!» Sie stürzt in Andreas' Zimmer. Dort liegt er auf dem Bett, halb bekleidet, in Schweiß gebadet. «Schaffe es nicht», murmelt er.» Verdammter Mist, ich schaff's einfach nicht.»

Lena reagiert nicht auf seine Worte, sieht nur, dass er völlig außer sich ist vor Anstrengung und Erschöpfung. Wie kann er nur so leichtsinnig sein! Am liebsten würde sie mit ihm schimpfen, ihm richtig die Meinung sagen. Aber nein, er braucht jetzt keine Moralpredigt, sondern Hilfe.

«Nein!», fährt er sie an, als sie ihn zudecken will. «Ich will nicht hier rumliegen, gib mir das Wasserglas.» Er steckt etwas in den Mund, spült mit einem Schluck Wasser nach, sinkt schwer atmend auf die Matratze zurück. «Hilf mir, das Hemd auszuziehen», sagt er. «Und das da anzuziehen», fügt er hinzu und weist mit dem Kopf auf einen am Boden liegenden Kleiderhaufen. Es sind die Sachen, die er früher am Tag anhatte.

Schweigend kommt sie seiner Bitte nach. «Gott, wie wenig ich verkrafte», sagt Andreas. Lena bleibt stumm. Der Anblick seines mageren Körpers macht sie betroffen.

«Ich rufe einen Arzt», sagt sie schließlich leise. «Es ist unverantwortlich von deinem Arzt, dass er dich nicht ins Krankenhaus schickt.»

«Das wirst du nicht tun!» Seine Hand gräbt sich wie eine Kralle in Lenas Schulter. Als sie leise wimmert, lockert er den Griff.

«Du musst einen Anruf für mich erledigen, Bescheid sagen, dass ich nicht kommen kann. Aber erst hilfst du mir ins Wohnzimmer. Ich bin gar nicht so krank, nur etwas schlapp, hätte gar nicht erst mit dieser Umzieherei anfangen dürfen.»

Wenn jemand zu schwach ist, sich an- oder auszuziehen, ist er meiner Meinung nach *ziemlich* krank, denkt Lena, sagt aber nichts, weil sie Streit vermeiden will. Sie hilft ihm beim Aufstehen und stützt ihn auf dem Weg ins Wohnzimmer. Dort lässt er sich aufs Sofa fallen, sinkt in sich zusammen wie ein alter Mann. «Ruf für mich an», sagt er, «damit sie nicht auf mich warten.»

Er gibt ihr die Telefonnummer. Wieder hat er diesen fiebrigen Ausdruck in den Augen. Seine Haut sieht aus wie Gelatine.

«Soll ich sprechen, oder schaffst du es selbst?»

«Gib mir den Hörer, wenn sich jemand meldet.»

Lena wählt die Nummer, reicht ihrem Bruder den Hörer, als sie eine Frauenstimme hört. Er fragt nach einem Mann. Nein, der ist gerade weggegangen. Ja, dort kannst du ihn erreichen. Adieu, adieu. «Mist», flucht Andreas. «Dann musst du eine andere Nummer probieren. Nein, ich rufe selbst an.» Aber seine Hände zittern so sehr, dass er die falschen Tasten trifft. Eine metallisch klingende Stimme ertönt: «Kein Anschluss unter dieser Nummer ...» Er knallt fluchend den Hörer auf die Gabel, nennt ihr mürrisch die Nummer. «Ruf bitte für mich an.»

Lena ist längst klar geworden, worum es geht, warum Andreas so nervös ist, dass ihm der Schweiß über Gesicht und Körper rinnt. *27.01.9861900 St. Andr.* Dorthin muss er. Zur Freimaurerloge. Es ist Viertel nach sechs, die Zeit drängt. Und seiner Panik nach zu urteilen, ist die telefonische Absage lebenswichtig.

Plötzlich schießt ihr ein Gedanke durch den Kopf, eine Idee, die blitzartig entsteht. Es bleibt keine Zeit zum Nachdenken. Lena handelt spontan, voll konzentriert. Schnell bewegt sie sich in Richtung Schlafzimmertür. «Ich benutze den Apparat, der in deinem Zimmer steht», sagt sie mit ruhiger Stimme. «Mit diesem hier scheint man nicht besonders gut durchzukommen. Ich rufe, sobald ich richtig verbunden bin.»

Schnell tippt sie die Nummer vom Theater in die Tasten, stellt sich flüsternd vor, sagt, dass sie einen kleinen Scherz vorhat, fragt, ob der andere eine Weile in der Leitung bleiben kann, ohne einen Ton zu sagen. «Muss das sein? Wir haben so viele Anrufe zur Zeit.»

«Oh, bitte!», drängt Lena.

«Na gut, aber lass den Scherz nicht zu lange dauern.»

Sie verspricht es, legt die Hand vor die Muschel und ruft ihrem Bruder zu: «Irgendwas stimmt nicht mit deinem Telefon, ich werde immer mit einem Bahnhofschalter verbunden. Ist das richtig?»

«Nein», antwortet Andreas aus dem Wohnzimmer. «Versuch's noch mal.»

«Okay, jetzt kann's losgehen», flüstert sie. «Andreas», ruft sie in Richtung Wohnzimmer. «Ich habe die Verbindung.»

Lena drückt die Tür mit dem Fuß zu, horcht gespannt in den Hörer, hofft inständig, dass die Kartenverkäuferin den Mund hält.

«Hallo», hört sie Andreas sagen. Sie antwortet. Antwortet mit der tiefsten, kräftigsten Männerstimme, die sie auf Lager hat. «Hier spricht Andreas Krane Löss», stellt ihr Bruder sich vor. «Kann ich bitte mit Herrn Wefring sprechen?»

«Er ist noch nicht hier eingetroffen.» Sie versucht, das Zittern in ihrer Stimme zu unterdrücken.

«Ach, du bist es, Reinert», hört sie. «Ich muss mich leider für heute Abend entschuldigen. Habe hohes Fieber und fühle mich schrecklich schlapp.»

«Die Nebelluft», erwidert Lena, «das typische Grippewetter.»

«Bekommt ihr große Probleme?»

Probleme? Hilfe, was soll sie nur antworten? «Äh, nein», stammelt sie. «Es gibt immer Alternativen, weißt du.»

«Wunderbar». Andreas' Stimme klingt erleichtert.

«Also, gute Besserung», sagt Lena abschließend.

«Danke, danke», kommt die Antwort aus dem Wohnzimmer. «Auf Wiedersehen.» Er legt auf.

«Vielen Dank», flüstert Lena der Frau am anderen Ende der Leitung zu. «Du bist eine Wucht.» Klick.

Sie schleicht auf den Flur, schiebt die Wohnzimmertür auf und erkundigt sich, ob alles in Ordnung ist. Andreas ist schon wieder im Halbschlaf oder im Rausch, nickt ihr schwach zu, seine Hand hängt schlaff herunter. Lena breitet die Wolldecke über ihn und geht hinaus. Reinert, denkt sie schmunzelnd, o nein, ich bin nicht Reinert, ich bin Andreas. Heute Abend bin ich Andreas, mit oder ohne Sankt. Sie lässt eine Lampe in Andreas' Schlafzimmer brennen, nimmt seinen Frack vom gläsernen Garderobenständer. Der festliche Anzug ist ihr sofort ins Auge gefallen, als sie am Abend zuvor das Zimmer betrat. Er hatte die ganze Sache wohl ins Rollen gebracht. Was brauchte sie noch? Hemd, Manschettenknöpfe. Die sind schon dran. Handschuhe? Aus der Jackentasche schaut etwas Weißes hervor. Schuhe? Hoffnungslos, Andreas hat viel größere Füße. Mantel? Sie leiht sich seinen Trench aus, der in der Garderobe hängt. Geräuschlos schließt sie die Tür, atmet auf, als sie in ihrem Zimmer steht. Ein Blick auf die Uhr: Herrgott, es ist schon halb sieben. Hektisch wird durchs Haar gekämmt, das widerspenstige gestärkte Hemd angezogen. Sie findet eine Kette mit Schleife und Kreuz in seiner Hosentasche, lässt sie dort liegen. Mal sehen, mit welchem Schmuck die anderen aufwarten. Schwarze Socken und Schuhe. Schuhe? Nur Joschas kommen in Frage. Sie seufzt, wischt sie rasch mit einem Taschentuch ab. Aber feuchte Schuhe lassen sich nicht putzen, sie sehen völlig ausgelatscht aus. Zum Schluss kontrolliert sie das Make-up, pudert sich, grüßt Andreas im Spiegel. «Jetzt mache ich auch mit bei deinen Jungenstreichen», wispert sie ihrem Spiegelbild zu, reicht ihm die Hand, bestellt ein Taxi und eilt die Treppe hinunter.

König Salomos Tempel

Im Taxi sieht Lena auf die Uhr. Es ist zehn vor sieben. Auf ihre Bitte, etwas mehr Gas zu geben, reagiert der Fahrer ungehalten. Er sei schließlich kein Rennfahrer. Ja, und?, denkt Lena, ich bin schließlich auch kein Freimaurer. Aber heute Abend will sie keinesfalls vor verschlossenen Türen stehen, sie will hinein. Hinein in die Männerwelt von Vater und Bruder. Und dort legt man garantiert Wert auf Pünktlichkeit.

Zwei Minuten vor sieben hält das Taxi vor dem Logengebäude. Lena zahlt, gibt ein großzügiges Trinkgeld von Andreas' Geld. Dann steht sie unschlüssig auf dem Bürgersteig. Und wie geht es jetzt weiter? Welches Losungswort öffnet die Tür? Abrakadabra? Oder zweimal kurz, einmal lang gegen die Eichentür klopfen? Mehr Möglichkeiten kennt sie nicht.

Ein Mann steuert eiligen Schrittes das Gebäude an. Lena tritt nach ihm vor die Tür. «Guten Abend», sagt er. «Wir sind spät dran.» Er drückt die Klinke nach unten und macht die Tür auf.

So einfach ist das also, denkt sie verblüfft, während sie sich ihm anschließt. Ein befrackter Mann nimmt sie am Treppenaufgang, der zur Garderobe führt, in Empfang. Also wird erst drinnen kontrolliert. Wie nett, sozusagen ein gastfreundliches Haus, offen für jedermann, denkt Lena. Wenn da nur nicht dieser Typ wäre, dem ich die Hand geben und irgendein Kennwort zuflüstern muss, wie mein Vordermann es gerade tut. Verflixt, wer weiß, welchen Händedruck er erwartet, welches Wort. Sie bricht in Schweiß aus, sieht sich schon mit einem Tritt von spitzen Lackschuhen zurück auf die Straße befördert. In Anlehnung an ihren morgendlichen Auftritt bei der Sekretärin zieht sie schnell ein weißes Taschentuch aus der Tasche, nimmt es in die rechte Hand und niest dem Rausschmeißer ins Gesicht. Er schreckt zurück und versucht verzweifelt, die Bakterien und Bazillen mit der Hand wegzuwedeln.

«Entschuldigung», sagt Lena, laut in ihr Taschentuch schniefend. «Aber ich bin furchtbar erkältet.»

Ihr Gegenüber mustert sie, nickt dann kurz. «In Ordnung, Löss», sagt er und winkt sie vorbei.

Eins zu null für mich, denkt Lena vergnügt. Es klappt. Zumindest solange die Leute mich wegen meines Schnupfens meiden. Sie strafft den Rücken und setzt siegessicher ihren Weg zur Garderobe fort. Als sie die Damentoilette ansteuert, passiert beinahe eine Panne. Sie besinnt sich im letzten Moment, wechselt die Richtung, betritt den Nebenraum. Dort plätschert es in den Pissoirs. Lena wendet den Blick ab und verschwindet hüstelnd in einer der Kabinen. Aus dieser «Männergemeinschaft» wird sie für immer und ewig ausgeschlossen sein. Dazu gehört nun mal ein wesentliches Teil, das sie nicht besitzt. Sie lacht in sich hinein, schnäuzt in eine Lage Papier, geht hinaus. Ein freundliches Nicken an den Mann, der dasteht und gerade abschüttelt. Noch mehrere solche Episoden, und die Jungs schicken mich nach Hause, ermahnt sich Lena. Irgendwann verrät sie sich garantiert, indem sie in schallendes Gelächter ausbricht. Also, Vorsicht, du alberne Zicke, ein bisschen mehr Ernst bitte! Kein Problem. Der Anblick der befrackten Männer, die sich inzwischen vor der Garderobe versammelt haben, trägt schlagartig zu ihrer Ernüchterung bei. Man nickt ihr zu, sie nickt zurück. Jeder Lachanfall wird im Keim erstickt.

Die Männer sehen recht normal aus – abgesehen von ihrer Kleidung. Lena kennt zwei von ihnen, sie stammen aus Oslos Nobelviertel, ungefähr Vaters Jahrgang. Noch zwei Gesichter kommen ihr bekannt vor, wahrscheinlich aus den Medien, Zeitung oder Fernsehen. Sie unterhalten sich mit gedämpften Stimmen. Lena zieht es vor, sich zurückzuhalten und mit niemandem zu reden. Sie sieht sich um, erinnert sich an die Weihnachts- und Neujahrsbälle, sieht den Vater vor sich und fühlt sich mit einem Mal sicher, geborgen. Das hier ist nichts anderes als ein Club für privilegierte Männer, nicht mehr und nicht weniger. Auf einmal setzen sich die Herrschaften in Bewegung.

Obwohl Lena nicht mitbekommen hat, auf welches Signal sie reagiert haben, ist sie ganz sicher, dass irgendjemand Marschbefehl gegeben hat. Eins, zwei, eins, zwei. Sie blickt forschend auf die Rücken vor sich; wer ist wohl der Truppenführer? Das sollte jeder Soldat wissen. Streng dich an, Lena. Höre, sieh und lerne! Heute Abend kannst du beweisen, dass du schaupielerisches Talent hast, in einer Aufführung ohne Souffleuse. Verlass dich auf die göttliche Inspiration! Oder lieber auf deine Augen und deinen gesunden Menschenverstand, korrigiert sie sich schnell.

Anstatt nach rechts, wie sie es von früher gewohnt ist, biegt die Prozession nach links ab. Aufmerksam verfolgt sie jeden Richtungswechsel, die Augen hinter der Hornbrille registrieren jedes Fenster, jede Tür – für den Fall, dass ein rascher Rückzug nötig wird. Und sie studiert ihre «Mitbrüder». Das Band, denkt sie, unser Schmuck ist unterschiedlich. Manche tragen das gleiche wie ich, aber es gibt auch andere. Wahrscheinlich kann man den obersten Boss daran erkennen, dass er das prächtigste Band trägt.

Sie kommen in einen Seitenflügel, der aussieht wie ein alter Bürohaustrakt. Jedenfalls riecht es nach staubigen Akten und vergilbten Dokumenten. Pergament, denkt Lena, es riecht nach altem, ehrwürdigem Pergament. An einer Tür werden sie von einem Bruder erwartet, der neben einem Hutständer steht und schwarze Zylinder an jeden einzelnen austeilt. Nachdem alle die Zylinder aufgesetzt haben, betreten sie einen schwach erleuchteten Saal. Lena schnappt nach Luft: Sie ist nicht mehr die einzige Frau in der Runde. Direkt vor sich sieht sie eine Gestalt mit nackten Brüsten, rund wie Äpfel. Zwischen den Brüsten baumelt ein gezackter Stern. Der Rock der Frau sieht aus wie ein Leichentuch; eng, lang und schlicht. Nur die Zehen lugen darunter hervor. Die linke Hand ist zu einem Gruß erhoben, mit dem Zeigefinger ihrer Rechten bedeutet sie Schweigen. Keine Sorge, denkt Lena, ich werde bestimmt nicht unnötig reden. Die Statue ist schön, mit reinen klassischen Zügen, großen mandelförmigen Augen, einem Kopfschmuck, der aussieht wie eine Krone. Wer bist du?, fragt sich Lena, wer zum Teufel bist du? Eine nordische Göttin bist du jedenfalls nicht. Du siehst eher orientalisch aus.

Sie geht den anderen nach und nimmt wie sie in einem Halbkreis von Stühlen Platz. Schätzt sich glücklich, im Halbdunkeln zu sitzen. Trotz des schwachen Lichts kann sie viel sehen. Sie lässt ihren Blick durch den prachtvoll ausgestatteten Raum gleiten. Lena staunt, kommt sich vor wie in einem ägyptischen Museum. Oder Tempel? Denn das da oben, das muss eine Art Thron sein. Sie kneift die Augen zusammen. Ja, natürlich, es ist ein Thron, aber ein verlassener. Nur die Krone liegt noch da, ein großer majestätischer Kopfschmuck, von dem ein satter goldener Glanz ausgeht. Die Ornamentik ist reich und den oberen Abschluss der Krone bildet ein Kreuz. Lena erkennt es wieder, es ist das gleiche Kreuz, das einige der Brüder um den Hals tragen, das auf den Friesen der Saalwände wieder auftaucht, das ihr von dem blutroten Teppich entgegenleuchtet. Das Andreas-Kreuz. Versonnen betrachtet Lena den Teppich, vergisst für einen Moment die Zeremonie, die da vorne vorbereitet wird. Am Rand des rechteckigen Teppichs verläuft ein weißer Streifen, der die Wirkung des kräftigen Rottons noch intensiviert. Es kommt ihr vor, als sitze sie in einer Blutlache. Und mitten in der roten Pracht steht der Sarg. Keine Kiste, kein Altar, keine Holzbank, keine Truhe. Der verzweifelte Versuch, den Gegenstand, den sie vor Augen hat, mit einem anderen Begriff zu benennen, schlägt fehl. Es ist unmissverständlich ein Sarg. Ihre Verwirrung wird noch größer, als sie einen Winkelhaken und einen Zirkel erspäht. Diese Symbolik ist ihr völlig fremd. Hat der Sargtischler sein Werkzeug vergessen? Wenn es so ist, dann hat er noch mehr zurückgelassen: Am Fußende des Sarges liegt eine Axt, aber ein recht zierliches Exemplar. Und an einer Längsseite erkennt Lena einen Dolch. Eine ziemlich kriegerische Symbolik. Aber was hat sie erwartet? Blümlein und Tauben? Auf den ganzen Saal verteilt stehen Säulenfragmente, Teile von Steinblöcken, besonders viele aber in einer Ecke – Lena kann nicht sagen, ob östlich oder westlich. Was soll das nun wieder symbolisieren? Ruinen?

Plötzlich ergreift jemand das Wort. Es ist der Mann mit dem schönsten Schmuckband. Lena erkennt ihn wieder. Er und seine Frau waren früher das eine oder andere Mal zu Gast bei ihren Eltern. Er ist Theologe, hatte damals eine eigene Gemeinde mit dazugehöriger Kirche. Ob er weiter nach oben geklettert ist auf der Karriereleiter, weiß Lena nicht. Aber es ist wahrscheinlich. Allerdings trägt er hier kein Priestergewand, auch keine andere lutherische Kleidung. Und seine Gemeinde sitzt auch nicht auf harten Holzbänken in einer schlecht besuchten, schlicht eingerichteten Staatskirche. Sie sitzt hier, in einem vermutlich ziemlich unchristlichen Tempel. Wie kommt der Mann zu dieser merkwürdigen Kombination?

Ein Erlebnis, das einige Jahre zurückliegt, kommt Lena in den Sinn. Sie war zu einem Meditationsabend eingeladen worden, von ein paar Freunden, die fast ausnahmslos Atheisten waren. Jedenfalls waren sie aus der Staatskirche ausgetreten, lehnten Religion ab und lebten ohne Dogmen und Ismen. Die Holzbänke, auf denen sich die Meditierenden niederließen, waren auf eine Wand ausgerichtet. Wie eine religiöse Gemeinde saßen sie dort zusammen, rasselten mit kleinen Schellen und bereiteten sich auf die Meditation vor. Und genau dieselben Leute, die Altar und Altarbild verworfen hatten, starrten nun auf ein Wandschränkchen aus geschnitztem Holz, in dem das Bild eines Mannes stand, der ihnen milde lächelnd entgegensah. Ein Mann in weißem Gewand und Perlenkette, mit langen grauen Locken und weißem Bart. Maharishi Mahesh Yogi, der Gründer der Transzendentalen Meditation, auch «Seine Heiligkeit» genannt.

Lena empfand die Situation damals als so unerträglich und grotesk, dass sie aufstand und ging, sowohl Seine Heiligkeit als auch die Meditation verließ.

Was hier vor sich geht, ist doch dasselbe in Grün, denkt sie.

Der einzige Unterschied ist die Tatsache, dass von diesen Männern mit Sicherheit niemand aus der Kirche ausgetreten ist. So weit war sie über die Gewohnheiten der Freimaurer informiert.

Die langatmige Begrüßungsrede scheint sich dem Ende zuzuneigen. Lena widmet dem Redenden wieder ihre volle Aufmerksamkeit. Er erwähnt eine *Ballotage* – was um Himmels willen soll das nun wieder bedeuten? –, die positiv für die Kandidaten ausgefallen sei. Kandidaten, denkt sie panisch, hoffentlich ist Andreas – bin ich nicht einer davon! Kandidaten wofür? Wieder bricht ihr vor Angst der Schweiß aus. Aber der Meister wendet sich nicht an sie, sondern an zwei Männer, die weiter vorne etwas außerhalb des Halbkreises sitzen. Der eine erhebt sich auf ein Zeichen.

Ein Ritual wird eingeleitet, wie unschwer zu erkennen ist. Lena hört, dass da vorne von den Kennzeichen des *Stempelnden* die Rede ist, sieht, wie dem Kandidaten Hut und drei Paar weiße Handschuhe überreicht werden; das erste Paar als symbolischer Schutz gegen die Befleckung durch das irdische Leben, das zweite für den Eintritt in das jenseitige, und das letzte für die Gattin, die ihn von jetzt an als «rechtmäßige Freimaurerin» nach bestem Wissen und Gewissen in seiner Arbeit unterstützen soll. Lena spitzt die Ohren. «Rechtmäßige Freimaurerin?» Wurden die Ehefrauen doch eingeweiht? Das ist ihr neu. Hat ihre Mutter gewusst, was ihr Mann hier trieb? Nein, undenkbar. Das Zusammenleben ihrer Eltern war nicht gerade von Offenheit geprägt. Handschuhe, denkt sie. Da war mal etwas, irgendeine schmerzhafte Erfahrung mit einem Paar Handschuhe ...

Schließlich bekommt der Kandidat das *Handtuch.* Lena ist sofort klar, dass es sich nicht um ein Handtuch handelt, mit dem der Freimaurer seiner Freimaurerin bei der Küchenarbeit helfen soll. Es ist ein kleines Tuch, das aussieht wie aus Leder. Die Farbe ist schwarz. Und auf dem dunklen Grund glänzt ein silbriger Totenkopf, leuchtet ihr entgegen. Lena schluckt. Was ist das nur für ein Horrorkabinett hier? Zu guter Letzt bekommt der Kandidat ein Schulterabzeichen. Allmählich sieht er ziemlich überladen aus, findet Lena.

Wieder fällt der merkwürdige Ausdruck «Stempelnder». Irgendwie erinnert er an Stechuhr und Lochkarte. Ein abwegiger Gedanke in dieser illustren Runde. Von den Jungs hier ist bestimmt keiner an normale Arbeitnehmer-Arbeitszeiten gebunden. Aber sie hat richtig gehört. Eine Stimme kündigt an, dass nun der Stempel aufgedrückt werden soll. Lena reckt neugierig den Hals, wischt sich einen Schweißtropfen von der Stirn, konzentriert sich auf die Akteure.

Der Wortführer, also der «Zeremonienmeister», wendet sich an den Kandidaten: «Wenn du kein reines Gewissen hast, dann kehre lieber um, solange es noch möglich ist. In wenigen Augenblicken ist es zu spät. Denn niemand, der einmal die Stille Halle betreten hat, findet den Weg zurück.»

Der Kandidat scheint ein reines Gewissens zu signalisieren. Jedenfalls fährt der Meister fort. Er reicht ihm eine abgedunkelte Laterne. Und eine Uhr. Gibt dem Kandidaten ein Zeichen, dass er abtreten kann. Rollenwechsel. Einer verschwindet, der nächste tritt vor. Dann wiederholt sich genau die gleiche Prozedur, Lena prägt sich jedes Wort, jede Geste genau ein. Sie *muss* sich darauf konzentrieren, um das schmerzhafte Brennen hinter ihrem Ohrläppchen zu überspielen. Sie hat das ungute Gefühl, dass das hier nur der Auftakt zu etwas anderem ist. Was es ist, kann sie sich nicht vorstellen. Sie verspürt ein unangenehmes Kribbeln auf der Haut, eine unbestimmte Angst breitet sich in ihr aus. Sie zwingt sich, logisch zu denken. Warum haben sie die Lichter bekommen? Abgedunkelte Lichter. Wozu brauchen sie die? Oder haben sie nur symbolischen Wert? Ein Symbol dafür, dass der Mensch blind wie eine Fledermaus in diesem irdischen Jammertal herumschwirrt? Jetzt mach mal halblang, Lena, du hast zu viele Schauerromane gelesen. Aber die Uhr? Was sollen sie damit anfangen? Ein Wettrennen veranstalten? Beim Anblick der Grabesmienen vergeht ihr der Humor genauso schnell, wie er aufgekommen ist. Sie sehen alle so feierlich gestimmt aus, ganz anders als die Jungs vor einem Hundertmeterlauf, die nervös von einem Bein aufs andere treten. Die Gesichter der Anwesenden sind so verklärt, als hätten sie einen direkten Einblick ins Paradies. Lena fröstelt. Sie wird langsam nervös, muss sich zwingen, ruhig auf ihrem Stuhl sitzen zu bleiben. Ein Blick auf die stumme Göttin mit ihrem Pst-Zeigefinger vor den Lippen hilft ihr. Pst, Mädchen! Schweige und lerne. Und denk vor allem daran, dass du nicht Lena Krane Löss, sondern Andreas bist. Aber die ganze Situation ist so verdammt unwirklich – als ob die Welt draußen nicht existierte. Sie versucht, sich den Verkehr auf der Straße vorzustellen, die hupenden Autos, hetzende Fußgänger. Aber es hat keinen Sinn. Kein einziger Laut aus der realen Alltagswelt dringt durch diese Mauern. Kein einziger Lichtstrahl einer Straßenlaterne dringt in das Innere dieses Raumes. Sie ist hermetisch abgeriegelt, zusammen mit einer Gruppe von Okkultisten. Andreas, denkt sie, opferst du deine Freizeit wirklich freiwillig für solche Aktivitäten? In deinen Briefen hast du so oft erwähnt, dass es so viele Dinge gibt, die dich interessieren würden, die du gerne machen würdest, so viele Hobbys und Interessen, denen du gerne nachgehen würdest. Und dann frönst du dieser sentimentalen Innigkeit, diesem ausgemachten Unsinn hier? Warum?

Lena erinnert sich, dass sie in ihrer Kindheit nur Jungen als Spielkameraden hatte. Sie gehörte dazu. Bis sie eines Tages plötzlich alleine war. An *dem* Tag. Mutterseelenallein. Ungewohnt. Und ärgerlich. Wo waren die anderen nur? Sie suchte alle alten Treffpunkte ab, suchte und rief ihre Namen. Schließlich gab sie auf, streifte enttäuscht und traurig durch den Birkenwald. Plötzlich hörte sie Stimmen, flüsternde Stimmen. Sie schlich den Geräuschen nach, lautloser als ein Indianer auf Kriegspfad, blieb vor einem Dickicht stehen, schob vorsichtig ein paar Zweige zur Seite und traute ihren Augen nicht: Da saßen sie, der fette verfressene Herbert, der zierliche kleine Lars, Frank, der Anführer, der zwei Jahre älter und schon im Stimmbruch war, Ralph, die Amöbe, die zu allem und jedem Ja und Amen sagte. Und Andreas. Im Kreis saßen sie versteckt unter dichtem Laubwerk – und wichsten! Mit offenen Hosen, aus denen ihre kleinen Dinger herausstanden, saßen sie da und wichsten. Im Kreis. Und danach schnitten sie sich mit Franks rostigem Taschenmesser in den Finger, pressten unter leisem Stöhnen ein paar Blutstropfen heraus, sammelten sie in einer dreckigen Tasse, füllten sie mit Wasser auf und ließen sie rundgehen. Tranken. Waren Blutsbrüder. Jedenfalls behauptete Frank das. «Jetzt sind wir Blutsbrüder, Jungs», sagte er. «Ihr wisst, was das bedeutet?» Die anderen nickten, Frank war der Chef. «Jetzt werden wir einen Pakt schließen», sagte er und begann eine Menge Sprüche herunterzuleiern, die er in denselben Büchern gelesen hatte wie Lena. Sie erkannte die Worte wieder, jeden Reim. Das war zu viel. Drecksäcke, diese verdammten Drecksäcke! Rasend vor Wut platzte sie mitten in die Runde. Und bevor die Blutsbrüder sich richtig von ihrem Schrecken erholen konnten, hatte Lena ihnen unmissverständlich klar gemacht, dass sie auch der Blutsbruderschaft angehören wollte, und wenn irgendein Pakt geschlossen würde, wäre sie auch dabei. Und das Ganze trug sie in einer Stimmlage vor, mit der keiner von ihnen konkurrieren konnte.

Schweigen. Tiefes, anhaltendes Schweigen. Schließlich stieß Frank verächtlich aus, dass sie doch ein Mädchen sei. «Mädchen!» *Ein Mädchen!* Und sie sollte lieber sehen, dass sie so schnell wie möglich verschwindet. Wenn nicht ... Lena hörte sich gelassen seine Drohungen an, ließ ihn geduldig ausreden. Dann machte sie den Jungs mit einfachen Worten klar, was passieren würde, wenn sie nicht aus der Tasse trinken durfte. Sie würde petzen, erzählen, was sie gesehen hat! Pfui, so was Schweinisches! Sie bemerkte, wie ein paar von den Jungs bei ihrer Drohung zusammenzuckten. Aber so schnell gab Frank nicht auf. Er kam bedrohlich nah auf sie zu, drängte seinen kräftigen Jungenkörper gegen sie. Sie drückte ihn zurück, sah ihm fest in die Augen und forderte: «Her mit dem Messer!» Mit einem ekligen Grinsen auf dem Gesicht hatte er plötzlich ihren Wollrock heruntergezogen, den blöden Rock mit dem Gummizug. Im nächsten Moment würde er das gleiche mit ihrer Unterhose machen. Lena hörte ihren Bruder schreien – bis sein Schreien von Franks übertönt wurde. Er schrie und jammerte noch lange, nachdem sie ihre Faust zurückgezogen hatte. Sie hatte den Rock wieder hochgezogen und hoch und heilig geschworen, nie wieder einen Strickrock anzuziehen. «Das Messer», wiederholte sie jetzt. «Das Messer und die Tasse.» Keiner rührte sich, als sie sich die beiden Sachen nahm. «Okay?», fragte sie an Frank gewandt. «Wenn nicht, verrate ich alles. Über euch und vor allem über dich. Dass du mir die Unterhose runterziehen wolltest. Hörst du? Ich sag's deiner Mutter und deinem Vater.» Letztere Drohung gab den Ausschlag. «Stich», sagte er, während er sich mühsam aufrichtete. Lena ließ ein paar Blutstropfen in die Tasse klecksen, gab Wasser dazu und hielt die Tasse den anderen entgegen. «Trinkt!»,befahl sie. Niemand reagierte. Sie sah Frank auffordernd an. «Trinkt», befahl er. Sie tranken. Wasser mit Mädchenblut. «Wir sind Blutsbrüder», sagte Lena triumphierend. Die anderen nickten.

Aber die Blutsbrüderschaft hatte bald an Reiz verloren. Nach drei, vier Treffen, bei denen Lena die meiste Zeit Schmiere stand, war es aus mit der Bruderschaft. Andreas fand andere Freunde, Lars ging mit seiner Diplomatenfamilie ins Ausland, und Ralph saß zu Hause und musste für die Schule lernen. Lena selbst fand die Sache mit den Blutsbrüdern allmählich ziemlich albern. Sie hatte sich etwas Spannenderes davon erhofft, als ständig im Chor zu wichsen. Warum musste man dafür unbedingt im Kreis sitzen? Es sah so lächerlich aus!

O Mann!, denkt Lena leise seufzend. Wie lächerlich es erst mal wäre, wenn diese Jungs hier ihre Hosen aufmachen würden, um sich zu einem kollektiven Orgasmus vorzuarbeiten! Aber, wer weiß, vielleicht ist das ja der Clou des Abends ... Sie zwingt sich, ein ernstes Gesicht zu wahren. Aber die Vorstellung ist zu komisch, ihre Fantasie malt sich immer lustigere Varianten dieses Schauspiels aus. Lena presst krampfhaft die Lippen zusammen, um nicht laut loszuprusten, Tränen treten ihr in die Augen, Lachtränen. Hallo, Jungs! Tut mir Leid, dass mein Penis so klein ist. Aber er ist voll funktionstüchtig, mal von der Größe abgesehen. Ja, ich verspreche, dass ich ihn regelmäßig düngen werde, bis zum nächsten Mal sprießt er wie ein Kaktus in der Sahara. Penisneid!, schießt es ihr durch den Kopf. Natürlich, nur deswegen sitze ich hier. Das ist die eigentliche, unbewusste Motivation! Wie alle Frauen fühle auch ich mich minderwertig, weil ich keinen Penis habe ... Das ist zu viel, Lena kann sich nicht mehr halten. Sie schüttelt sich vor Lachen, vergräbt das Gesicht in den Händen, glucksend und schniefend.

«Alles in Ordnung?» Lena hebt den Kopf. Ein schwarz gekleidetes Wesen steht vor ihr. «Alles in Ordnung?»,wiederholt der Fremde. Lena sieht ihn verständnislos an. Was will dieser Typ? «Wenn du meinst, dass deine Erkältung bei der Sache hinderlich ist, dann sag Bescheid», flüstert er. Meine Güte, wie fürsorglich, denkt Lena und schnäuzt sich ihr Taschentuch, diesmal ist es sogar wirklich nötig. Aber was meint er? Wobei soll ihre Erkältung hinderlich sein? Er sieht sie fragend an. Lena nickt. Ja, alles in Ordnung. Sie ist mit Frank fertig geworden, also wird sie auch mit diesem Typen hier fertig, zumal er bislang weitaus sanfter mit ihr umgeht als Frank.

«Okay», sagt er leise. «Dann sitzt also Bruder Hoff am Anfang, und du stehst am Ende. Du hast den Ablauf im Kopf?»

Lena nickt, ohne ihn anzusehen.

«Lass sie ihren Frieden finden. Beobachte sie in kritischen Situationen, aber gib dich nicht zu erkennen, bevor sie das Ziel erreicht haben.»

Sie nickt noch einmal, sieht ihm dabei in die Augen. «Ich weiß Bescheid», antwortet sie.

Er wirkt beruhigt. Sie kann ihm seine Gedanken förmlich ansehen: Krane Löss' Hustenanfall ist glücklicherweise vorbei, hoffentlich bekommt er unterwegs keinen neuen. Aber zur Zeit sind mehrere Brüder verschnupft. Es liegt am Wetter, an dieser feuchten Nebelluft. Er fordert Lena und einen anderen Bruder mit einen Wink auf, ihm zu folgen.

Was ist es diesmal für eine Blutsbrüderschaft?, denkt sie. Soll ich etwa wieder Wache stehen, während das Jugendklübchen eifrig seinen «Geschäften» nachgeht?

Er führt die beiden in einen kleinen Raum, der durch eine Tür mit dem hinteren Teil des Saales verbunden ist. Es ist stockfinster. Er zündet eine Laterne an, leuchtet über einen groben Steintisch und einen runden, hohen Schemel. Darauf nimmt der andere Platz, zieht sich eine Maske vor das Gesicht und legt einen Umhang über die Schulter. Dann zündet er die Leuchte an, die auf dem Tisch steht. Der Lichtschein breitet sich flackernd über die Wände aus. Lena lässt ihren Blick durch den Raum schweifen, verweilt bei einem pompösen Gemälde, das an der groben Mauerwand hängt. Sie erkennt vier halb nackte Männer auf dem Bild, ihre Gewänder enthüllen mehr, als sie verdecken. Sie stehen vor einem Steinsarg und sehen aus, als hätten sie einen Schatz gefunden. Das Bild weckt ihre Neugier, es kommt ihr irgendwie bekannt vor. Ein Messingschild mit dem Bildtitel und dem Namen des Künstlers glänzt im Schein der Leuchte. Lena beugt sich etwas vor, um die Inschrift lesen zu können. «Nicolas Poussin», steht dort. «1640. Louvre, Paris.» Und der Titel. «Les Bergers d'Arcadie.» Schon wieder Arkadien. Der gleiche Ortsname wie auf dem Bild ihres Bruders. Und die gleiche Landschaft, der gleiche Sarg, die gleichen andächtigen Gesichter.

Ihr Mitbruder räuspert sich. Lena wendet sich ihm zu, achtet darauf, dass ihr Gesicht im Schatten bleibt. Wie leichtsinnig von ihr, sich von einem Gemälde ablenken zu lassen. Sie nickt ihm zu, jetzt wird es ernst. Bruder Hoff bleibt auf seinem Schemel sitzen. Der dritte Typ öffnet noch eine Tür, zündet noch ein Licht an, geht voraus, die Leuchte dicht über dem Boden tragend. Der Raum, den sie als Nächstes betreten, ist dreieckig. Klein und dreieckig. Ein beklommenes Gefühl breitet sich in ihrem Körper aus. Was passiert jetzt? Wie soll sie eine Rolle spielen, die sie gar nicht kennt? Verdammt, worauf hat sie sich nur eingelassen? Wieder bricht sie vor Panik in Schweiß aus.

Vielleicht sollte sie sich zu erkennen geben, vielleicht ist es das Beste. Hallo, Süßer, ich soll dich von Andreas grüßen, er konnte leider nicht kommen, deshalb bin ich für ihn eingesprungen, seine leibliche Schwester, fühl nur selber, das hier sind echte Titten, aber jetzt muss ich gehen, danke und Auf Wiedersehen.

Die Gestalt vor ihr öffnet noch eine Tür. Katakombe, denkt sie, das hier ist meine Katakombe. Sie haben mich durchschaut und führen mich in meine Grabkammer. Eine endlos scheinende horizontale Schlucht breitet sich vor ihr aus. Das dunkle Gemäuer gibt klirrende Kälte ab, und ein eisiger Schauer läuft ihr über den Rücken, als sie sich umsieht. Nein, das darf nicht wahr sein!, schießt es ihr durch den Kopf. Kneif dich in den Arm und erwache aus diesem Albtraum. Du, Lena, eine norwegische Frau im Jahre 1986, Bürgerin einer modernen Stadt mit Szenecafés und Bankfilialen an jeder Straßenecke – du erlebst das hier nicht. Dein Leben ist Theater und Supermärkte, Verkehrschaos und Reklame, tropfende Wasserhähne in der Wohnung, enge Freunde. Alles, nur nicht das hier. Das ist Mittelalter. Totenschädel, Skelettknochen, finstere Feuchtigkeit und pechschwarzes Grauen. Und weiter vorne eine plätschernde Quelle, dunkle Felsvorsprünge. Eine so naturwidrige, künstliche Landschaft, dass es schon pervers ist. Unter ihrer Stadt sollten sich Abwasserkanäle befinden, Telefonkabel, Wasserrohre und Stromleitungen, all das Normale, Naheliegende, was sich im Untergrund moderner Städte eben so befindet. Aber nicht das hier! Eine Knochenkammer, durch die man zu einer zwanzig oder dreißig Meter entfernt liegenden Felsenlandschaft gelangt. Und statt Kloake eine Quelle, deren Wasser glasklar und rein schimmert. Verwirrt folgt Lena ihrem Anführer, verspürt plötzlich einen heftigen Drang, ihn an der Jacke zu zupfen und zu quengeln, den Daumen in den Mund zu stecken und «Mama, Mama, ich will nach Hause», zu rufen.

Als sie das Ende des Weges erreichen, übergibt er ihr die Laterne und tritt zur Seite. «Da», sagt er mit einem Fingerzeig. «Da ist deine Nische.»

Lena hat sich inzwischen auf Kampf eingestellt, will schon zum Schlag mit der Laterne ausholen, als er sich plötzlich merkwürdig steif und förmlich von ihr verabschiedet, sich auf dem Absatz umdreht und durch eine Tür verschwindet. Sie bleibt stehen, horcht gebannt, ob er abschließt. Nein, sie hört keinen Schlüssel, nur Schritte, die sich entfernen. Rasch kontrolliert sie das Schloss, öffnet die Tür einen Spalt, blickt in stockfinstere Leere. Dennoch atmet sie erleichtert auf. Immerhin ist sie weder endgültig beseitigt noch eingesperrt. Sie könnte jederzeit abhauen, durch diese oder die andere Tür, durch die sie hereingekommen sind.

Lena atmet tief durch, versucht ihren Puls wieder zu normalisieren und ihre Gedanken zu ordnen. Andreas gehört also nicht zu den Kandidaten des heutigen Abends. Vielleicht hat er diese Zeremonie schon hinter sich? Dem kurzen Gespräch nach zu urteilen, das sie mit ihrem Begleiter oben im Tempel geführt hat, ist er über seine Aufgabe voll informiert. Sie, beziehungsweise ihr Bruder, soll als Wächter und Zeuge hier stehen. Sie erinnert sich genau an die Worte: «‹Lass sie ihren Frieden finden. Beobachte sie in kritischen Situationen, aber gib dich nicht zu erkennen, bevor sie das Ziel erreicht haben.›» Genau. Genau das wird sie tun. Allmählich fühlt sie sich wieder sicher. Was kann ihr schon passieren? Niemand hat sie erkannt, niemand will ihr etwas Böses. Sie muss nur ausharren, bis die beiden Kandidaten auftauchen. Mit Sicherheit sind es die beiden, die eben im Tempel mit Requisiten überhäuft wurden. Aber noch ist weit und breit nichts zu hören, außer dem leisen Plätschern des Quellwassers. Lena tritt näher an das künstliche Gebilde heran und beleuchtet es mit ihrer Laterne. Es sieht täuschend echt aus, aber es kann sich unmöglich um eine natürliche Landschaft handeln. So etwas gibt es nicht unter dem Asphalt ihrer Stadt. Es muss ein von Menschenhand geschaffenes Kunstwerk sein.

Plötzlich sieht sie etwas Grünes in all der düsteren Schwärze leuchten. Sie richtet das Licht auf die Stelle und entdeckt verwundert, dass es sich um einen saftig grünen Zweig handelt, der mitten aus dem grauschwarzen, feuchten Stein zu sprießen scheint. Bevor sie weiter über diese sonderbare Entdeckung nachdenken kann, dringen deutlich vernehmbare Geräusche an ihr Ohr. Irgendetwas scheint sich weiter vorne zu tun. Sie löscht das Licht ihrer Laterne. Der Raum liegt nicht in völliger Finsternis, irgendwo muss sich eine schwache Lichtquelle befinden. Lena starrt in die Richtung, aus der die Geräusche kommen. Eine Tür knarrt. Ihre Nerven sind zum Zerreißen gespannt. Horrorkabinett, wispert sie, was für ein perfektes Horrorkabinett!

Der Weg der Akazie

Bruder Nils Fredrik Ihlstrup ist bereit. Bereit, seinen Status als Andreas-Lehrling aufzugeben und zum Andreas-Gesellen aufzusteigen. Und hoffentlich in nicht allzu ferner Zeit zum Andreas-Meister-Grad, dem sechsten. Das Nadelöhr ist ohnehin erst der siebente Grad, denkt er, während er vor dem «Bewachenden Bruder» steht und auf dessen Startsignal wartet. Vor der Aufnahme in das Kapitel wird knallhart gesiebt. Sein kürzlich verstorbener Vater hatte den Zehner-Grad erreicht, den Ehrengrad. Den letzten vor dem Amtsgrad.

Nils Fredrik kann es kaum erwarten. Das letzte Mal ist es sehr feierlich da drinnen zugegangen, so erhebend wie ein Konzert von Edvard Grieg, dem großen norwegischen Komponisten. Nils Fredrik macht keinen Hehl daraus, dass ihm in bestimmten Situationen Tränen der Rührung in die Augen treten; zum Beispiel wenn der König eine Rede hält, beim Anblick der norwegischen Flagge oder wenn die Nationalhymne erklingt und die Garde strammsteht. Für Nils Fredrik hat das Wort «Tradition» keinen negativen Beigeschmack. Im Gegenteil: Tradition macht den Menschen erhaben über die Banalitäten des menschlichen Daseins, über die Gleichförmigkeit des Alltags. Er betrachtet die Gegenstände, die er in der Hand hält: das Licht als Symbol für die Vernunft, die Uhr als Symbol für das Gewissen. Ja, er ist bereit. Bereit, den weiten Weg zu gehen und als neuer Mensch geläutert am anderen Ende herauszukommen. Er spürt ganz deutlich, dass er die Ängste seiner Kindheit überwunden hat. Diese schreckliche Angst vor der Dunkelheit, unter der er noch bis ins Erwachsenenalter gelitten hat. Jetzt, in diesem Moment, kann er dem Vater verzeihen, der den ungehorsamen Sohn in den finsteren Keller gesperrt hatte. Er hat es nicht getan, um den Jungen zu strafen, sondern um ihn zu reinigen, ihn zu stärken. Nils Fredrik begreift, dass er seinem Vater

Dank schuldet, dass die Stunden, die er in dem dunklen engen Raum, umgeben von scharrenden und raschelnden Mäusen, absitzen musst, dass diese Stunden keine Bestrafung waren. Auch nicht die Laute des Tieres mit dem großen, glatten Körper, vor dem er so entsetzliche Panik hatte, dass er wie von Sinnen schreiend gegen die Tür trampelte, bis die Mutter herbeistürzte und den Jungen herausließ – beziehungsweise den völlig erschöpften kleinen Körper herauszog. «Man darf den Problemen niemals aus dem Weg gehen», hat der Vater gesagt, als sein Sohn älter war. «Nimm den Kampf auf und bleib hart.» Es war dieser Kampf, den er den Jungen in der Dunkelheit ausfechten ließ: aber das versteht Nils Fredrik erst heute. Und er wird dem Vater auf ewig dankbar sein. Denn jetzt steht er hier, im Halbdunkel, mit einer schwach leuchtenden Laterne ausgerüstet, und soll durch eine finstere Unterwelt gehen – frei von Angst. Er strafft die Schultern, wartet auf ein Zeichen.

Der Bruder klopft mit einem goldenen Schwert an eine Tür. Von innen ertönt eine deutliche Stimme: «Wer da?»

«Einer aus dem auserwählten Sankt-Johannis-Orden, Nils Fredrik Ihlstrup, der seine Freimaurerwanderung fortzusetzen wünscht», lautet die Antwort des Zeremonienmeisters. Nils Fredrik sieht ihn an, nickt und schreitet durch die Tür, die von innen aufgehalten wird. Er findet sich in einem kleinen, dreieckigen Raum wieder. Hinter einem massiven Steintisch sitzt «Der Bewachende Bruder». Er trägt eine Maske, auf dem Tisch steht eine Kerze, daneben liegt ein aufgeschlagenes Buch. Auf die Fragen des anderen antwortet Nils Fredrik mit seinen auswendig gelernten Sprüchen, schaut ungeduldig auf die schmale Tür zu seiner Rechten. Dort, dort!

Der Bruder nickt, öffnet. Laut fällt die Tür hinter ihm ins Schloss, wird der Riegel vorgeschoben. Die Worte des Zeremonienmeisters klingen ihm in den Ohren: «. . . führt kein Weg zurück.»

«Der Weg der Akazie» steht unmittelbar bevor.

Am Ende des Ganges hängt ein schönes, indirekt beleuchtetes Gemälde. Es stellt eine Landschaft mit Akazienbäumen dar. In der linken Bildhälfte befindet sich eine majestätische Säule und im Hintergrund ein Hügel mit einer Burg. Alles scheint zum Himmel, zum Licht, zur Verklärung zu streben. Zwischen Bäumen und Säule steht ein Mensch – klein und einsam steht er in der Landschaft, den Blick auf die Burg gerichtet.

Nils Fredrik vergisst die Dunkelheit um sich herum, geht langsam, aber zielstrebig auf das Bild zu, will hinauf in die Burg. Dieser Anblick ist nur für ihn da, für ihn allein. In dem Moment, in dem er das Bild berühren will, hört er plötzlich ein lautes Krachen, das Licht geht aus. Er schreckt zurück, strauchelt. Seine Gier war zu groß, seine Suche zu ungeduldig. Eine Stimme ertönt: «Der *Schweigende* findet die Akazie. Wenn du Mut hast, dann geh weiter durch Nacht und Dunkelheit.» Natürlich hat er Mut! Ein schwacher Lichtstrahl richtet sich auf eine verfallene Tür. In weißer Schnörkelschrift steht auf dem dunklen Holz geschrieben:

Der Schweigende
findet
die Akazie,
hast du Mut,
sie zu suchen,
dann zwinge dich
durch die Gemächer
der Dunkelheit.

Er schiebt die knarrende Tür mit einem mutig vorgestreckten Zeigefinger auf, hält seine Laterne in die Dunkelheit. Vor ihm breitet sich ein heilloses Durcheinander von Steinbrocken und Mauerstücken aus. Was ist das? Ein eingestürzter Kellerschacht? Er sieht sich suchend um, entdeckt eine Öffnung, gerade groß genug, dass sich ein Mensch durchzwängen kann. Zu beiden Seiten stehen Skelette, stumm, bedrohlich. Natürlich, denkt er, Skelette sind nun mal stumm und tot. Das gilt vor allem für solche Plastikskelette. Vorsichtig berührt er einen Knochen, zuckt zurück. Das ist kein Plastik, das sind echte Knochen, menschliche Knochen. Ja und?, fragt er sich im nächsten Moment, sein Unbehagen überspielend. Ich fürchte mich nicht vor dem Tod und erst recht nicht vor solchen Todessymbolen. Wir aufgeklärten Menschen brauchen solche Hinweise, solche Symbole. Es ist ungesund, den Tod zu verleugnen. Trotzdem kann er sich des Eindrucks nicht erwehren, dass das, was er in diesen dunklen Gängen sieht, auch nicht gerade gesund ist. Meine Güte, wo kommen nur alle diese Knochen her, die hier aufgestapelt sind?, fragt er sich betreten. Da haben wohl ein paar Chirurgiestudenten geübt. Er erinnert sich an die Katakomben in Rom. Dort hat es zwar ähnlich ausgesehen, aber die beklemmende Atmosphäre wurde immerhin durch die vielen Besucher und die eifrigen Stimmen der Führer gemildert.

Nils Fredrik seufzt tief, geht weiter, die Laterne mit beiden Händen haltend, als sei sie seine Lebensversicherungsprämie. Ganz cool, Junge, ganz cool, ermutigt er sich, verwundert über die eigene Wortwahl. Wo ist nur das Ziel? Nimmt diese verfluchte Katakombe denn nie ein Ende? Ein dumpfes Gefühl von Resignation erfüllt ihn. Er schafft es nicht, wird es nie schaffen. Spöttische Blicke und mitleidiges Kopfschütteln. Und Schimpfe zu Hause. Er streift im Vorbeigehen versehentlich an der Wand vorbei, stößt an einen Gegenstand, der laut scheppernd zu Boden fällt. Erschrocken dreht er sich um, sieht einen zerbrochenen Schädel auf dem Steinboden liegen. Egal, denkt er. Kandidat Ihlstrup wird schon nicht darüber stolpern.

Bloß nicht nervös werden. Immer stur geradeaus gehen, einen Fuß vor den anderen setzen. Nur nicht zögern, unbeirrt den Lichtstrahl ansteuern, der weit da vorne aufblinkt. Das leise Plätschern wird allmählich deutlicher, da vorne fließt klares Wasser, da vorne findest du, was du suchst, da vorne ist der Akazienzweig. Hol ihn dir, nimm ihn dir, er muss dir gehören! Erst dann bist du würdig.

Fieberhaft hastet er weiter, tausend Gedanken schießen ihm

durch den Kopf. Vater, warum hast du mich eingesperrt, warum hast du mir das zugemutet, diesen Albtraum, der viel zu groß war für einen kleinen verängstigten Jungen? Warum? Ich werde ihn niemals überwinden, niemals vergessen. Die nackte Angst, das kalte Grauen, die Stille, das Rascheln der Mäuse und Ratten. Er stolpert auf dem unregelmäßigen Steinboden, verliert das Gleichgewicht, sucht mit den Händen Halt an der Wand. Geschafft. Aber wo ist die Laterne? Er hat sie fallen lassen, tastet den Boden mit beiden Händen ab, spürt Metall unter den Fingern. Die Laterne. Sie ist erloschen. Lass sie liegen, da vorne ist das Licht! Er tastet sich mit den Händen an einer Wand entlang. Vorwärts, niemand sieht, ob du erhobenen Hauptes oder auf allen vieren diesen Tunnel durchquerst. Niemand.

Schritt für Schritt schleppt er sich weiter, spürt, wie ihm klamme Kälte entgegenschlägt, von Felsen, die noch nie Tageslicht gesehen haben. War da ein Luftzug im Nacken? Hastig dreht er sich um, kann nichts sehen, nur eine Wand aus Dunkelheit, atmender, pulsierender, tönender Dunkelheit. Nils Fredrik zittert am ganzen Körper. Vater, warum? Nein, nein, aufhören! Ich will nicht mehr! Um Gottes willen, ich bin doch ein erwachsener Mann! Er schlägt die Hände vors Gesicht, wischt sich die Tränen aus den Augen. Stopp! Schluss mit den Albernheiten! Das Licht, Nils Fredrik, da vorne ist die Rettung. Nur noch fünf, sechs Meter. Geh!

Plötzlich hält er inne. Da, ein Luftzug, da hat sich etwas bewegt, etwas Lebendiges. Gibt es hier Ratten? Herrgott, es sind Ratten hier! Er starrt gebannt in die Richtung, aus der die Bewegung gekommen ist. Kloakenratten, fette, Ekel erregende Ratten liegen auf der Lauer, bereit, über ihn herzufallen, sich in sein Fleisch zu nagen. Ja, da ist etwas direkt vor ihm, etwas, das wartet, ihn sehen kann, Kontrolle über jede seiner Bewegungen hat. Verdammter Mist! Wieso hat er auch die Laterne liegen lassen?

Ein scharrender Laut nähert sich ihm, er legt eine Hand vor die Kehle, will die Bisse abwehren. Etwas kommt auf ihn zu, will ihn angreifen. Plötzlicher Schwindel packt ihn, schwarze

Schatten tauchen vor seinen Augen auf, merkwürdige Laute dringen an sein Ohr, die Laute der Toten. Er stürzt den Geräuschen entgegen, stößt einen markerschütternden Schrei aus, der endlos lang an den Mauerwänden der Katakombe widerhallt. Er streckt die Hände aus, trifft auf Widerstand, packt mit aller Kraft zu. Er wird kämpfen, die Ratten sollen sterben! Seine Hände graben sich in weiches Fleisch.

Plötzlich bricht er zusammen, krümmt sich am Boden, die Hände vor den Unterleib gepresst, brüllend vor Schmerzen. Blitzartig durchzuckt ihn die Erkenntnis, dass er es nicht mit Ratten, sondern deutlich spürbar mit einem menschlichen Wesen zu tun hat. Jemand hat ihn getreten, und zwar mitten in die empfindlichste Stelle. Er richtet sich mühsam auf, kommt langsam wieder zu sich. Tiefe Scham überkommt ihn und er begreift, dass er seine Aufgabe nicht bestanden hat, dass er ein Versager ist. Und schuld daran ist die verdammte Angst, die Angst vor der Dunkelheit.

Die Stimme vor ihm klingt rau. Nils Fredrik kann die dunkel gekleidete Gestalt, die aus einer Nische hervorgetreten ist, nur erahnen. Er starrt auf das flackernde Licht, schluckt, wartet auf seine Verurteilung, auf die Nachricht, dass seine Wanderung ein für alle Mal zu Ende ist, dass er entlassen ist aus erlesener Gemeinschaft, entlassen in den grauen Alltag. Nils Fredrik zittert, als der Schwarzgekleidete auf ihn zukommt. «Bruder», hört er. «Vollführe!» Die Gestalt tritt zurück. Nils Fredrik bleibt wie gebannt stehen. Was hat er gesagt? Vollführe? Also ist er nicht entlassen, nicht ausgestoßen! Sie wollen ihn haben, er ist würdig! Eine Welle der Erleichterung durchströmt seinen Körper. Er wendet sich nach links, erblickt die Felsenlandschaft. Kredons Bach, denkt er, das ist ein Symbol für Kredons Bach. Ihm wird warm ums Herz, fühlt sich dem Bruder, der dort im Schatten steht, eng verbunden. Das Gedicht eines Bruders aus Trondheim kommt ihm in den Sinn. Es beschreibt die Wanderung durch den Weg der Akazie. Während er seine Blicke suchend über die Landschaft schweifen lässt, gehen ihm die stimmungsvollen Strophen durch den Kopf.

Zwischen flachen, eingesunkenen Gräbern
tief unter die Erde führt mein Pfad.
Zerbrochener Grabstein, zerbrochenes Gebein,
begleiten den Wandernden.
Erbebt mein Herz, hat Todesschmerz
die Seele ergriffen in der Stunde der Furcht –
so gib mir nun Kraft, leuchte mir
durch die dunkle Nacht.
Das Ziel ist erreicht,
der Tempel gefunden,
hier will ich in Frieden mich laben.

Nils Fredrik hat Tränen in den Augen, Tränen der Rührung, Tränen des Glücks. Dort, zwischen den grauen Felsen, sieht er den Akazienzweig, das Ziel, das Pfand. Den Schatz. Mit bebender Hand nimmt er ihn an sich, drückt ihn an seine Brust. Er ist bereit. Hält das Symbol der Hoffnung in seinen Händen. In grüner Pracht erwächst es aus Verwesung und Zerstörung, schenkt ihm ein neues Leben.

Er stößt einen tiefen Seufzer aus, wartet auf ein Zeichen. Es kommt nichts. Lange bleibt er stehen. Endlich nickt ihm die Gestalt zu, weist auf den Ausgang. Er tritt durch die Tür hinaus, wird dort vom Zeremonienmeister entgegengenommen, der ihn in den großen Saal zurückführt. Dort nimmt er Platz, wartet auf Kandidat Nummer zwei.

Lena ist tot. Ich bin tot, sagt sie sich. Es ist unmöglich, so etwas Absurdes und Geschmackloses zu erleben, ohne auf der Stelle tot umzufallen. Zum Glück trage ich das Kostüm. Die Verkleidung ist das Einzige, was mich aufrechterhält. Eine solche Panik habe ich in meinem ganzen Leben noch nicht gehabt.

Sie hatte gleich bemerkt, dass der «Kandidat» Probleme hatte, war hin- und hergerissen gewesen zwischen Mitleid und Schadenfreude. Letztere hatte zunächst gesiegt, immerhin war der Typ selbst schuld, empfand diese Quälerei womöglich sogar als große Ehre. Also, vorwärts, stolpere weiter in Richtung Mondschein hier vorne. Finde die Erlösung oder was auch immer du suchen magst, und verschwinde. Ich rühre jedenfalls keinen Finger, um dir zu helfen.

Der Vorsatz hielt bis zu dem Zeitpunkt, als der erbarmungswürdige Mensch endgültig durchzudrehen drohte. Er stieß einen herzzerreißenden Schrei aus. Lena eilte ihm zu Hilfe. Als Dank fand sie sich in einem Würgegriff wieder, der ihr die Kehle zu zerquetschen schien. Und was macht eine Frau in einer solchen Situation? Schreien? In Ohnmacht fallen? Nein, am besten zutreten, mit voller Kraft in die Weichteile. Das zeigte Wirkung. Er brauchte eine Weile, bis er wieder «seinen Mann stehen» konnte und fähig war, seine Rolle weiterzuspielen. Dann stand er noch eine halbe Ewigkeit herum, mit diesem lächerlichen Zweig in der Hand. Bis ihr einfiel, dass er sicher auf ein Zeichen wartete. Welches Zeichen? Sie versuchte es mit einem Nicken und wies mit dem Kopf zur Tür. Es klappte. Na endlich.

Bitte nicht noch mal, denkt Lena flehentlich. Die Zuschauerin Lena wünscht keine Wiederholung. Geht um Himmels willen endlich von der Bühne. Das war das schlechteste Stück, das seit langem geboten wurde. Geht in die Garderobe und trinkt von mir aus Champagner aus nach Schweiß stinkenden Schuhen. Hauptsache, ihr verschwindet!

Aber die Geräusche hinter verschlossener Tür deuten an, dass die Reprise naht. Lena schluckt, zwingt sich, an ihrem Platz auszuharren und sieht einen neuen Kandidaten ins Dunkel hereintappen. Aber diese Ausgabe braucht kein Mitleid. Sicheren Schrittes, mit vorgehaltener Laterne, nähert er sich dem Paradies. Und dem Akazienzweig. Beherzt greift er danach, drückt ihn mit einem dramatischen Seufzer an seine Brust. Lena nickt ihm eifrig zu, aber er sieht sie nicht. Sie räuspert sich und sagt: «Geh nun durch diese Tür hinaus, Bruder.» Er verschwindet. Die Vorstellung ist vorbei.

Wiedergeburt

Raus, denkt Lena, ich will hier raus! Keine zehn Pferde bringen mich dazu, an weiteren Seancen teilzunehmen. Mir egal, was die mit ihren Zweigen machen. Was interessiert mich der Seelenfrieden der Kandidaten, wenn ich Mühe habe, meinen eigenen zu erhalten?

Sie öffnet die Tür, durch die die beiden Männer gegangen sind, betritt einen dunklen Gang. Das trübe Licht ihrer Laterne fällt auf eine weitere Tür. Ihre Hoffnung, dass sie in einen Flurbereich führt, durch den sie diesem Wahnsinn endlich unbemerkt entfliehen kann, wird enttäuscht. Sie wird durch Treppenaufgänge und Korridore geschleust, landet schließlich dort, wo sie vorher war: in König Salomos Tempel, dem großen Saal für die «Eingeweihten fünften Grades» der Sankt-Andreas-Loge. Dort befinden sich alle auf ihren Plätzen, nur Andreas scheint bisher gefehlt zu haben. Sie sinkt resigniert auf ihren Stuhl, stellt fest, dass die Feierlichkeiten weitergehen.

Die beiden Kandidaten – jeder mit seinem grünen Zweig am Revers und einem glücklichen Lächeln auf den Lippen – schreiten nach vorne auf die Göttin zu. Die Apfelbrüste glühen, der Finger liegt vor dem Mund. «Der wortführende Meister» reißt den beiden nacheinander das Tuch vom Anzug. Merkwürdiger Knoten, der sich so leicht aufreißen lässt, denkt Lena. Aber das ist wohl abgesprochen. Was soll das nun wieder bedeuten? Vielleicht ein symbolhaftes Verbot, einer Frau bei der Küchenarbeit zu helfen? Oder die generelle Ablehnung weiblicher Werte? Ihr wird der Kopf schwer von all der Symbolträchtigkeit.

Dann fordert der Wortführende die beiden Kandidaten auf, sich die Statue der Göttin genau einzuprägen, ihre Haltung, ihre Botschaft. Er lässt den beiden Männern eine Weile Zeit. Eingehend betrachten sie den zum Schweigen auffordernden Finger, die verlockende Rundung der prallen Brüste. Vor allem letzteres. In Japan essen sie Fischrogen und Moschushorn, um die sexuelle Lust zu steigern, denkt Lena matt. In Norwegen stiert man auf Titten.

Der Meister erhebt seine Stimme: «Lastet irgendeine Schuld auf eurem Gewissen?»

Ach herrje, jetzt kommt das Bekenntnis, denkt Lena. Die Beichte, die in allen Dissidentengesellschaften üblich ist, die unentbehrlich ist, wenn der Bekehrte erlöst werden will. Jeden Moment brechen die Armen da vorne zusammen und gestehen unter Schluchzen, mit der Sünde geflirtet zu haben, dass sie im wahrsten Sinne des Wortes in ihrem Schoß lauert. Dann bekommen sie ein lange Liste über verwerfliche irdische Begierden, was den Nächsten, dessen Weib und Eigentum betrifft. Obwohl man es in dieser Runde mit letzterem Verbot nicht besonders ernst meinen kann. Sonst würde die Börse wohl zusammenbrechen.

Die Kandidaten ergreifen das Wort, einer nach dem anderen. Verkünden, dass sie bereit sind, ihre Schwächen zuzugeben, ihren Egoismus, ihre Eitelkeiten. Das ist Beichten im besten Seifenopern-Stil, denkt Lena. Amüsiert und angewidert zugleich hört sie zu, wie die Männer ihre Sündenkarteien herunterleiern, in einstudierten, nichts sagenden Sätzen über den Kampf gegen das Böse in ihren Seelen berichten, über das Streben, rechtschaffene Bürger und gute Mitmenschen zu werden.

«Besitzt du den gleichen Mut wie Adoniram, der weder Gefahren noch den Tod scheute, um auf dem Pfad der Wahrheit und des Rechts zu bleiben?», fragt der Meister.

Recht? Wahrheit? Wessen Recht und welche Wahrheit? Warum erklärt er das nicht? Am liebsten würde Lena die Hand heben und fragen. Die Mitbrüder sind offensichtlich voll informiert, ihrem eifrigen Nicken nach zu urteilen. Der Meister erhebt sich. «Willst du in den Dienst des Ordens treten und nach Licht und Wahrheit streben?»

Wieder dieser nebulöse Wahrheitsbegriff. Es gibt so viele Lichter und Wahrheiten. Welche sind hier gemeint? Vielleicht sollte sie sich ein Handbuch anschaffen, «Leitfaden für Freimaurer»? Der Gedanke hat etwas Beruhigendes an sich.

Wie nicht anders zu erwarten war, bejahen die beiden die Frage. Dann legen sie die Requisiten ab, die sie bei sich tragen, platzieren sich zwischen Statue und Sarg. Staunend verfolgt Lena das Schauspiel, das nun vor ihren Augen inszeniert wird. Jeder einzelne Mitbruder erhebt seine Leuchte und hält sie in Richtung der beiden Kandidaten. Von den starken Strahlen geblendet, stehen die beiden Männer da, starren mit weit aufgerissenen Augen in das Licht, ohne zu blinzeln. Plötzlich werden zwei Dolche auf die Kandidaten gerichtet. Lena erschrickt, lässt den Lichtstrahl ihrer Laterne über die Hand gleiten, die einen der beiden Dolche hält. Im nächsten Moment erklingen die beschwörenden Stimmen der anderen: «Sei furchtlos in Gefahr! Geduldig im Leid! Standhaft im Tod!», murmeln sie im Chor vor sich hin. Was für eine Messe wird hier gefeiert? Lena presst die Lippen zusammen. Wenn sie jetzt den Mund aufmacht, kommt kein Murmeln, sondern ein hysterischer Schrei heraus.

Während das Publikum den monotonen Sprechgesang fortsetzt, beginnen die beiden Akteure eine Wanderung. Vier Mal schreiten sie über den Teppich, wandern auf einem unsichtbaren Pfad. Ganz einfach, denkt Lena, das müssen vier symbolische Wege sein. Bleibt nur die Frage, woher sie kommen und wohin die Reise geht. Informationen! Ich brauche unbedingt Informationen über diese Rituale! Beruhigt stellt Lena fest, dass sie wieder Oberwasser hat, dass die Neugierde ihre Angst besiegt hat. Gespannt wartet sie ab, was als Nächstes auf dem Programm steht, tauft es «Schritttanz», ein Bewegungsritual, in dem jeder Schritt genau bemessen ist.

Dann folgt ein Schwur: den Dolch mit beiden Händen gegen die eigene Brust richtend, wiederholt der Kandidat die Worte des Meisters. Lena hört genau zu, versucht sich den Inhalt zu merken.

«Ich, Nils Fredrik Ihlstrup, bin mir meiner neuen Pflichten als Freimaurergeselle bewusst und gelobe unter Berufung auf meine Versprechen und Schwüre, dass ich Herman Klausen, den erlauchten Ritter und Kommandeur des roten Andreas-Kreuzes, als meinen höchsten Vorgesetzten, Führer und Befehlshaber anerkenne, ihm als dem Vicarius des Weisesten Salomo dieser Provinz Ehre und Gehorsam erweise, untertänigst seine Befehle ausführe, um die Grundsätze des Ordens und sein Fortbestehen zu fördern.»

Bedingungsloser kann man sich einem anderen Menschen wohl kaum verschreiben, denkt Lena. Und eindeutiger kann man die Machtverhältnisse nicht formulieren. Untertänigst!

«Ich gelobe weiterhin», fährt Kandidat Ihlstrup mit fester Stimme fort, «mich niemals zu verweigern, wenn ich gerufen werde, mich niemals zu entziehen, wenn mir eine Aufgabe anvertraut wird, und hiermit erneuere ich die Versprechen, die ich dem Orden gegeben habe, im Hinblick auf meine Pflichten als Freimaurer sowie den strengen Gehorsam vor meinem Vorgesetzten. Dies gelobe ich wahrhaftig und aufrichtig und ohne Vorbehalt, auf Ehre und Gewissen als freier und anerkannter Maurer, Ritter und Bruder, so wahr mir Gott und die Heilige Schrift helfen mögen.

Gott? Hat er Gott gesagt? Lena spürt ein Gefühl des Widerwillens. Der gottloseste Schwur, den sie jemals gehört hat, endete damit, dass man Gott um Hilfe anrief? Zuerst hat sich dieser Mensch da vorne mit Leib und Seele dem Orden verschrieben, dessen Gott Herman Klausen heißt – der Vikar des Weisesten Salomo –, dann hat er behauptet, frei zu sein, und zu guter Letzt wird auch noch Gott ins Spiel gebracht. Was ist das für ein Gott? Und vor allem – wer ist Herman Klausen? Wieso hat er einen so hohen Stellenwert im Orden? Ist er vielleicht Gottes Sohn? Nein, er ist nur Vikar, Stellvertreter, er vertritt den Weisesten Salomo. Und wer soll das nun wieder sein?, fragt sich Lena verwirrt. Sie wünscht sich sehnlichst ein Lexikon herbei, um endlich Ordnung in diesen Begriffswirrwarr zu bringen.

Der Dolch wechselt den Besitzer und wird vor Nils Fredrik Ihlstrups Augen, Mund und Bauch gehalten. Dann wird ihm ein Amulett überreicht. Es ähnelt dem, das sie in der Tasche trägt: eine dreieckige Silberplatte mit einem Totenkopf, dem gleichen wie auf dem Tuch. Das bedeutet wohl, dass «sie» jetzt mit den beiden verbrüdert ist. Lena seufzt unterdrückt. Sie wundert sich über nichts mehr, auch nicht mehr über Totenköpfe oder andere Geschmacklosigkeiten. Gelassen wartet sie auf die nächste Runde. Im Saal herrscht völlige Stille. Dann ertönt ein Klopfen. Der Meister gibt den Rhythmus vor, die beiden Kandidaten machen es ihm nach. Zweimal leise, zweimal kräftig. Anschließend hebt der Meister die linke Hand, hält den Daumen so gegen seine Schläfe, dass der Ellbogen einen rechten Winkel bildet. Die beiden folgen seinem Vorbild. Lena versucht sich diese und die nachfolgende Geste, eine Art abgewandelter Händedruck, genau zu merken: anstatt seinen Kandidaten die ganze Hand zu reichen, legt er Daumen, Zeige- und Mittelfinger zusammen. Guten Tag, guten Tag.

Wirklich höchst sonderbare Bräuche werden mir hier geboten, denkt Lena, und im selben Moment wird ihr bewusst, dass sie wahrscheinlich überhaupt die erste Frau ist, die Zeugin dieser Zeremonien wird. Vorne geht es mit gesenkten Stimmen weiter. Lena hört angestrengt zu, schnappt zwei Begriffe auf, die völlig fremd in ihren Ohren klingen: *Adonai* und *Nehemia.* Dann verbeugen sich die Männer vor der Statue, küssen die Krone und schreiten würdevoll auf den Ausgang zu, wo sie ihre Zylinder abgeben. Die Mitbrüder tun es ihnen nach.

Lena schließt sich der Prozession an. In einem Salon, den sie von den Festen ihrer Kindertage kennt, werden Getränke serviert. Sie trinkt gierig ein Glas Saft, verschluckt sich und bekommt einen Hustenanfall. Ärgerlich hält sie sich ihr Taschentuch vor den Mund. Warum muss sie auch ausgerechnet hier in dieser grellen Beleuchtung die Aufmerksamkeit auf sich lenken? Andererseits ist die Erkältung ein guter Vorwand, frühzeitig nach Hause zu gehen. Ihr Entschluss steht fest, als jemand ihr freundschaftlich auf die Schulter klopft. «Geh lieber nach Hause und trink einen heißen Grog», empfiehlt der Mitbruder,

der neben ihr steht. Lena nickt eifrig hinter vorgehaltenem Taschentuch, murmelt eine Entschuldigung und verlässt eiligen Schrittes den Salon.

Die Garderobe liegt im Halbdunkel. Lena sucht den Trenchcoat ihres Bruders heraus, einen teuren, aber fantasielosen Mantel. Als sie ihn um die Schulter legt, hört sie plötzlich Schritte auf der Treppe, hält inne, will abwarten, bis sie sich wieder entfernen. Doch die Schritte kommen näher, halten erst im Garderobeneingang inne. Ein Räuspern. Dreh dich um, denkt sie, dreh dich um und grüße! Sie zwingt ihren Körper, sich zu drehen. Es ist der Ritualmeister, der Theologe aus dem Nobelviertel. Sie schnäuzt sich ihr Taschentuch, kommentiert ihr schlechtes Befinden mit einem resignierten Schulterzucken. Freundlich nickend bestätigt sie die Bemerkung, dass «er», Andreas, nun an der Reihe sei, immerhin habe er auch eine Woche lang wegen einer Grippe flachgelegen. Was will der von mir?, fragt sie sich unruhig. Komm zur Sache, Junge, bevor ich wirklich krank werde! Seinem forschenden Blick nach zu urteilen, kann er jeden Moment mit einer Strafpredigt loslegen, im Stil von «Wie konntest du nur?» und «Wenn dein Vater noch lebte.»

Sie wartet, spürt die Autorität, die von diesem Mann ausgeht, seine starke Ausstrahlung. Es dauert eine Weile, bis sie begreift, wovon er redet, und dass er nicht mit ihr, sondern mit Andreas spricht. Ein glückliches Ereignis steht Bruder Andreas bevor, die Ballotage (wieder dieses Wort) war sehr positiv. Lange Pause. Lena hängt an seinen Lippen, bemüht sich, jedes Wort im Gedächtnis zu behalten. Aber dieses Ereignis, das eigentlich erst in vierzehn Tagen stattfinden sollte, muss leider auf einen weitaus früheren Zeitpunkt vorverlegt werden. Grund dafür ist eine unerwartete Reise ins Ausland, die nicht verschoben werden kann. Die Brüder werden über den neuen Termin informiert, sowohl mündlich als auch durch die üblichen Zeitungsannoncen. Er hebt die Augenbrauen, sieht Lena fragend an. Verleiht seiner Hoffnung Ausdruck, dass Krane Löss keine Probleme bekommt wegen des geänderten Termins. Krane Löss schüttelt den Kopf. Probleme? Nein, nein, ganz und gar nicht, Krane Löss ist überwältigt, dankbar und froh. Lena geht davon aus, dass ihr Bruder so reagieren würde. Außerdem fällt ihr ein Stein vom Herzen: der Theologe hat sie nicht durchschaut. Er nennt Datum und Uhrzeit, verabschiedet sich mit einem ganz normalen Händedruck. Lena geht nach ihm zum Ausgang, lässt sich von einem Bruder die Tür aufschließen und tritt durch die schwere Eichentür hinaus in den erwarteten Nebel.

Sie hat Glück, findet rasch ein freies Taxi. Joschas Schuhe sind mittlerweile undicht, und sie fürchtet, dass sich ihr Husten und Schniefen bald echter anhören werden, als ihr lieb ist.

Als sie die Wohnung betritt, sucht sie als Erstes ihr Zimmer auf und zieht sich um. Andreas sitzt im Wohnzimmer auf dem Sofa, blättert in irgendwelchen Unterlagen. Er macht einen entspannten Eindruck. Das Wasserglas und der Tablettenbehälter stehen noch immer auf dem Sofatisch. Lena ist angenehm überrascht, hat nicht zu hoffen gewagt, ihn in so guter Form anzutreffen. Andreas mustert seine Schwester stirnrunzelnd, erkundigt sich, warum sie so aufgedreht aussieht. Hatte sie ein Rendezvous? Sie nickt, tischt ihm eine glaubwürdige Geschichte auf.

«Morgen werde ich mal bei Mutter vorbeigehen», kündigt sie an, als sie später beim Essen zusammensitzen. Andreas nickt, bittet sie aber, seinen Zustand vor der Mutter nicht unnötig zu dramatisieren, zumal es ihm ohnehin schon viel besser gehe. Um zu unterstreichen, wie gut es ihm geht, erhebt er sich und geht auf wackligen Beinen zur Musikanlage, legt eine Platte auf und lässt sich keuchend aufs Sofa zurückfallen. Lena räumt schnell das Geschirr zusammen, trägt das Tablett in die Küche und nutzt die Gelegenheit, den Frack wieder in sein Zimmer zu hängen. Als sie ins Wohnzimmer zurückkommt, liegt Andreas unter der Wolldecke. Nein, ins Bett will er noch nicht, versichert er seiner Schwester, aber sie solle ruhig schlafen gehen. Gute Nacht, gute Nacht!

In der Bibliothek sucht Lena die Regale nach passender Lektüre ab, zieht sich dann mit einem dicken Lexikon in ihr Zimmer zurück. Auf dem Bett sitzend, schlägt sie das Buch auf und stellt enttäuscht fest, dass dort unter dem Stichwort *Akazie* außer einer botanischen Definition nichts geboten wird. Sie blättert weiter, sieht unter *Ballotage* nach. Na klar, das hätte sie wissen müssen; der Ausdruck kommt vom Französischen «ballotte» und bedeutet *geheime Abstimmung mit weißen oder schwarzen Kugeln.* Natürlich geheim, denkt Lena schmunzelnd. Bei denen ist ja scheinbar alles geheim.

Plötzlich kommt ihr eine Idee. Sie schlägt ein paar Seiten zurück und liest: *Andreas, Apostel, Bruder des Petrus, soll den Märtyrertod an einem griechischen Kreuz aus schräg gestellten Balken erlitten haben, deshalb Andreas-Kreuz. Feiertag 30. November.* Das reicht nicht, denkt sie seufzend. Ich muss mehr über diesen Andreas wissen. Märtyrer gibt es schließlich wie Sand am Meer. Aber was ist das Besondere an diesem? Sie beschließt, sich so bald wie möglich ausführlichere Literatur zu besorgen und nimmt sich als Nächstes den Buchstaben F vor: nur zehn Zeilen sind dem Stichwort *Freimaurerei* gewidmet: *Wirksamkeit in geschlossenen Gesellschaften, die ihre Regeln geheim halten. Ziel sind die Charakterbildung und ethisch-religiöse Erziehung der Mitglieder.* Lena runzelt die Stirn. Diesen Hokuspokus, den sie heute Abend erlebt hat, als «Charakterbildung» zu bezeichnen – schon der Gedanke daran ruft Übelkeit in ihr hervor. Weiter steht dort, dass die erste norwegische Loge 1749 gegründet wurde und dass die anerkannten Logen, die dem Norwegischen Freimaurerorden angeschlossen sind, insgesamt etwa 16000 Mitglieder umfassen.

Lena stolpert über den Ausdruck *anerkannt.* Wenn es anerkannte Logen gibt, dann muss es auch andere, nicht anerkannte geben. Nicht auszudenken, welche Scheußlichkeiten da erst ablaufen ...

Aber wer war dieser König Salomo, der sowohl einen Tempel als auch einen Stellvertreter in Norwegen hatte? Irgendetwas Ungewöhnliches musste er vollbracht haben, dass man ihm so viel Ehre erwies. Lena erinnert sich, dass die Rede war von «Salomos Sprüchen». Schwer zu sagen, was es damit auf sich hat. Das kluge Lexikon verrät nicht mehr, als dass Salomo König von Israel war, Davids Sohn, dass er ungefähr von 975 bis 936 v. Chr. regierte und für Teile des Alten Testaments verantwortlich sein soll: «Der Prediger Salomo» und «Das Hohe Lied Salomos».

Lena klappt das Buch zu und sinkt verärgert in die Kissen zurück. Dieses Lexikon hat sie keinen Schritt weitergebracht, eher umgekehrt. Sie fühlt sich noch verwirrter als vorher. Aber es muss doch eine Verbindung, einen Zusammenhang geben zwischen all diesen Begriffen und Namen! Sie nimmt sich vor, in einer öffentlichen Bibliothek nach Spezialliteratur zu forschen. Der Gedanke beruhigt. Sie legt das Lexikon auf den Boden neben das Bett und schließt die Augen. Doch an Einschlafen ist nicht zu denken. Sie ist noch viel zu aufgekratzt von den Erlebnissen des Abends.

Wein, denkt sie, es müsste noch ein Schluck von gestern übrig sein. Besser Rotwein als Schlaftabletten. Sie holt die Flasche ans Bett, schenkt sich ein Glas ein. Jedes Mal, wenn sie diesen edlen, tiefdunkelroten Rebensaft trinkt, wandern ihre Gedanken zu Jean und seinen leidenschaftlichen Vorträgen über den Göttertrank Rotwein. Sie kann sich noch genau an sein bestürztes Gesicht erinnern, als sie ihm offenbarte, dass alle Rotweine für sie gleich schmecken, egal welcher Jahrgang oder welcher Herkunft. Das Ergebnis sei doch sowieso immer das gleiche, hatte sie behauptet, nämlich Promille. Von deren Wirkung ganz zu schweigen. Jean hatte sie als barbarisch bezeichnet, als unkultiviertes, plumpes Wikingerweib. Lena lächelt in sich hinein.

Jean, Andreas, der Weg der Akazie. Ihre Gedanken kehren immer wieder zu den Erlebnissen der letzten vierundzwanzig Stunden zurück. König Salomos Tempel, die Gelöbnisse der Kandidaten, die sonderbaren Rituale. Dann die Türklinke, die weißen Handschuhe. Und ihre Angst, die nackte Angst. Ihr graust bei der Vorstellung, die Höhle des Löwen noch mal betreten zu müssen. Aber was ist mit dem Termin, den sie anstelle ihres Bruders angenommen hat? Sie muss ihn darüber informieren. Es sei denn . . . nein, Lena! ermahnt sie sich energisch. Wie kann man als Hauptperson bei einer Freimaurerversammlung auftreten, ohne einen blassen Schimmer davon zu haben, worum es geht? Das Problem ist nur: wie soll sie Andreas Bescheid geben, ohne sich zu verraten? Herrgott, denkt sie, was für ein Chaos! Aber aus solchen Streichen kann ja nichts anderes entstehen. Das hätte sie vorher wissen müssen. Irgendwann wird Andreas von seinem Doppelgänger erfahren. Es lässt sich nicht vermeiden. Das Beste wäre ihm reumütig ihre Eskapade zu beichten. Wirft er sie raus, muss sie es akzeptieren. Vielleicht ist er bereit, ihre Neugier zu stillen und den Schleier der Freimaurergeheimnisse ein wenig zu lüften, bevor er sie vor die Tür setzt? Andreas *muss* doch mehr wissen! Genau wie Vater mehr gewusst haben muss.

Lena setzt sich schwungvoll auf, kleckert Wein auf den Bettbezug, stellt das Glas auf dem Nachttisch ab. Dann springt sie mit einem Satz aus dem Bett und beginnt hektisch im Zimmer auf und ab zu gehen. Vater muss etwas gewusst haben. Bestimmt existieren noch irgendwelche Hinweise, Bücher und Briefe. Egal was, wenn es ihr nur weiterhilft! Ihre Mutter hatte kistenweise Unterlagen auf den Speicher geräumt, nachdem Lenas Vater gestorben war. Sogar seinen Schreibtisch hat sie entfernt. Er steht jetzt in Andreas' Bibliothek. Mit dem festen Vorsatz sofort einzuschlafen, kriecht Lena wieder unter die Bettdecke. Morgen musst du fit sein, sagt sie sich. Und wenn du das ganze Haus auf den Kopf stellen musst – irgendetwas wird sich finden, was endlich Licht in diese Nebellandschaft bringt.

Sie spült den letzten Schluck Wein hinunter. Wartet auf den Schlaf. Nach stundenlangem Hin- und Herwälzen kommt er mit nachtschwarzen Bildern, und als Lena am nächsten Morgen erwacht, fühlt sie sich müder und erschöpfter als vorher. Erst nach einer ausgiebigen Dusche ist ihr Kopf wieder klar. Sie zieht sich an und stellt das Buch zurück in die Bibliothek, bemüht leise zu sein. Aus Andreas' Schlafzimmer ist kein Laut zu hören. Er schläft noch. Es ist früher Morgen. – Auf dem Schreibtisch liegt eine Kassette auf einem Stapel mit Briefkopien. Es ist die Kassette, die sie am Tag zuvor im Büro abgegeben hat. Meine Güte, denkt Lena überrascht, wie schnell das geht! Die Sekretärin muss die Briefe noch gestern mit dem Boten geschickt haben, denn Andreas hat den ganzen Tag keinen Fuß vor die Tür gesetzt. Aber sein Zustand ist offenbar so gut, dass er noch arbeiten kann, stellt sie beruhigt fest. Er hat nur vorübergehend sein Büro nach Hause verlegt. Sie wirft einen vorwitzigen Blick auf den obersten Bogen. Der Brief ist an eine deutsche Adresse gerichtet, doch das Anschreiben, ein kurzer Text, der fast ausschließlich aus Kürzeln besteht, ist auf Englisch geschrieben. Lena erkennt sofort, dass es sich um eine Maklerangelegenheit handeln muss. Und gerade das macht sie stutzig, denn normalerweise laufen die Kontakte zwischen Makler und Gesellschaft nur über Telefon und Telex ab, aber so gut wie nie per Briefverkehr. Dafür sind die Geschäfte viel zu dringend, ein ständiger Kampf gegen die Zeit. Lena kann sich gut an ihren hektischen Job in einem Maklerbüro erinnern.

Sie nimmt den Brief in die Hand, liest ihn sorgfältig durch. Irgendwas stimmt hier nicht, stellt sie stirnrunzelnd fest. Warum bittet Andreas um ein Befrachtungsangebot? Damit hat er als Reeder doch eigentlich gar nichts zu tun: Das ist eine Sache zwischen dem Makler und dem Eigentümer der Fracht. *Invite offers 2000 un/500 gr clean TO/DO capable segregate 1/2 grades,* steht dort. Und weiter: *UK-Cont/Norw.* Was solls, denkt sie und legt den Brief auf den Stapel zurück. Es geht mich nun wirklich nichts an, wenn Andreas um den Transport von 2000 500 gr irgendetwas bittet. Sie braucht ihre Nase nun wirklich nicht in alle Angelegenheiten ihres Bruders zu stecken. Das schlechte Gewissen hält sie davon ab die anderen Kopien zu inspizieren. Braves Mädchen, murmelt sie vor sich hin und begibt sich hinaus in eine unverändert dicke Nebelsuppe.

Kainan

Der Tagesablauf der Witwe Ella Krane Löss wurde im Wesentlichen von drei festen Größen bestimmt: von der fünfzigminütigen Morgentoilette, von ihrer einzigartigen Gedichtsammlung, an der sie zwei Stunden täglich arbeitete, und von der Sherrykaraffe. Montags trank sie allerdings nur Wasser. Nur Alkoholiker tranken montags Sherry. Der erste Tag der Woche war ausschließlich der Körperpflege gewidmet: Wasser aus der Leitung, Gesichtsmaske im Schönheitssalon, Pediküre, Maniküre und Friseur. So gesehen waren es eigentlich vier Programmpunkte: das Morgenritual, Gedichte schreiben, das Sherryglas – und die Montage.

Heute war Dienstag. Die wöchentliche Katharsis war überstanden, und wieder funkelten herbstgoldene Tropfen durch die Prismen einer schweren Kristallkaraffe. Das Glas war noch nicht gefüllt. Ella Krane Löss war eine Frau mit Prinzipien – erst die Morgentoilette, dann die Schreibtischarbeit. Erst wenn sie an dem antiken Pult saß, gönnte sie sich einen Tropfen, dachte dabei an ihren Lektor, der seit Jahren behauptete: «Frau Krane Löss, Ihre Gedichte sind wirklich sehr gefühlvoll, der Verlag ist interessiert. Aber vollkommen werden sie erst durch intensive Überarbeitung.» Eigentlich war sie sein ständiges Gerede von Überarbeitung ein bisschen leid, aber sie würde diesen schmerzvollen Prozess in Kauf nehmen, wenn ihre Poesie nur in vollendeter Form daraus hervorging. Und natürlich sollte ihre Lyriksammlung nicht weniger als perfekt sein. Nach dem dritten Glas Sherry malte sie sich aus, wie sie von der ganzen Welt für ihre Kunst bewundert und verehrt werden würde. Glas Nummer vier war übrigens Mineralwasser, gefolgt von einem kleinen Lunch.

Sie hatte sich gerade an den schönen Schreibtisch gesetzt, den sie nach dem Tod ihres Mannes angeschafft hatte, hatte gerade «des Schmerzes Ambivalenz» durch «des Schmerzes Doppeldeutigkeit» ersetzt, sich ein Glas halb voll geschenkt, als ein Geräusch sie aufhorchen und aus dem großen Erkerfenster sehen ließ. Jemand kam die Einfahrt herauf. Eine salopp gekleidete Frau mit zerzaustem Haar. Aber ihre Gesichtszüge waren schön – es waren Ella Krane Löss' eigene.

Es ist Lena, stellte sie mit leichtem Widerwillen fest. Warum kam ihre Tochter so früh am Tag? Arbeitete sie denn nicht? Und warum hatte sie nicht vorher angerufen? Tochter hin, Tochter her – das war einfach unhöflich. Sie liebte es nicht, beim Schreiben unterbrochen zu werden. Missgestimmt führte sie das Glas an den Mund, nahm einen kräftigen Schluck.

Die Melodie der Türglocke klang schrill in ihren Ohren. Warum musste Lena so fest draufdrücken? Sie hatte das Geräusch schon so lange nicht mehr gehört, dass sie es fast nicht mehr wiedererkannte. Sie blieb sitzen, sah auf die Papierbögen mit den Versen, die auf dem Schreibtisch verstreut lagen. Spielte mit dem Gedanken nicht zu öffnen, so zu tun, als wäre sie nicht zu Hause. Das könnte ihr so passen, einfach unangemeldet aufzutauchen. Es läutete noch einmal, hart, fordernd. Zögernd erhob sie sich, trank das Glas leer und ging zur Haustür.

Die Spannung war sofort da, im gleichen Moment, in dem sie ihrer Tochter gegenüberstand. Die unangenehme Spannung, die sie immer so ausgesucht höflich miteinander umgehen ließ. Es gefiel ihr nicht, dass Lena ihre Gesichtszüge geerbt hatte. Es bereitete ihr Unbehagen, den eigenen Mund zu sehen, wie er vor ihrer Heirat gewesen war. Lebensbejahend und weich. Jetzt konnten selbst die teuersten Kosmetika nichts mehr gegen die Linien und Falten ausrichten, die Enttäuschung und Schmerz verursacht hatten. Warum sollte sie außerdem ihren Schmerz und ihre unerfüllten Sehnsüchte verbergen? Das war es doch, was sie stark machte. Jetzt.

Lena begrüßt ihre Mutter, registriert, dass der beleidigte Zug um ihren Mund von Mal zu Mal stärker wird. Sie gleicht einem Kind, dem man die Süßigkeiten weggenommen hat. Was in einem Kindergesicht vielleicht süß wirkt, kann einem Erwachsenengesicht eine Blöße geben. Mutter hat keinen Grund die Leidende zu spielen, denkt Lena. Sie ist jung genug um etwas aus ihrem Leben zu machen. Wohlhabend ist sie auch. Und schön. Sie könnte zumindest mit Freunden um die ganze Welt reisen, etwas erleben, lernen! Endlich begreifen, dass sie verdammt privilegiert ist. Auch wenn sie vom Berufsleben ausgeschlossen ist – teils aus Mangel an Ausbildung, aber vor allem aus Mangel an Interesse –, könnte sie doch etwas anderes machen, als in dieser Villa herumzusitzen und Sherry zu trinken! Ihr Atem riecht ekelhaft süßlich. Lena kann sich nicht erinnern, dass er jemals anders gerochen hat. Nicht mal nach dem Zähneputzen. Wahrscheinlich benutzte sie das Zeug auch als Mundwasser. Lena seufzt, geht hinein, bittet um Entschuldigung, dass sie nicht vorher angerufen hat. Kommt sie vielleicht ungelegen? Die Mutter schüttelt den Kopf.

Sie tauschen Höflichkeitsphrasen aus. Als Lena erzählt, dass sie nicht mehr am Theater arbeitet, bemüht sich Ella nicht, ihre Missbilligung zu verbergen. Im Gegenteil: sie fühlt sich versucht, anzudeuten, dass ihre Tochter sich selbst versorgen soll. Ella Krane Löss hat ihre Antwort schon parat – sie hat kein Geld, noch nicht mal für ein Darlehen –, aber die Frage kommt nicht. Ist übrigens noch nie gekommen. Wovon lebt das Mädchen nur?, fragt sie sich. Lässt sie sich von einem Mann aushalten? Sie erinnert sich an Diskussionen über diese Themen, als Lena noch zu Hause wohnte und die Meinung kundtat, dass sich die Familienmitglieder die Hausarbeit aufteilen sollten, damit Mutter mal rauskam, womöglich noch Verkäuferin oder Sekretärin werden sollte. Viele Hausfrauen aus dem Villenviertel waren wieder berufstätig, wenn auch nur halbtags. Frau Krane Löss wird es noch heute heiß bei dem Gedanken. So etwas liegt ihr nicht. Es ist unter ihrer Würde, das gibt sie offen zu. Das ist kein Snobismus, das ist Klasse. Andreas hat Klasse, ganz im Gegensatz zu seiner Schwester, die auf einer Bühne steht, verrauchte Lokale besucht, mit heruntergekommenen

Leuten verkehrt. Herrgott, wo hat sie das nur her? Von zu Hause jedenfalls nicht.

Sie schenkt sich ein Glas Sherry ein, hat keine Lust, es vor ihrer Tochter zu verbergen, ist auf einen spitzen Kommentar gefasst. Doch Lena schweigt, geht in die Küche, um sich einen Tee zu machen. «Ich soll dich von Andreas grüßen», sagt sie, als sie ins Wohnzimmer zurückkommt. «Er fühlt sich nicht ganz wohl, hat ein bisschen Fieber und so weiter.»

«Das ist diese nasskalte Nebelluft», antwortet die Mutter. «Alle Leute sind zur Zeit erkältet.»

Mehr wird über dieses Thema nicht gesprochen.

«Du, Mutter.» Lenas Blick ruht auf der taubenblau gekleideten Frau, die ihr gegenübersitzt und ungeduldig ihr Glas in den Händen dreht. «Du, ich gehe mal auf den Speicher ein paar alte Briefe suchen. Ich muss etwas Bestimmtes herausfinden, weißt du.»

Die Mutter sieht sie prüfend an. «Briefe? Welche Briefe?», erkundigt sie sich. «Da oben liegen Kisten mit Spielzeug und Puppen, aber an Briefe kann ich mich nicht erinnern.»

«Doch, doch», erwidert Lena. «Briefe und Tagebücher. Meine ganz bestimmt.»

«Willst du deine Memoiren schreiben?»

Lena lacht kurz auf. «Nein, nein, das hat noch Zeit», sagt sie. «Aber jetzt gehe ich nach oben.»

Na fein, denkt Lenas Mutter. Dann kann ich mich endlich wieder an die Arbeit machen, anstatt meine Zeit mit dummem Gerede zu verschwenden. Was gab es schon zu bereden mit ihrer Tochter? Sie hatte keine Lust mehr, ihr oder sich selbst Muttergefühle vorzuheucheln.

«Sieh dort nach, wo der Puppenwagen steht. Da sind deine Sachen. An der Brandmauer liegt ein Stapel mit Vaters Büchern, Ordnern und Mappen. Er hatte ja so viel Kram. Ehrlich gesagt habe ich noch keine Zeit gefunden, die Kisten durchzusehen», sagt sie seufzend.

Danke für den Tipp, denkt Lena, während sie ihren Tee austrinkt und aufsteht.

Sie ist früher nur selten auf dem Speicher gewesen. Deshalb verbindet sie auch keine besonderen Erinnerungen mit diesem Raum. Umso mehr versetzt sie der Anblick einiger aus der Kindheit vertrauter Gegenstände in eine wehmütige Stimmung. Möbel, Spiele, in Plastiktüten verpackte alte Kleidungsstücke, eine Schachtel mit der Aufschrift *Glanzbilder*, eine Kiste *Bilder berühmter Frauen.* Und dort steht der Puppenwagen mit Anne, ihrer Lieblingspuppe, die seit fünfundzwanzig Jahren im Tiefschlaf liegt. «Schlaf weiter, Dornröschen», murmelt Lena. «Es gibt sowieso keinen Prinzen. Du musst schon aus eigener Kraft aufstehen.»

Hinter der Brandmauer befindet sich die Bibliothek ihres Vaters, systematisch auf Kisten verteilt. Wahrscheinlich hat ihre Mutter die Fachbücher und Zeitschriften in der gleichen Ordnung verpackt, wie sie im Regal gestanden haben. In der vierten Kiste findet sie das, wonach sie sucht. *Freimaurerei, ihre Herkunft und Entwicklung, zweite erweiterte Auflage. Kopenhagen 1918.* Das Buch liegt zuoberst. Lena räumt die Kiste aus, stapelt ein Buch nach dem anderen auf dem verstaubten Speicherboden. Dänische, englische, norwegische, einige mit ausgesprochen kritischem Inhalt: *Weg mit der Freimaurerloge*, liest sie. Der Autor ist Norweger. Direkt darunter liegt ein alter Bekannter: Das viereckige Gesicht Björnstjerne Björnsons, des norwegischen Nationaldichters, lächelt ihr entgegen. Lena legt den Zeitungsartikel beiseite, um ihn sich nachher in Ruhe durchlesen zu können. Er stammt aus der Zeitung *Verdens Gang* vom 15. September 1892.

Einige deutschsprachige Bücher, Artikel und Ausschnitte sind mit einer Kordel zusammengebunden. Lena löst den Knoten und findet einen Zettel, von ihrem Vater beschriftet. Ein Etikett, das vor dem Inhalt warnt. Lena glaubt, an der Schrift erkennen zu können, dass der Vater es in großem Zorn geschrieben hat. Sie sucht weiter, schließlich ist sie nicht an Sensationen, sondern an Fakten interessiert. Sorgfältig überprüft sie Kiste für Kiste, findet eine Unmenge Fest- und Jubiläumsschriften der Johannis- und Andreas-Logen, Literatur über Tempelritter, Titel mit mystischen, alttestamentarischen Texten – heiliges Blut und Heiliger Gral. Lena rümpft die Nase. Was in aller Welt ist ein Gral? Sie kennt zwar den Ausdruck, kann aber keine Bedeutung damit verbinden. Als sie in dem Buch blättert, stößt sie plötzlich auf ein Bild, das ihr ebenfalls bekannt vorkommt. *Et in Arcadia Ego* heißt der Titel. Von Guercino. Natürlich, es ist das gleiche Gemälde, das im Gästezimmer von Andreas' Wohnung hängt – beziehungsweise hing. Kein Zweifel; die gleichen Jünglinge, der gleiche grinsende Totenkopf. Und die Abbildung ist genauso schauderhaft wie das Poster, stellt Lena fest. Auf der folgenden Seite entdeckt sie einen weiteren Bekannten: das Gemälde, das am Eingang zum «Weg der Akazie» hing. Die gleichen vier Männer, die um den Sarg herumstehen, flatternde Gewänder, spielende Muskeln. Einer der Männer ist übrigens eine Frau, eine Hirtin. Lena blättert eifrig weiter, Seite für Seite taucht das Motiv auf. Der Sarg – immer der gleiche schwarze Sarg, mit oder ohne Schädel, mit oder ohne Männer. Vor allem auf einer Abbildung ist er mit fotografischer Genauigkeit wiedergegeben. Im Hintergrund tut sich eine raue Klippenlandschaft auf. Der Laubwald wirkt plastisch, jedes Detail ist sorgfältig ausgeführt. Bei näherem Hinsehen erkennt sie, dass es sich tatsächlich um ein Foto handelt. Gleichzeitig regt sich in ihr ein vages Gefühl des Wiedererkennens, des Erinnerns. Hier ist sie gewesen, in diesem Bild hat sie gestanden, hat diesen Stein dort weggekickt, zu dieser Felswand aufgeblickt, mit der Hand über den kühlen Steinsarg gestrichen, und es hat sie erregt, als Jean sie von hinten umfasste und an den Sarg presste. Sie spürt noch seine vertrauten Küsse im Nacken, seine weichen, warmen Lippen auf der Haut. Unmöglich, diesen Platz zu vergessen. Es hätte immerhin ein neuer Franzose dort entstehen können.

Rasch blättert sie zur nächsten Seite um. Die Legende bestätigt ihre Vermutung: Es ist tatsächlich der Ort, wo sie und Jean ein Schäferstündchen hatten. Allerdings waren damals weit und breit keine Schäfer zu sehen. *Grab in der Nähe von Arques*, liest sie. Motiv für Poussins *«Les Bergers d'Arcadie»* und für Guercinos *«Et in Arcadia Ego»* Jetzt erinnert sich Lena an den Ortsnamen Arques, sieht das verschlafene kleine Dorf im Südosten Frankreichs vor sich. Jean und sie hatten in Rennes-le-Château, einem etwas größeren Ort zehn Kilometer weiter südlich, übernachtet.

Lena überfliegt das Inhaltsverzeichnis und die umfangreiche Literaturliste. Das Thema ist durchaus wissenschaftlich bearbeitet. Umso mehr befremdet der Gegenstand der Untersuchungen, die haarsträubenden Behauptungen, die lächerlichen Theorien. Unfassbar, dass ihr Vater ein solches Buch besessen hat, noch unfassbarer, das es so zerlesen aussieht. Es sieht aus wie eine alte Bibel mit Eselsohren und Notizen in der Handschrift des Vaters auf fast jeder Seite. Und sie hatte immer geglaubt, dass sich seine Lektüre auf Reederdokumente und Kursnotierungen beschränkte!

Nach und nach vertieft sie sich in das Buch, liest Zeile für Zeile. Über religiösen Mystizismus und Spekulationen. Akribische Deutungen. «Dokumentation». Jede Menge Unsinn. Plötzlich hält sie inne, liest dieselbe Stelle noch einmal aufmerksamer durch. Das Grab von Arques sei Jesu Grabstätte, steht dort geschrieben, und die Worte «Et in Arcadia Ego» seien ein Anagramm, ein Buchstabenversetzrätsel. Verschiebe man die Buchstaben auf eine bestimmte Weise, so komme die eigentliche Botschaft zum Vorschein, nämlich: *I Tego Arcana Dei.* Was so viel bedeute wie: *Hinfort, ich berge Gottes Geheimnisse.* Die Kreuzigung im Jahre dreiunddreißig sei ein Schwindel, es gebe unwiderlegbare Beweise dafür, das Jesus noch im Jahre 45 unserer Zeitrechnung am Leben war!

Lena schüttelt fassungslos den Kopf. Das hier ist einfach zu viel des Guten! Sollte es etwa das Grab Jesu gewesen sein, gegen das ihr französischer Liebhaber sie gepresst hatte, um sie mit leidenschaftlichen Küssen zu bedecken? Die Vorstellung ist höchst amüsant, weckt das unwiderstehliche Bedürfnis, laut zu lachen. Sie hält sich den Mund zu, will unbedingt vermeiden, dass ihre Mutter heraufkommt und sie von den persönlichen Sachen des Vaters wegscheucht. Aber es fällt schwer, sich zu beherrschen. Sie nimmt sich fest vor, Jean eine Kopie dieser Seite zu schicken, auch wenn seit langem Schluss ist. Diese kleine Anekdote ist genau das Richtige für seinen Humor.

Doch bei dem Gedanken, dass ihr Vater diesem albernen Buch so viel offensichtliche Aufmerksamkeit geschenkt hat, vergeht ihr schlagartig die gute Laune. Mit düsterer Miene starrt sie grübelnd vor sich hin. Diese gruseligen Gemälde – warum erweist man ihnen so viel Respekt? Warum hängen sich erwachsene, aufgeklärte Männer solche Bilder in ihre Wohnungen und Versammlungslokale? Allerdings zeugte das, was sich gestern Abend in der Loge abgespielt hat, ja auch nicht gerade von «aufgeklärter» Gesinnung.

Als sie weiterblättert, stößt sie wieder auf den Ausdruck «Gral» Und plötzlich steht eine Szene aus der Kindheit vor ihren Augen: der Vater und sie im Garten. Natürlich, das wars. Wie konnte sie das nur vergessen? Vor ein paar Tagen hat sie doch noch ihrem Bruder erzählt, wie der Vater ihr «der Heilige Gral» zugeflüstert hatte und sie geglaubt hatte, er habe *Baal* gemeint. Und sie hat bis heute keine Ahnung, was das Wort bedeutet.

Neugierig beginnt sie zu lesen und ein paar Minuten später hat sie Klarheit. Zumindest so weit man in Verbindung mit dieser zweifelhaften Materie überhaupt von Klarheit reden kann. Der Heilige Gral wird als ein Gefäss beschrieben, das in der unruhigen Zeit um das Jahr dreiunddreißig aus dem Heiligen Land, aus Palästina, nach Frankreich geschmuggelt wurde. Es enthielt das kostbarste Gut und wurde streng bewacht von speziell Eingeweihten. Um das Geheimnis des Grals sind im Laufe der Jahrhunderte viele Legenden entstanden, und es hat die Fantasie manch eines Dichters, Malers und Musikers beflügelt. Unzählige Kunstwerke sind aus dem Gral geboren, einem im wahrsten Sinne des Wortes sehr fruchtbaren Gefäss: Ja, es war nicht nur ein Symbol für Leben, für Wiedergeburt, es stellte tatsächlich das Fruchtbarste dar, was die Natur aufweisen kann: eine Gebärmutter! Und nicht irgendeine beliebige, sondern die von Magdalena, Jesu angetrautem Weib.

Die Erinnerung an das schmerzliche Kindheitserlebnis versetzt Lena einen Stich ins Herz. Sie hat Lust, das Buch mit aller Wucht zusammenzuklappen und von sich zu schleudern. Was für eine Botschaft!, denkt sie. Jesus war verheiratet, seine schwangere Frau flüchtete nach Frankreich, wurde von den Reichen und Mächtigen dort aufgenommen, gebar ein Kind, während der Ehemann in Palästina in den Untergrund ging und unermüdlich an seiner gesellschaftlichen Umwälzung weiterarbeitete. Und peu à peu wurde alles heilig, was mit seinem Leben und Wirken zu tun hatte, die «Revolution» kam erst lange nach seinem Tod. Da setzte plötzlich eine Massenchristianisierung ein. Sogar hoch oben in unserer Polarnacht liefen sie herum und drückten den Leuten das Christentum aufs Auge. Und währenddessen saßen Jesu Kindeskinder in Frankreich, paarten sich und gebaren für jede Generation einen neuen Zweig des Feigenbaumes. Sie stellten die göttliche Familie dar, streng geheim gehalten und bewacht von mit der Zeit wechselnden Wächtern – Katharern, Tempelherren, Tempelrittern, der Merowingerdynastie, den Rosenkreuzern, Stuarts, diversen Großmeistern der Freimaurerei. Freimaurer?!, fragt sich Lena ungläubig. Ist es *das,* was die «weltweite Freimaurerei» behütet? Das Geheimnis um Magdalenas schwangere Gebärmutter? Sie lacht spöttisch.

Und immer wieder dieses *Arkadien – der unterirdische Strom.* Es gehört wohl nicht viel Fantasie dazu, herauszufinden, was damit gemeint ist. Aber was passiert, wenn der unterirdische Strom an die Oberfläche tritt und die Welt mit einem Menschen konfrontiert wird, der einen Tropfen ‹Jesus-Blut› in seinen Adern hat? Fällt die Welt dann auf die Knie und ruft: Es ist vollbracht! Feiert man dann Christi Wiederkehr? Und dann lebten sie glücklich bis ans Ende ihrer Tage? Kriege würden abgeschafft, Folter und Atomkraft, Grenzen und Sonderinteressen. Allah, Buddha, die Propheten und Götter, der ganze Verein würde verschwinden, weil keiner von ihnen so gewitzt wie Jesus war, der sich mittels seines Samens einen in den Himmel ragenden Stammbaum sicherte …

Das war also das Buch, aus dem der Vater sein Wissen bezogen, seinen Glauben genährt hatte. Lena sträubt sich gegen den Gedanken, aber es gab keinen Zweifel. Wahrscheinlich hat es ihn sogar auf die Idee gebracht, seine Tochter Magdalena zu nennen. Aber wie stand es um die anderen aus der Bruderschaft? Bekannten sie sich auch zu dieser hoffnungslos absurden Geschichtsauffassung? Oder gab es in dieser streng aufgebauten Hierarchie keinen Informationsaustausch auf unterschiedlichen Ebenen? Vielleicht dienten die kryptischen Zeremonien der stufenweisen Einführung in die geheime Symbolik? Doch Lena konnte sich nicht entsinnen, dass am Abend vorher auch nur ein einziges Symbol erklärt worden wäre. Möglicherweise war dieses Wissen den ganz hohen Tieren der Organisation vorbehalten.

Die Gewissheit, dass ihr Vater, der kritische, nüchterne Geschäftsmann, in all das verwickelt ist, deprimiert Lena zutiefst. Das Buch ist voll von handgeschriebenen Verweisen auf weiterführende Literatur, ein weiterer Beweis für sein Engagement. Er war unerwartet gestorben. Das erklärt, warum dieses entlarvende «Testament» noch existiert. Sie klappt das Buch zu, will es nicht mehr vor Augen haben. «Lena, du musst deine Fantasie zügeln.» Dieser Satz war jahrelang ein Hemmschuh für ihre Kreativität gewesen. Dass er gewagt hatte, so was zu sagen! Ausgerechnet er. Lena stößt einen lauten Fluch aus, hört gleichzeitig die schleppenden Schritte ihrer Mutter eine Etage tiefer. Eine Tür geht auf, ihre Stimme erklingt.

«Na, findest du deine Briefe?»

Lena hört am Tonfall, dass es ihrer Mutter nicht recht ist, dass sie in den alten Sachen stöbert. Unwahrscheinlich, dass sie heraufkommt, denkt Lena. Die Leiter ist steil und hoch. «Du, ich hab mich in alte Erinnerungen vertieft, Puppensachen und Glanzbilder. Aber jetzt fange ich an zu suchen. Oder wolltest du weggehen und ich halte dich auf?»

Nein, die Mutter will nicht weggehen. «Glanzbilder», sagt sie nur. «Der ganze Speicher ist voll gestopft mit glanzvollen alten Träumen.» Die Tür schließt sich wieder.

Nein, denkt Lena, jetzt nicht mehr. Ich habe sie gesehen, sie sind vergilbt und verrottet.

Eine Fliege surrt am Dachbodenfenster. Ungewöhnlich für diese Jahreszeit, dass Fliegen noch so munter herumschwirren, denkt Lena. Das Geräusch irritiert sie, sie steht auf und lässt die Fliege zum Fenster hinaus. Warum habe ich sie nicht gleich getötet? In ein paar Stunden geht sie ohnehin kaputt. «Das darfst du nicht tun, das darfst du nicht tun!» Andreas' verzweifelte Jungenstimme klingt ihr in den Ohren. Ein Schlag und die goldbraune Hummel klebte am Boden. Wie rasend hatte er auf seine Schwester eingedroschen, unter Tränen, mit wutverzerrtem Gesicht. Seitdem hatte sie weder Hummeln noch Wespen oder Fliegen totgeschlagen. Sollten sie summen und surren so viel sie wollten, nur außerhalb ihrer Hörweite.

Sie nimmt sich ein anderes Buch vor, ein Anti-Freimaurer-Buch. Es berichtet in den schillerndsten Farben von Ritualen, bei denen Blut getrunken wird. Lena klappt es angewidert zusammen. So ein Quatsch. Die Logenbesucher, die sie gesehen hat, sind doch keine blutrünstigen Vampire. Sie sind auch so schon schlimm genug! Außerdem mischt in diesen Aids-Zeiten niemand mehr freiwillig sein Blut mit dem eines anderen.

Lena blättert weiter, erfährt, dass nicht nur Björnstjerne Björnson «dieses Krebsgeschwür der Gesellschaft» aufs Schärfste verurteilte, sondern auch der römische Papst höchstpersönlich, und noch einer der großen norwegischen Dichter, Jonas Lie. Auf die Anfrage, ob er der heiligen Bruderschaft beitreten wolle, hatte Herr Lie öffentlich geantwortet, dass er das freie Wort höher schätze. Alle Achtung, ein mutiger Mann. Die nächste Information ist genauso aufschlussreich. 1905, als Norwegen aus der Union mit Schweden austrat, brauchte das Land einen König, ein Symbol der Einheit. Ein dänischer Prinz war im Gespräch. Da traten Fridtjof Nansen und Christian Michelsen auf den Plan und forderten, dass Norwegens zukünftiger König keinesfalls Freimaurer sein dürfe. Und der dänische Prinz, der spätere König Håkon, war nie ein Freund der Logen gewesen und wurde es auch nie.

Einige Freimaurerschwüre oder «Gelöbnisse», wie sie es nannten, erkennt Lena beim Lesen wieder, zum Beispiel die Verpflichtung zu bedingungsloser Verschwiegenheit und blindem Gehorsam gegenüber dem Vikar des Weisesten Salomo. Aber vor allem eine Passage fällt ihr auf:

Ich gelobe feierlich und aufrichtig, aus freien Stücken und vor dem allmächtigen Gott in dieser Johannisloge, dass ich die Geheimnisse des Freimauererordens bewahre und dass ich nie offenbaren werde, was mir anvertraut wird, weder jetzt noch in späteren Zeiten, es sei denn vor meinen rechtmäßigen Brüdern, mit denen ich nach strenger und eingehender Prüfung einen Bund geschlossen habe.

Ich gelobe weiterhin, dass ich niemals und unter keinen Umständen mit Stift, Sprache, Gebärden mit beweglichen oder unbeweglichen Dingen unter dem Himmel, die mich verraten könnten, schreiben, ritzen, zeichnen, stechen, malen, drucken oder eingravieren werde, was meines Ordens Kunst und Geheimnisse preisgeben kann. Alles das gelobe ich mit dem festen unverrückbaren Beschluss, mich vor Wankelmut und innerer Schwäche zu hüten, im vollem Bewusstsein der Strafe, die mich erwartet, falls ich mein Wort breche, nämlich dass mir die Kehle durchgeschnitten, die Zunge herausgerissen und bei Ebbe an der Stelle im Sand vergraben wird, wo Ebbe und Flut jede vierundzwanzigste Stunde wechseln. Gott helfe mir, standhaft zu bleiben und meine Lehrlingsverpflichtungen einzuhalten.

Lena lacht ungläubig in sich hinein. Reizend, wirklich ganz reizend, das nenne ich Nächstenliebe. Die Kehle durchschneiden, die Zunge herausreißen, und das Ganze säuberlich vergraben. Aber das kann ja unmöglich heute noch gültig sein, sagt sie sich und wendet sich einem Kapitel über den Einfluss der Freimaurer auf die Geschichte zu. Die Brüder saßen offenbar alle in Schlüsselpositionen, nicht zuletzt militärischen. Sie blättert weiter, stößt auf heilige Zahlen, 3, 9, 27, heilige Quersummen, die 15 unter anderem, heilige Rituale, heilige Jahre, heilige Einfalt. Sie seufzt, liest weiter: «Frage an Freimaurerlehrlinge: Warum sind sowohl Johannes der Täufer als auch der Evangelist Johannes unseren Logen heilig? Antwort: Von der Einrichtung des Tempels bis zur Babylonischen Gefangenschaft war der Freimaurerorden König Salomo geweiht. Dann, bis zum Kommen des Messias, wurde er Zerubbabel geweiht ...» Lena unterbricht, reibt sich die Augen. Im Halbdunkel des Speichers zu lesen ist ziemlich anstrengend. Sie steht auf und macht die Deckenbeleuchtung an. Unten ist es still. Dann wendet sie sich wieder den Kisten zu. Ein Buch muss her, das die Rituale im Klartext beschreibt!, denkt sie ungedulig. Ich bin das Blabla um Salomo und Zerubbabel und Genossen langsam leid.

Anstatt über Rituale erfährt Lena Interessantes über politische Infiltration, zweifelhafte Brüderlichkeit und wirtschaftliche wie militärische Manipulation. Die «verdeckte Freimaurerei» hat nur ausgewählte, speziell eingeweihte Mitglieder. Und nur diese besitzen den Plan des großen Architekten, für den alle Mitglieder arbeiten – in totaler Unwissenheit um das Ziel. Das muss man Vater jedenfalls zugute halten, denkt Lena erstaunt. Seine Bibliothek war nicht einseitig Pro-Freimaurer ausgerichtet.

Plötzlich gerät ihr ein Umschlag mit einem Zeitungsausschnitt und einem von ihrem Vater unterzeichneten Brief in die Finger. Das Schreiben ist an Per Öyvind Heradstveit vom norwegischen Fernsehen, NRK, adressiert und enthält die Bitte, einen geplanten Beitrag aus dem Fernsehmagazin «Abendforum» zu streichen. Die Formulierungen sind höflich, aber die Botschaft ist eindeutig. Lena faltet neugierig die Zeitungsausschnitte auseinander. Tatsächlich, Heradstveit hatte den Brief ernst genommen, sowohl den des Vaters als auch unzählige gleich lautende. Der Beitrag wurde zwar gesendet, aber in gemäßigter Form. Heradstveit gibt in einem Zeitungsinterview zu, dass er nicht damit gerechnet habe, bei seiner Arbeit auf so viel Widerstand zu stoßen. Deshalb hatte er dem Ganzen etwas die Schärfe genommen, den dänischen Redakteur zurückgepfiffen, der dabei war, die Rituale der Freimaurer aufzudecken. Grund dafür waren die vielen Drohbriefe, die er bekommen hatte. Briefe «spezieller Art», wie er es nannte. Er wirkte unglücklich in seiner Rolle als Zensor, aber was blieb ihm anderes übrig? Lena hat vollstes Verständnis für seinen Rückzieher, denn aus dem Brief des Vaters geht klar hervor, was der Programmleiter riskierte. *Sie* würde schon für weniger den Schwanz einziehen.

Die Rituale, warum gibt es keine Literatur über die Rituale?, fragt sie sich. Jetzt habe ich so viel Wischiwaschi über die Freimaurer gelesen – dass ihre Organisation ein Wohltätigkeitsverein sei, der sich um arme Witwen und die Harvard- Studienplätze ihrer Abkömmlinge kümmert –, und dass alles doch ach so offen und einleuchtend ist! Nur *eine* Sache wollen sie für sich behalten, nämlich die Rituale.

Unten geht eine Tür auf. «Lena, findest du die Tagebücher?»

«Ja», ruft sie zurück. «Mir fehlen nur noch ein paar Briefe.»

Stille. Erneut wird das Sherryglas gefüllt, aus «des Schmerzes Doppeldeutigkeit» wird wieder ‹des Schmerzes Ambivalenz». Ella Krane Löss' Leserschaft ist ja anspruchsvoll.

In einem braunen Umschlag am Boden der Kiste findet Lena einige maschinengeschriebene Bögen. Verblüfft stellt sie fest, dass sie die Antwort in den Händen hält. Mit sicherer Orthographie, aber schlechten Schreibmaschinenkenntnissen hat jemand eine umfangreiche Beschreibung der Freimaurerrituale getippt. Vom ersten bis zum höchsten Grad. Jedes Symbol, jede Handlung ist bis ins kleinste Detail erklärt. Am Schriftbild erkennt Lena die Schreibmaschine ihres Vaters. Wie gebannt beginnt sie zu lesen, vergisst alles um sich herum, versinkt in eine hermetische, okkulte Welt.

Dort steht es schwarz auf weiß: *Der Weg Akazie.* Die Beschreibung stimmt genau mit dem überein, was sie erlebt hat – abgesehen von dem «Zusammenstoß» mit dem hysterischen Kandidaten. Lena erfährt alles über Andreas' nächste «Einführung», prägt sich jedes Wort, jede beschriebene Bewegung, jedes Symbol ein. Du Armer, denkt sie, wenn du da mitmachst, bist du endgültig fertig mit der Welt. Sie nimmt sich fest vor, ihrem Bruder doch lieber nichts von ihrem Auftritt in der Loge zu sagen. Und falls sie anrufen, um ihn an die Zeremonie zu erinnern, muss sie ihm notfalls mit dem Tee eine angemessene Dosis Schlaftabletten verabreichen. An diesem schizophrenen Theater darf er um keinen Preis teilnehmen. Allein der Gedanke daran macht sie wütend. Ihr Bruder wird sich nichts und niemandem unterwerfen, dafür wird sie schon sorgen. Ihr Vater muss verrückt gewesen sein, schließlich war er bis zum zehnten Grad «aufgestiegen». Wie konnte er nur? Aber wer weiß – wer einmal in der Mühle drin ist ...

Ihre Hände zittern, als sie die Kiste wieder einräumt. Ein paar Bücher und Unterlagen legt sie beiseite, um sie genauer durchzulesen. Im Aufstehen langt sie nach dem letzten Buch, das noch vor ihr liegt. Doch es fällt ihr aus der Hand, landet aufgeschlagen auf dem Boden. Ein Zeichen der Götter, denkt Lena spöttisch, als sie das Buch aufnimmt. Allerdings stehen ihr alle Götter der Welt bis zum Hals. Dennoch wirft sie einen flüchtigen Blick auf die aufgeschlagene Seite. *Das Große Notzeichen* heißt die fett gedruckte Überschrift. Lena liest den Text an: *In Not – oder Gefahrensituationen verfügt der Freimaurer über ein Notsignal und ein Hilfsmittel, das nie versagt, vorausgesetzt, dass andere Brüder anwesend sind. Es wird nur in äußerster Not angewandt: «Das Große Notzeichen.» Es besteht aus einem doppelten, gleichschenkligen Dreieck. Man legt die Hände gegen die Stirn, die Handflächen nach außen gerichtet, sodass Daumen und Zeigefinger ein Dreieck bilden, und ruft aus: «A moi, à l'enfant de la veuve de Naphthalie. (Zu mir, dem Kind der Witwe von Naphtalie.) Dieses Notzeichen heißt KAINAN.»*

Lena versucht, das Zeichen nach der «Gebrauchsanweisung» nachzuahmen. Plötzlich sieht sie den Bruder auf der Wohnzimmercouch vor sich, besinnungslos vor Schmerzen – oder Angst. Die Pistole ist heruntergefallen, er kann nicht auf einen Menschen schießen. Stattdessen bittet, fleht, bettelt er um sein Leben. Wortlos. Die Bitte ist ein Zeichen, das er in seiner Todesangst vor der Stirn formt.

«Das Zeichen», wispert sie mit zitternder Stimme. «Herrgott, das Zeichen!» Warum hat ihr Bruder es an jenem Abend gegen sie benutzt? Wovor hatte er Angst? «Im äußersten Notfall» stand dort. Wieso sollte das Zeichen in dieser Situation berechtigt gewesen sein? Ihre Fantasie ist blockiert, der Gedanke zu ungeheuerlich. Luft! Sie braucht frische Luft. Hier drinnen ist es so stickig. Sie stürzt zum Fenster, reißt es auf, saugt begierig die kalte Feuchtigkeit ein. Eine Fliege findet den Weg in den wärmeren Speicher, surrt begeistert auf die 60-Watt-Birne an der Decke zu, dankbar für den Aufschub.

Warum sollte Andreas glauben, dass er in Lebensgefahr schwebt? Wen hat er zu sehen geglaubt, als sie im Joscha-Kostüm vor ihm stand? Fieberfantasien, hat er behauptet. Seltsam nur, das diese Fieberfantasie in dem Moment vorbei war, als er kapierte, dass er seine Schwester vor sich hatte.

Sie schluckt, spürt, wie ihr die Tränen in die Augen steigen. Nein, nur das nicht. Heulen bringt überhaupt nichts.

Hastig sucht sie nach einem geeigneten Alibi für den langen Aufenthalt auf dem Dachboden, wühlt ein paar Glanzbilder und Puppensachen hervor und eilt die Treppe hinunter. Dabei gerät sie ins Stolpern, und als sie sich an der Wand abfängt, spürt sie einen stechenden Schmerz. Sie hat sich die Hand an einem Nagel aufgerissen. «Scheiße!», brüllt sie. «Verdammte Scheiße!» Auf dem Weg in die Küche tropft Blut aus der Wunde. Die Mutter kommt dazu, hebt ein Puppenkleid vom Boden auf, erkundigt sich, was geschehen ist, gibt Lena Pflaster und Verband. Der Riss ist tief, aber nicht lang. Lena legt eine Kompresse auf, drückt sie fest auf die Wunde, um den Blutstrom zum Stillstand zu bringen, wechselt sie aus, drückt wieder, bis weniger Blut kommt und sie ein Pflaster festkleben kann.

«Ein Nagel?», fragt ihre Mutter. Lena nickt. «Vielleicht solltest du zum Arzt gehen, nicht dass du eine Blutvergiftung bekommst.»

Lena beißt die Zähne zusammen, ignoriert den klopfenden Schmerz an ihrer Hand. Schweigend betrachtet sie ihre Mutter. Ihr Lippenstift ist fast verschwunden, wahrscheinlich dem Sherry zum Opfer gefallen. Der Alkohol hat den bitteren Zug um den Mund aufgelöst. Doch als sie die Blutflecken auf Fußboden und Teppich entdeckt, ist er sofort wieder da. Mit gekränkter Miene beginnt sie zu wischen. Lena will ihr den Lappen aus der Hand nehmen, besteht darauf, ihr die Arbeit abzunehmen. Einen Moment lang stehen sie sich schweigend gegenüber, jede ein Ende des Lappens haltend. Oder dauert es eine Minute? Eine ganze Kindheit?

Die mageren Schultern der Mutter sind gekrümmt, ihr ganzer Körper ist gekrümmt. Wenn sie jemals stark, ihre Haltung jemals aufrecht war, dann muss es lange her sein. Sie ist es gewohnt, in jeder Situation nachzugeben. Sie weicht Lenas Blick aus, lässt den Lappen los. Er fällt klatschend zu Boden. Auch Lena hat losgelassen. Sie streckt die Arme aus, drückt die Mutter an sich, spürt, wie sich ihr Körper versteift. Sie schnellen auseinander. Warum hast du das getan? Die Frage steht in das Gesicht der Mutter geschrieben. Aber sie sagt keinen Ton. Es ist lange her, dass jemand Ella Krane Löss umarmt hat. Sehr lange. Es wirkt ein bisschen ... fast unanständig. Lena hat keinen Grund, sie zu umarmen. Haben die alten Erinnerungen auf dem Dachboden sie vielleicht sentimental gestimmt?

«Ja, ja», sagt sie nur, dreht sich um und geht hinaus. Wenn Lena das Blut unbedingt wegwischen will, dann soll sie ihren Willen haben.

Lena bleibt mit den größten Selbstvorwürfen zurück. Die Gelegenheit ist verpasst, sie beide haben sie verpasst. Sie hat es nicht geschafft, ihrer Mutter zu sagen, was sie empfindet, ihr zu erzählen, dass ... Übrigens – was wollte sie denn eigentlich erzählen und was hat sie denn empfunden? Dass sie ihre Mutter mit anderen Augen sieht, seit sie auf dem Speicher war und in Vaters altem Kram gestöbert hat? Dass ihre Tochter mehr Respekt vor ihr hat, seit sie weiß, was die Ehefrau Ella Krane Löss aushalten musste? Lena schüttelt langsam den Kopf. So etwas kann sie ihrer Mutter nicht sagen. Außerdem legt sie unter Umständen gar keinen Wert darauf, nach all diesen Jahren als Mutter rehabilitiert zu werden. Die Vergangenheit ist unerwünscht in diesen Wänden. Nicht umsonst sind alle Spuren des Herrn Krane Löss getilgt worden. Lena wischt sorgfältig auf, bekommt eine Plastiktüte von ihrer Mutter, in der sie ihre Sachen verstaut, und verabschiedet sich. Als sie hinausgeht, kommt es ihr vor, als seufze die Tür erleichtert hinter ihr auf.

Nebelleben

Es hilft hinaus in den Nebel zu kommen. Es hilft, auf der Straße ganz normalen Menschen zu begegnen, die mit hochgestelltem Kragen und zusammengezogenen Schultern von einem Ort zum anderen eilen. Lena hat keine Eile, sie lässt sich mit dem Strom auf die Stadt zutreiben. Mit einer Tüte voller Erinnerungen und dem Kopf voll von neuen Erkenntnissen. Was soll ich jetzt machen?, fragt sie sich. Nichts, nichts außer gehen, einen Fuß vor den anderen setzen – das bringt genug Antrieb.

Von irgendwoher kommen Gitarrenmusik und Gesang. Sie steuert ihre Schritte in die Richtung, aus der die Musik ertönt, und weiß, wer die Musikanten sind, lange bevor sie sie sehen kann. Drei Leute von der Heilsarmee stehen auf dem Bürgersteig. Schwarze Uniform, weinrotes Hutband. Zwei Frauen und ein Mann. Sie singen, verkünden. Die Menschen machen einen respektvollen Bogen um das Trio. Einige bleiben stehen, schließen einen Moment lang mitten in all der Hektik die Augen, lauschen, gehen weiter. Lena geht näher heran. Sie hat schon immer Respekt vor diesen Friedenssoldaten gehabt, die zu jeder Jahreszeit an Straßenecken und auf Plätzen stehen und ihre frohe Botschaft verkünden. Kein Schmoren und Grillen im ewigen Höllenfeuer – die wissen wohl, dass man auf Angst nicht bauen, mit Drohung nichts erreichen kann. Diese Leute sind wirklich offen, denkt Lena. Sie reichen jedem die Hand. Hier gibt es weder Dünkel noch Geheimnisse, alle sind eingeladen. Und wenn sie nicht hier stehen und Frohsinn versprühen, arbeiten sie in der Organisation. Einer humanitären, weltweiten Organisation, die mehr Gutes tut, als die meisten Leute ahnen. Sowohl ökonomische und juristische als auch menschliche Hilfe stehen auf ihrem Programm. Kinderheime und Krippen, Suchtberatung, Armenküchen in den Slums. Und das alles, ohne Kontrolle über die Gesinnung der Menschen zu verlangen. Glaubst du, willkommen bist du. Wenn nicht, bist du es trotzdem. Der Gegensatz zu den Elite-Soldaten, über die sie gerade gelesen hat, ist grotesk.

Lena kauft ihnen eins ihrer Hefte ab und geht weiter. Spürt, dass es doch noch Hoffnung gibt. Aber dieses Gefühl verschwindet schon bald mit den schwachen Gitarrenklängen im Straßenlärm. Der kurzlebige Trost löst sich im Nebel auf und in ihrem Kopf macht sich Leere breit. So einsam hat sie sich schon lange nicht mehr gefühlt. Wenn es doch endlich aufklaren würde. Es ist nicht auszuhalten in diesem trüben Giftkessel, wo man nicht mal durchzuatmen wagt.

Lena sucht Zuflucht in der verheißungsvoll glänzenden Lichterwelt des Kaufhauses «Stormagasin» Sie genießt die wärmende Glitzeratmosphäre, kauft sich eine Zeitung und nimmt in einem Cafée zwischen Müttern und ihren quengeligen Sprösslingen Platz. Der Kaffee, den sie sich an der Selbstbedienungstheke holt, schmeckt nach Nordseeöl. Und er sieht auch so aus, findet Lena. Sie holt sich ein Glas Wasser. Vertieft sich in die Zeitung, fühlt sich geborgen in der lärmenden Kinderschar. Die Welt um sie herum ist so angenehm alltäglich, zur Ruhe mahnende Mütter, Kinder, die um noch eine Limo betteln. Sie bleibt lange dort sitzen.

Bevor sie zurück zu Andreas geht, macht sie einen Abstecher zu ihrer Wohnung, um nach der Post zu sehen. Ihre Hoffnung ausnahmsweise mal etwas anderes als Rechnungen und Reklamezettel im Briefkasten vorzufinden, wird enttäuscht. Ein kurzer Blick in die Wohnung muss reichen, ihre beiden Topfpflanzen sind ohnehin aus Seide.

Auf dem Weg zu Andreas besorgt sie frische Diätkost und eine Packung Vitamine in Pulverform. «Das wird dir gut tun», murmelt sie halblaut vor sich hin, als sie die Wohnung betritt und ihren Bruder auf dem Sofa liegen sieht. Die Zeitung ist heruntergerutscht, er schläft mit offenem Mund und schnarcht. Ein ungewohntes Geräusch, denkt Lena. Aber zur Zeit gibt es so viel Ungewohntes. Sie lässt ihn schlafen, sieht, dass die Putzhilfe da war und unter anderem eingekauft hat. Der Kühlschrank ist voll von frischen Lebensmitteln. Aber sie hat keinen Hunger, macht sich einen extra starken Kaffee mit heißer Milch und Zucker. Dann schleicht sie sich ins Wohnzimmer und rollt sich auf dem bequemen Sessel zusammen. Sie will nicht allein sein, das gleichmäßige Schnarchen ihres Bruders wirkt beruhigend, bietet eine angemessene «Geräuschkulisse», um die in ihrem Kopf rotierenden Gedanken zu verarbeiten, zu katalogisieren, der richtigen Schublade zuzuordnen.

Sie bleibt sitzen, bis die Dämmerung aus den Ecken hervorkriecht. Hört, wie Andreas ein paar Mal die Tonart wechselt, sieht ihn eine Hand nach dem Pillenglas ausstrecken, Wasser schlürfen. Dann schläft er wieder ein. Erst am Abend weckt sie ihn, lockt mit einem delikaten Abendessen. Er isst, redet von der modernen Medizin, die seine «Afrika-Krankheit» nun endlich in die Knie zwingt. Kein Wunder, dass er sich schlapp fühlt, solche Kämpfe gehen nicht spurlos an einem vorbei. Er wirft ihr ein schwaches Lächeln zu und sinkt wieder in die Kissen. Lena fragt, ob er sich nicht ins Bett legen will. «Nein, hör auf, ständig damit zu nerven. Es ist doch noch nicht spät.» Sie wirft einen Blick auf ihr nacktes Handgelenk. «Halb zehn», behauptet sie. «Mach das Fernsehen an», sagt er. «Aber dreh bitte den Ton leise.»

Lena kommt seiner Bitte nach, überlegt, warum er sich so dagegen sträubt, sich in das bequeme Bett zu legen. Hat er Angst, auf dem Krankenlager zu sterben? Uh, sei nicht so makaber, ermahnt sie sich. Wenn Andreas nun mal nicht wie ein pflegebedürftiger Patient im Bett liegen will, hat sie das zu respektieren!

«Wie geht es Mutter?», erkundigt er sich.

«Gut, nehme ich an», lautet die Antwort. «Wir waren noch nie besonders vertraut miteinander. Aber sie ist wie immer, hat ein Aktivitätsniveau gleich null. Kein Freundinnen-Tratsch am Telefon, kein Vormittags-Tee in der Stadt, nichts. Sie hat wohl noch nicht begriffen, wie viele Möglichkeiten ihr offen stehen. Aber sie wird schon noch aufwachen.»

Der letzte Satz klang nicht sehr überzeugt. Andreas sagt nichts, legt sich nur anders.

«Schöne Grüße soll ich dir übrigens ausrichten», lügt sie.

«Danke», antwortet Andreas.

Das Telefon klingelt. Einen kurzen Moment lang zögert er, dann streckt er die Hand nach dem Hörer aus und wirft seiner Schwester einen flüchtigen Blick zu. Sie versteht den Hinweis, schiebt ihre Müdigkeit vor und geht aus dem Zimmer.

«Ja», hört sie ihren Bruder durch die geschlossene Tür sagen. «Ja, mir geht es gut.» Lange Pause. «O. k., aber nur ein kurzer Besuch», kommt dann zögernd, «ich bin müde.»

Auf Zehenspitzen geht sie über den Flur. Bevor sie im Gästezimmer verschwindet, löst sie vorsichtig die Türkette.

Fünf Minuten vergehen. Zehn, dreizehn. Dann hört Lena, wie sich ein Schlüssel im Wohnungstürschloss dreht. Jemand kommt herein, legt in der Garderobe ab und geht ins Wohnzimmer. Sie wirft einen Blick aus dem Fenster, vielleicht erkennt sie das Auto von vorletzter Nacht wieder. Aber die geparkten Autos sehen alle gleich aus, konturenlose, dunkle Karosserien ohne besondere Merkmale. Sein Arzt, bestimmt hat er einen Wohnungsschlüssel. Er muss es auch gewesen sein, der ihn neulich besucht hat und spät in der Nacht noch mal gekommen ist, um nach seinem schwer kranken Patienten zu sehen. Lena bemüht sich, sich von dieser Theorie zu überzeugen. Es gelingt ihr nur halbherzig. Hat Andreas seinen Arzt mit der Pistole bedroht? Eine absurde Vorstellung. Es sei denn, er war tatsächlich im Tablettenrausch und fühlte sich von jedem bedroht, der in seine Nähe kam. Lena horcht in die Stille hinein. Kein Laut dringt an ihr Ohr. Sie unterhalten sich sicher leise.

Bevor der Gast die Wohnung verlassen hat und die Türkette wieder vorliegt, ist nicht an Schlaf zu denken. Mit einem Ohr in Richtung Wohnzimmer horchend, räumt sie Puppenkleider und Bücher aus der Tüte, beginnt in einem Buch mit verschlissenem Ledereinband zu blättern. Widerwillig sieht sie das Inhaltsverzeichnis durch. Worum geht es also in diesem Beitrag?

Um den wissenschaflichen Beweis, dass die Erde eine Scheibe ist und alles andere optische Täuschung? Mit Ole Fredrik Krane Löss' Randbemerkung *«so ist es»*? Zufrieden stellt sie fest, dass dieses Exemplar kein mystisches Gefasel, sondern sachliche Information und Daten über den Orden, dessen Geschichte, Aufnahmebedingungen und die unterschiedlichen Grade und Logen enthält. Der Verfasser ist Freimaurer, er hebt die Werte des Ordens besonders hervor; Nationalgefühl, Ehrlichkeit, Hilfsbereitschaft, Humanität. Und Wohltätigkeit, das heißt Ausbildungsförderung von Freimaurerkindern, Sammlungen für würdige Notleidende, Familien, deren Freimaurer-Väter gestorben sind.

Das Motto der Freimaurer lautet: «Veritas – Caritas – Fiducia.» –, «Schöne Worte» «Wahrheit – Barmherzigkeit – Vertrauen». Lena liest weiter über Charakterbildung. Wenn «der Heranwachsende» ein gewisses Alter erreicht hat und die Eltern ihre Erziehungsaufgabe erfüllt haben, übernimmt das Freimaurersystem, bietet dem jungen Mann Erziehung zu vollendeter Reife und Reinheit. Dass dieses Erziehungsangebot nicht für jedermann gilt, beweist ein Mitgliederverzeichnis. Kein einziger Durchschnitts-Arbeitnehmer steht dort aufgeführt. Es sind ausschließlich privilegierte Akademiker wie Ärzte, Anwälte, Direktoren und Diplomingenieure, die den elitären Club bilden.

Wie ungeschickt von ihnen, sich nicht einen einzigen Außenseiter als Mitglied zu halten, denkt Lena. Dann hätten sie zumindest ein Alibi, wenn sich kritische Stimmen erheben. «Warum regt ihr euch auf?» könnten sie fragen. «Selbstverständlich haben wir Repräsentanten aus allen Berufsgruppen und sozialen Schichten! Seht nur, unser lieber Kalle Olsen vom ersten Grad. Er übernachtet in Bahnhöfen, trinkt billigen Schnaps und hat manchmal Gelegenheitsjobs. Na und? Er ist einer von uns, in seinem Herzen ein echter Freimaurer!» Mit solchen Argumenten bringt man jeden Journalisten zum Schweigen, und das Spiel ist gewonnen.

Dass weder Journalisten noch Intellektuelle aus dem Universitätsbereich auf dem «Weg der Akazie», wandern, wundert Lena genauso wenig wie die Tatsache, dass keine Arbeiter vertreten sind. Gott sei Dank gibt es noch gesunden Menschenverstand. Wie steht es wohl um ihre eigene Berufsgruppe? Aber «Schauspieler» gilt in Freimaurerkreisen sicher als Schimpfwort, zumindest kann Lena keinen einzigen Theatermenschen auf der Liste entdecken. Noch nicht mal einen Intendanten.

Nach einem Frauennamen zu suchen ist vergebliche Liebesmüh. So viel ist ihr klar. Frauen sind das Flohmarkt-Produkt der Erde, «second-hands». Toleriert werden sie einzig und allein deswegen, weil sie eine Gebärmutter, zwei Eierstöcke und die dazugehörigen Eileiter besitzen. Umso erstaunter reagiert sie, als sie auf Namen wie Rebekkaloge – mit den Graden Deborah, Esther, Ygdrasil und Ruth –, Marialoge und Saraloge stößt. Sind die Frauen doch in die Gemeinschaft integriert? Sie liest gespannt weiter. Die Antwort ist negativ. Frustrierte Freimaurerhausfrauen, die keinen Zugang zu der männlichen Domäne bekommen, haben ihre eigenen Logen gegründet. Mit dem Segen des Patriarchen, nach dem Motto: «Amüsieren Sie sich, meine Damen!» Ein väterlicher Klaps auf die Schulter und die Frauen sind ruhig gestellt. Im Namen der Liebe. Oder im Namen der Langeweile. Ob die Sherry trinkende Dame in der Villa im Nobelviertel auch einer Frauenloge angehört? Lena kommt nach einiger Überlegung zu dem Schluss, dass es nicht der Fall ist. Sie kann sich erinnern, dass Ella Kran Löss einmal ihrem Groll über die Zugehörigkeit ihres Mannes zu der Bruderliga vehement Ausdruck verliehen hat. Er stand in voller Freimaurermontur vor ihr, mit Frack und Ordensband, Kreuz und Medaillen ausgestattet, sah aus wie ein Pfau. Er erwiderte nicht viel, nur eine Ein-Satz-Zurechtweisung. Aber es war genug, um die Farbe aus ihrem Gesicht weichen zu lassen, mehrere Tage lang. Lena kann sich nicht an die Worte erinnern. Es waren Erwachsenenworte, die ihr nichts sagten. Aber die Verachtung, die daraus und aus seiner Körperhaltung sprach, hat sie nicht vergessen. Ihre Mutter ist bestimmt keine Sankt Rebekka oder Sankt Maria.

Lena sieht abrupt von ihrem Buch auf, als sie hört, wie eine Tür geht. Bricht der Besucher auf? Jemand kommt an ihrer Zimmertür vorbei, geht in die Küche. «Wo hast du nur die Kaffeedose hingestellt?», fragt eine unbekannte Stimme. Auf dem Herd, du Dummkopf, denkt sie. Als sie Geschirr klappern und Wasser fließen hört, überlegt sie einen Moment, ob sie in die Küche gehen und beim Spülen helfen soll. Irgendetwas hält sie zurück. Respekt vor Andreas' Privatleben vielleicht? Minuten später verbreitet sich frischer Kaffeeduft in der ganzen Wohnung. Lena seufzt hingerissen, wirft einen Blick auf die leere Rotweinflasche und unterdrückt noch einmal das Bedürfnis, hinauszugehen. Stattdessen angelt sie sich ein anderes Buch und schlägt es auf.

Es gibt zwei Hauptgruppen von Freimaurerei, erfährt Lena beim Lesen: Die Weltfreimaurerei mit ihren drei Johannisgraden und das System der Hochgrade, das bis zu dreiunddreißig Grade, also Erkenntnisstufen haben kann. Norwegen hat elf Grade; drei A(rbeitende) Johannisgrade, so genannte Lehrlinge, und drei L(euchtende) Andreasgrade, das sind die Gesellen. Außerdem die Stuartgrade, die die besonderen Vertrauten des Großmeisters innehaben – Salomos Vertraute. Dann das Kapitel oder die Christusgrade mit den Rittern des Ostens und des Westens und die Auserwählten Brüder oder Vertrauensbrüder. Und der Ehrengrad, der zehnte. Ganz oben auf der Hitliste steht der Amtsgrad. Dort befindet sich der Großmeister allein, in einsam leuchtender Majestät. Sein Zuname ist W. S. V. – Des Weisesten Salomo Vikar.

Lena gähnt müde. Ob Jungenbande oder Gesellschaftsklub für privilegierte Männer – auf jeden Fall haben sie beim hierarchischen Aufbau des Vereins blühende Fantasie bewiesen.

«Ja, natürlich!», ruft Andreas plötzlich mit erregter Stimme aus. Sie springt auf, legt das Ohr an die Tür. Wahrscheinlich steht die Wohnzimmertür auf, denn sie kann jedes Wort ihres

Bruders verstehen. «Natürlich glaube ich das! Nenn es von mir aus Anachronismus oder wie auch immer du willst. Ich habe einen Vater gehabt, der in dem System gesessen hat, lange Zeit.»

Die Antwort ist ein beruhigendes Murmeln, zu leise, als dass Lena es verstehen könnte. Ein paar Minuten darauf hört sie Schritte auf dem Flur und die Haustür fällt ins Schloss. Er ist also gegangen. Lena schleicht sich hinaus, legt geräuschlos die Kette vor und geht auf Zehenspitzen in ihr Zimmer zurück.

Bruder und Schwester

Ein neuer Tag beginnt, der Nebel ist unverändert dicht. Lena nimmt sich vor, beim Theater vorbeizugehen, ein paar Anrufe zu erledigen und Jobmöglichkeiten abzuchecken. Sie hat genug vom Faulenzen, ihr Leben muss wieder in normalen Bahnen verlaufen.

Wieder unter Leute zu kommen wirkt so belebend wie eine Vitaminspritze. Am Theater gibt ihr jemand einen Tipp. Gleich darauf stürzt Lena zum Telefon, erkundigt sich nach dem Projekt. Ja doch, sie brauchen noch Leute, besonders mit Imitations-Talent. Ob sie gleich vorbeikommen kann? Die Besetzungsliste ist fast komplett und von den in Frage kommenden Rollen ist nur noch eine frei. Lena beeilt sich, trifft Vera auf dem Gang, gibt ihr im Vorbeigehen einen Kuss. «Vielleicht ein Job», erklärt sie hektisch und ist im nächsten Augenblick schon zur Tür hinaus.

Unterwegs kommt ihr eine Frau entgegen, an die Lena sich aus der Schulzeit erinnern kann. Sie war in der so genannten B-Zone aufgewachsen, einem Wohngebiet, das an das etablierte Villenviertel grenzte. Die Kinder aus der B-Zone waren verrufen und an der Schule als Unruhestifter bekannt. Es war, als wollten sie ihre Andersartigkeit jeden Tag aufs Neue beweisen. Lena hatte diese «wilden» Kinder – wie man sie bei ihr zu Hause nannte – insgeheim bewundert.

Sie hieß Berulfsen, Anne-Mari Berulfsen, und war eine hoch gewachsene, gut aussehende Frau mit schelmisch blitzenden Augen geworden, aber sie versprühte noch immer diese rebellische Energie. Mit ihrem Beruf hatte sie die richtige Wahl getroffen: «Norwegens Antwort auf Günther Wallraff» wurde sie genannt. Im Frühherbst war eine Aufsehen erregende Serie Zeitungsartikel von ihr erschienen. In Wort und Bild präsentierte sie ihren Landsleuten, dass nicht nur westdeutsche Firmen gegen die Gesetze verstießen, was den unerlaubten Einsatz ausländischer Arbeitskräfte betraf. So etwas hinterließ natürlich Risse in der sauberen Fassade. Man fand selbstverständlich schnell einen Sündenbock, zog ihn zur Verantwortung und betrachtete das Thema als erledigt. Aber die Journalistin arbeitete hartnäckig weiter an dieser Sache, bohrte und bohrte und wartete auf die ganz großen Fische ...

Als Lena ihr freundlich zunickt, nickt sie zurück. Ob sie sich an Lena erinnern kann? Wohl kaum. Sie haben nie mehr gemeinsam gehabt als den Schulhof. Aber als Prominente war sie es sicher gewöhnt, zurückzugrüßen.

Die Rolle, die ihr angeboten wird, ist klein und mies bezahlt. Sie erfährt, dass dies leider die einzige zu vergebende Frauenrolle sei. Wieso Frauenrolle? Lena versichert, dass sie genauso gut einen Mann darstellen kann, verweist auf den Diener Joscha. Blicke werden gewechselt. Nach einer weiteren Probe gehört die Männerrolle ihr. Die Gage ist fast doppelt so hoch. Die Proben beginnen am Wochenende, sie bekommt das Rollenbuch und ein paar Informationen über den Ablauf.

Als sie wieder auf die Straße tritt, ist sie sicher, dass der Nebel nachgelassen hat. Etwas jedenfalls. Hat sich nicht ein blasser Rosaschimmer in all das Grau gemischt? «Scheißnebel!», hört sie einen Passanten zu seinem Begleiter sagen, während sie Lena eiligen Schrittes überholen. «Da werden bestimmt wieder die Flüge eingestellt.» Blöder Nörgler, denkt Lena. Aber ich lasse mir heute von nichts und niemandem die gute Laune verderben. Und mit dem Rollenskript in der Tasche geht sie leichtfüßig durch den rosafarbenen Nebel.

Die Wohnung ist leer, als sie nach Hause kommt. Niemand antwortet auf ihre Rufe. Gründlich sieht sie in jedem Zimmer nach. Leer, total leer. Die Falte zwischen ihren Augenbrauen wird tiefer und tiefer, während sie sucht. Das darf doch nicht wahr sein! Vor ein paar Tagen noch war Andreas zu schwach, um sich alleine umzuziehen, und jetzt marschierte er plötzlich wieder in die Welt hinaus!

Besorgt lässt sie sich in seinen Schreibtischsessel fallen, trommelt mit den Fingern auf die Tischplatte. Er hätte ihr einen Zettel schreiben sollen. Oder war er dazu nicht mehr fähig? Vielleicht hatte sich sein Zustand in der Zwischenzeit so verschlechtert, dass der Arzt ihn ins Krankenhaus bringen musste? Oder er hatte selbst einen Krankenwagen gerufen? Lena wird immer unruhiger. Sie kannte noch nicht mal den Namen des Arztes, geschweige denn seine Telefonnummer. Verdammt! Die Sorge um Andreas treibt ihr den Schweiß auf die Stirn. Plötzlich fällt ihr auf, dass die Briefkopien und die Kassette nicht mehr auf dem Schreibtisch liegen. Ist er vielleicht ins Büro gegangen? Sie steht auf, geht noch einmal in sein Schlafzimmer, um nachzusehen, welcher Anzug fehlt. Als sie den Kleiderschrank inspiziert, entdeckt sie an der Wand einen kleinen Koffer, dessen Deckel halb offen steht. Lena schnappt nach Luft: Er ist voll gestopft mit Medikamenten, Pillen und Ampullen. Sie beugt sich vor, erkennt einige Präparate an den Etiketten wieder. «Schmerzstillend» war die neutrale Bezeichnung, «halluzinativ» eine andere. Also lag ich doch richtig mit meiner Vermutung, dass der Arzt ihm mehr gibt als für die Heilung seiner Krankheit nötig ist, denkt Lena. Warum tut er das? Kein normaler Arzt würde seinem Patienten eine solche Masse Medikamente geben. Ob *ihm* dieser Koffer gehört? Ein aufgeklebtes Namensschild auf der Innenseite des Deckels verrät, dass es nicht so ist. Er gehört ihrem Bruder.

Lena zieht den Koffer ein Stück vor, durchsucht seinen Inhalt, hält einen ovalen Metallzylinder in der Hand, schüttelt ihn. Er ist leer. Der Nächste auch. Und der Übernächste. Der Koffer ist voll von solchen leeren Metallbehältern.

Sie liest das Etikett. Zuckt zusammen. Lässt den Zylinder in den Koffer zurückfallen, ergreift einen anderen. Liest. Sucht den Koffer nach den Zylindern ab, bis sie Gewissheit hat: alle hatten den gleichen Inhalt, einen Stoff, der *clean TO/DO* genannt wird. Sie weiß sofort, woher sie diese Bezeichnung kennt. *Invite offers 2000 un/500 gr clean TO/DO* hat in dem Brief gestanden, der in englischer Makler-Terminologie verfasst und an eine deutsche Adresse gerichtet war. Was zum Teufel treibt Andreas? Der Verdacht ist schrecklich. Zu schrecklich. Lena schiebt den Koffer zurück, schließt den Schrank zu und geht in den Flur. Erst jetzt bemerkt sie, dass sein Trenchcoat nicht in der Garderobe hängt. Das bedeutete zumindest, dass er nicht auf der Bahre hinausgetragen wurde. Sie wählt die Nummer seines Büros. Die Erleichterung ist groß, als sie erfährt, dass Herr Krane Löss gerade das Haus verlassen hat. «Liebster Bruder», seufzt sie, während sie den Hörer auflegt. «Du kannst dir sicher nicht vorstellen, dass sich jemand Sorgen um dich macht.» – «Liebste Lena», antwortet sie mit verstellter Stimme. «Ich habe dir doch gesagt, dass ich ein Junggesellenleben führe. Ohne bei jedem Schritt vor die Tür eine Nachricht zu hinterlassen.»

Das Telefon klingelt. In Gedanken versunken nimmt Lena den Hörer ab. «Krane Löss», sagt sie, und im gleichen Moment wird ihr bewusst, dass sie sich mit Andreas' Stimme gemeldet hat.

«Guten Tag, hier ist . . .»

Sie hält vor Schreck den Atem an, hat die Stimme sofort erkannt. Eine Stimme, die sie den ganzen Tag zu verdrängen versucht hat. Der Großmeister ruft an, König Salomos Vikar Herman Klausen. Der Theologe aus dem Nobelviertel. Er will sich erkundigen, wie es mit Mitbruder Krane Löss' Erkältung geht. Hat er den Kampf gegen die Bazillen gewonnen?

«Teilweise», antwortet Lena. Woraufhin der Anrufer mitteilt, dass morgen Abend hoher Besuch erwartet wird.

Es entsteht eine Pause. «O ja?» Eine geistreichere Antwort fällt ihr nicht ein. Hoher Besuch? Kommt der König?, fragt sie sich und schweigt. Irgendeine wichtige Koryphäe wird Herrn Löss vorgestellt, ein Herr Soundso mit einer Menge harter Konsonanten im Namen. Der Name eines Landes fällt, einer Loge, eines Grades.

«Es ist mir eine Ehre», sagt Lena, als wieder eine kurze Pause entsteht. Das Herz klopft ihr vor Aufregung bis zum Hals.

Aber sie wirkt glaubwürdig, der Großmeister schließt das Gespräch mit ein paar Höflichkeitsfloskeln ab.

Mit zitternden Händen legt sie den schweißfeuchten Hörer auf die Gabel.

Nein, denkt sie. Nein, der morgige Tag ist gestrichen, steht nicht auf dem Kalender. Wenn die Welt morgen erwacht, dann ist es eigentlich schon übermorgen. Ich will nicht, will weder *mich* noch Andreas morgen haben. Hört ihr? Aber niemand hört, es herrscht Stille um sie herum. Sie stellt das Radio an. Da ist die Rede von einem weiteren Waffenstillstand irgendwo auf der Erde – mit knatternden Gewehren. Sie dreht es wieder aus, legt stattdessen eine Schallplatte auf. Pan- Flöte. Gedehnte, klagende Töne, vibrierende Klänge. Sie macht auch die Musik wieder aus, geht auf ihr Zimmer, schlägt das Bett auf, kriecht unter die Decke und zieht sie über den Kopf. Sie rollt sich zusammen wie ein Embryo, atmet die gleiche Luft aus und ein. Sie fröstelt, fühlt sich wie nass geschwitzt. Eine alte Jungfer wie ich sollte eine Wärmeflasche haben, vierundzwanzig Stunden am Tag, denkt sie, und halb bewusstlos wegen Sauerstoffmangels fällt sie in einen tiefen Schlaf.

Sie träumt einen für alle Traumdeuter traumhaften Traum. Dunkel gekleidete Männer ohne Gesicht, steile Abhänge und tiefe Schluchten. Die dunklen Männer im Halbkreis vor ihr, der Abgrund hinter ihr. Sie ziehen den Kreis enger. Im Gleichtakt gehen sie einen Schritt vor. Sie einen zurück. Die einen vor, sie einen zurück. Bis der Fuß keinen Halt mehr findet und sie fällt. Fällt und fällt. Erreicht niemals den Boden. Sie erwacht von ihrem eigenen Schrei. Greift nach einem rettenden Ast, der aus einer Klippe ragt, klammert sich an ihm fest, betet, er möge sie halten. Sie gräbt ihre Nägel in den Ast, spürt, wie sie in weicher Materie versinken.

«Lena! Wach auf! Du träumst!»

Jemand rüttelt sie. Sie reißt die Augen auf. Über ihr ist noch ein fallender Mensch, ein taumelndes, schwitzendes Gesicht. Er bricht auf ihrem Bett zusammen, bleibt liegen und krümmt sich. Andreas. Ihr Bruder im Mantel. Hände, die sich in das nass geschwitzte Laken graben, Finger, die Halt suchen. Eine Stimme, die «meine Pillen» winselt. Lena rappelt sich auf, ihr eigener Körpergeruch schlägt ihr entgegen.

Das Pillenglas steht nicht wie üblich auf dem Sofatisch, sie dreht um, denkt verzweifelt nach, hört Andreas' Stöhnen aus dem Gästezimmer. Der Koffer, schießt es ihr durch den Kopf, und sie stürzt ins Schlafzimmer, nimmt die nächstbeste Pillendose aus dem Koffer und eilt zu ihrem Bruder. «Wasser», flüstert er, als sie ihm den Behälter reicht. Sie verschüttet die Hälfte des Wassers auf dem Weg zurück, sieht, wie er sich die weißen Chemieperlen in den Mund stopft, mit Wasser nachspült. Die Wirkung setzt fast unmittelbar ein. Der Körper entspannt sich, die Hände lösen ihren krampfhaften Griff. Er starrt an die Decke. Das Leben wird langsam wieder erträglich.

«Ich fühlte mich so gut», sagt er nach einer Weile, «habe einen Teil meiner Arbeit erledigt und beschloss, die Unterlagen ins Büro zu bringen. Es war zu anstrengend, ich habe wohl zu viel verlangt.» Er seufzt tief. «Hoffentlich erkälte ich mich jetzt nicht. Der Nebel ist tatsächlich so dicht, wie du gesagt hast. Mindestens.»

Er setzt sich mühsam im Bett auf und betrachtet seine Schwester. «Du musst einen schlimmen Albraum gehabt haben, hast geschrien wie ein Tier im Todeskampf.»

Mehr kommt nicht von ihm. Er fragt nicht nach, ob sie vielleicht Probleme hat, oder warum sie mitten am Nachmittag voll bekleidet auf dem Bett gelegen und geschlafen hat. Er wirkt verschlossen und in sich gekehrt, als ob er all seine Energie für sich selbst braucht.

«Ich habe einen Job», erzählt Lena.

«Schön», antwortet er nur, geht zur Garderobe und hängt seinen Mantel auf.

Sie folgt ihm ins Wohnzimmer, will ihm von dem Telefongespräch und ihrem Doppelspiel berichten. Aber ihre Zunge ist schwer wie Blei, blockiert die Worte, und als Andreas wieder auf dem Sofa liegt, hat sie plötzlich keinen Mut mehr. Wenig später schläft er ein. Was sind wir nur für ein Geschwisterpaar, denkt sie kopfschüttelnd und versucht, ihre Gedanken wieder auf Job und Alltagsprobleme zu lenken. Sie wird wohl wieder in ihre Wohnung ziehen, kann ja jeden Tag bei Andreas vorbeischauen, ihm was zu Essen machen. Auf jeden Fall will sie dabei sein, wenn sein Arzt kommt. Morgen, beschließt sie, morgen werde ich das alles in Angriff nehmen. Oder übermorgen. Jetzt gehe ich erst mal duschen.

Aber über Nacht ändern sich ihre Pläne wieder. «Der Würfel ist gefallen», hat irgendein kluger Mensch einst gesagt. Dieser Spruch geht ihr am nächsten Morgen unentwegt durch den Kopf, während sie im Bett liegt und langsam wach wird. Ob dieser Würfel eine Eins oder eine Sechs zeigt, spielt keine Rolle. Lena wird das Spiel zu Ende spielen und noch einmal als Mitbruder Andreas auftreten. Und diesmal wird sie nichts dem Zufall überlassen. Kein Risiko, keine Improvisation. Diesmal ist sie auf alles vorbereitet, dank der detaillierten Beschreibungen ihres Vaters. Sie springt voller Elan auf, holt die maschinengeschriebenen Bögen hervor, die sie aus dem Elternhaus geschmuggelt hat, legt sich wieder ins Bett und ruft sich die Einzelheiten in Erinnerung: das Inventar des Saales – Andreas' Meistergrad-Saal –, dessen symbolische Bedeutung. Sie prägt sich die Zeichen, die Worte, die Rituale ein. Und den Schwur. Lena schluckt schwer. Genau, der Schwur. Sie wird ihn im Namen ihres Bruders ablegen müssen. Einen rundherum verlogenen und gottlosen Eid. Aber es ist schließlich kein norwegisches Gericht, auch keine anderweitig gültige Institution, beruhigt sie sich. Was sie dort gelobt, gilt sowieso nicht. Noch nicht mal moralisch gesehen, findet Lena. Also ist es auch kein Meineid. Aber Andreas – wie er wohl dazu steht . . .? Ach, er kann diesen Schwachsinn einfach nicht ernst nehmen! Basta!

Andreas hat sich nach dem gestrigen Ausflug nicht erkältet. Er sieht auch nicht schlechter aus. Die moderne medizinische Versorgung macht es also auch ohne Krankenhausaufenthalt möglich, denkt Lena. Sie sitzen plaudernd im Wohnzimmer. Sie blättert in einer Zeitung, Während Andreas Papiere durchsieht, sich Notizen macht. Sie betrachtet ihn eingehend, achtet auf seine Gestik, die Art, wie er sich durchs Haar streicht, wie er die Hände bewegt. Jede Einzelheit ist wichtig für heute Abend. Vieles davon ist ihr von früher vertraut, besonders sein leicht femininer Zug. ‹Süß›, hatten die Erwachsenen früher gesagt. Ein süßer kleiner Junge mit blonden Locken und einem Widerwillen dagegen, Fliegen totzuschlagen. Bis zu einem bestimmten Alter, in dem man diese Eigenarten selbstverständlich ablegen musste. Andreas tat es nicht. Er legte einen stummen Protest ein, mit dem er die Leute in seiner Umgebung manchmal zum Wahnsinn trieb. Onkel und Tanten waren der Meinung, dass die Zwillinge eigentlich das entgegengesetzte Geschlecht haben müssten, zumal Lena auch nicht selten mit ihrem «jungenhaften» Verhalten schockierte. Aber am meisten fiel Andreas mit seiner Vorliebe für die Blusen seiner Schwester auf. «Sie sind so schön», sagte er zu ihr, «sie haben so weiche Kragen. Ich hasse die blöden Hemden, die Mama kauft.» Als Gegenleistung ließ er sie mit seinen Zinnsoldaten und Spielzeugautos spielen, während er sich stundenlang mit Malen und Zeichnen beschäftigen konnte. Manchmal sah sie ihm dabei zu, ließ sich von ihm die fantasievolle Welt seiner Bilder erklären.

«Du musst Schach lernen», hatte der Vater gesagt, den Jungen vor ein viereckiges Brett platziert und in die Spielregeln eingeführt. Aber der Junior zeigte sich völlig unmotiviert. Denn hier gab es keine geheimnisvollen Kurven und Farben, hier gab es nur schwarze und weiße Quadrate, die seine Fantasie blockierten. Der Vater wurde wütend, sagte, dass er nie ein guter Schachspieler würde, wenn er so unkonzentriert wäre. Genauso gut hätte er sagen können: nie ein anständiger Mann. Denn *so* empfand Andreas, als er sich kleinlaut davonschlich und der Vater die Figuren in die Schachtel feuerte. Lena hatte oft hinter seinem Ohrensessel gestanden und darauf gewartet, den Platz ihres Bruders einnehmen zu dürfen. Aber ihr Wunsch erfüllte sich nie.

Deine Hände zittern, denkt sie. Mein Gott, wie du zitterst. Und deine Hautfarbe sieht ungesund aus. Wachsgelb. Manchmal sind deine Pupillen riesig groß, dann wieder klein wie Stecknadelköpfe. Und das Papier, das du hältst, ist schon ganz gewellt vom Schweiß deiner Fingerkuppen, weil du ständig den Griff wechselst.

Er wirft ihr einen Blick zu. «Hier ist es so warm», sagt er. «Machst du bitte die Tür zum Flur auf?» Lena knöpft sich die Jacke zu, als sie die Tür geöffnet hat. Es ist kühl im Zimmer. Die feuchtkalte Nebelluft drängt von draußen an die Fensterscheiben. Lena fröstelt und zieht die Vorhänge vor. Andreas sagt nichts, knöpft sich nur den obersten Knopf seines Flanellhemdes auf.

«Du?», beginnt Lena zögernd. «Hast du eigentlich keine Freundin? Hast du keine Lust, zu heiraten und Kinder zu kriegen?»

Schweigen. Klamme Finger wechseln den Griff am Papierbogen. Er antwortet nicht.

«Und du?», fragt er nach einer Weile. «Willst *du* nicht die Welt mit einem kleinen Krane Löss bereichern?»

«Nichts da», antwortet sie. «Ich habe noch niemanden getroffen, der solche Gelüste in mir weckt. Die Welt zu bereichern, meine ich.»

«Ich auch nicht», versetzt er.

«Ich habe auch noch niemanden getroffen, mit dem ich das Türschild teilen möchte», bemerkt Lena mit einem provozierenden Lächeln.

«Türschild?» Andreas wirft ihr einen flüchtigen Blick zu. «Das Türschild teilen?» Er stößt einen tiefen Seufzer aus. «Du bist verdammt privilegiert, Schwesterherz», sagt er nach einer Weile.

Lena stutzt. Wie kommt er dazu, ausgerechnet sie als privilegiert zu bezeichnen? Sie, die von der Hand in den Mund lebt und ein winziges Apartment bewohnt. Während er über sieben Zimmer plus Küche in der vornehmsten Gegend von Oslo verfügt.

«Wie meinst du das?», erkundigt sie sich. «Wie kannst du behaupten, ich sei privilegiert?» Sie lässt ihren Blick demonstrativ durch das luxuriös eingerichtete Zimmer schweifen.

Andreas windet sich, die Situation scheint ihm peinlich zu sein.

«So, so», sagt sie mehr zu sich selbst, «der etablierte Reederssohn mit sieben Zimmern und Küche beneidet die abtrünnige Reederstochter mit Kochecke und Schlafkammer. Wunderbar.»

«Du!», brüllt ihr Bruder sie aus heiterem Himmel an, zeigt drohend mit dem Finger auf sie, sodass Lena vor Schreck zusammenzuckt. «Du hast doch keine Ahnung, was los ist! Du lebst dein Leben, wie es dir Spaß macht, bist frei, kannst tun und lassen, was du willst. Und so war es immer, du hattest nie diese Zwänge im Nacken sitzen! Du, Magdalena, du bist das Alibi unserer Familie!»

Lena starrt ihren Bruder aus großen Augen an, blinzelt. «Alibi», wiederholt sie mit tonloser Stimme. «Was meinst du damit?»

Er kneift die Augen zusammen. «Das Alibi unserer Familie», wiederholt er, «diejenige, die wir vorzeigen können. Seht her, die Dynastie Krane Löss besteht nicht nur aus blutarmen Geschäftsleuten, die nur daran interessiert sind, ihre Macht zu behaupten. Seht sie euch an, unsere Künstlerin, sie ist der lebendige Beweis, dass doch ein paar Tropfen Künstlerblut in unseren Adern fließen.» Er sinkt erschöpft in die Kissen zurück, sieht starr vor sich hin. «Ich dagegen», wispert er, «ich gehöre dem falschen Geschlecht an. Ich wurde nie *gefragt*, welches Blut durch meine Adern fließt.»

Er sieht erbarmungswürdig aus, erbarmungswürdig und jämmerlich. Der Anblick macht Lena rasend.

«Du gemeiner Mistkerl», schleudert sie ihm entgegen. «*Du* bist doch derjenige, der mich als Alibi benutzt, nicht unsere Familie! Als Alibi für deine Resignation, dein verdammtes Selbstmitleid. Mit einem bisschen mehr Mut hättest du deine Wünsche und Sehnsüchte ausleben können, wärst du deinen eigenen

Weg gegangen. Aber stattdessen hast du dich angepasst, hast den alten Krane Löss in deiner Gestalt von den Toten auferstehen lassen. Warum? Aus Feigheit? Bequemlichkeit?»

«Lena», flüstert er, «lass uns um Gottes willen bitte nicht streiten! Ich habe doch bald niemanden mehr außer dir.»

Leere Worte, denkt Lena erbittert, und ein feiger Rückzieher. Aber aus seinem Gesicht spricht Ehrlichkeit, Verletzbarkeit.

«Du hast ja Recht», sagt er. «Ich hatte nicht den Mut, meinen eigenen Weg zu gehen. Auch den anderen nicht, nicht mal hier zu Hause. Hatte einfach keinen Mut.»

Den anderen? Was meint er damit? Als sie gerade zu einer Frage ansetzen will, spricht er weiter.

«Erinnerst du dich an das Bild, das gegenüber von Vaters Schreibtisch im Büro hing?»

Hängt, fügt Lena in Gedanken hinzu und nickt.

«Es hängt noch immer an der gleichen Stelle», fährt er fort, «hängt dort und gibt mir genügend Hass, um den Arbeitstag zu überstehen. Ein kolossaler Kahn auf einem widernatürlichen Meer.»

Lena kann den Worten des Bruders keinen Sinn abgewinnen. Wie kann ihn Hass antreiben, den Tag zu überstehen? Bevor sie etwas erwidern kann, setzt er sich auf, zieht die Decke weg und beugt sich vor. In seinen Augen liegt ein merkwürdiger, metallischer Glanz, sein Gesicht ist verschwitzt.

«Aber die letzte Entscheidung», sagt er mit einem geheimnisvollen Lächeln, «die treffe ich, ich allein.» Er schluckt eine Tablette, spült mit Wasser nach und legt sich zurück auf das Sofa. Sein Gesicht verzieht sich wie im Schmerz, dann entspannen sich seine Züge, und er schläft ein.

Lena rüttelt ihn am Arm. «Andreas, wach auf! Ich will mit dir reden. Sag mir, was mit deinem Leben passiert ist.» Vergeblich. Er reagiert nicht.

Sie lehnt sich mit einem tiefen Seufzer in ihren Sessel zurück, denkt an die vielen Briefe, die er ihr nach Frankreich geschickt hatte. Briefe, die in der Gewissheit geschrieben waren, dass niemand widersprechen, um Erklärung bitten oder diskutieren könnte. Bekenntnisse, die das Produkt einsamer Stunden waren, an eine stumme Sphinx von Schwester gerichtet. Sie hatte vermutet, dass hinter den vagen, bildhaften Formulierungen eine problematische Liebesbeziehung steckte und hatte sich zurückgehalten mit guten Ratschlägen – zumal ihr eigenes Liebesleben mit Jean so chaotisch war.

Sie steht auf und knipst die Stehlampe aus, deren Licht ihm mitten ins Gesicht scheint. Dann schleicht sie aus dem Zimmer.»

Es kam so gut wie nie vor, dass sich Lena und ihr Bruder einander anvertrauten und Probleme besprachen. Das war zu Hause nicht üblich gewesen, man wahrte Distanz. Und sie hatten beide nicht den ersten Schritt gewagt, um diese Mauer zu durchbrechen, zumindest nicht verbal. Bis heute nicht. Aber anstatt sich jetzt endlich vernünftig auszusprechen, machten sie sich gegenseitig Vorwürfe, und der erste Versuch einer Annäherung endete in einem riesigen Gefühlsausbruch.

Trotzdem hat Lena das Gefühl, viel über Andreas erfahren zu haben. Sie ist es gewöhnt, zwischen den Zeilen zu lesen. Und hinter all den Beschimpfungen, seinen merkwürdigen Überreaktionen, steckt der Versuch – bewusst oder unbewusst – von etwas abzulenken. Sie ist sich plötzlich ganz sicher, dass er irgendetwas verbergen will, und zwar nicht nur vor ihr. Seine Krankheit, sein exzessiver Tablettenkonsum, sein Verfolgungswahn – was steckt eigentlich dahinter? Was soll diese verdammte Heimlichtuerei? Fass dir lieber an die eigene Nase, meldet sich eine Stimme in ihr. Du und deine Geheimnisse, dein verdecktes Doppelspiel. Liegt es vielleicht daran, dass sie überall doppelte Böden vermutet? Fällt ihr eigenes falsches Spiel auf sie zurück?

«Okay, Hobby-Psychologin», murmelt sie vor sich hin. Du solltest aufhören, über die Geheimnisse deines Bruders zu grübeln und dich auf etwas anderes konzentrieren. Leise betritt sie Andreas' Schlafzimmer, holt den Frack und das Zubehör hervor. Der Hemdkragen hat einen leichten Schminkerand. Vera hatte gründliche Arbeit geleistet, den Übergang von Kinn zu Hals gut verwischt. Sie steckt die Sachen und Joschas Schuhe – noch immer Joschas Schuhe – in eine große Tasche, wirft einen Blick auf die Uhr. Sie hat noch genug Zeit. «Um fünf Uhr kannst du kommen», hat Vera gesagt, als Lena sie am Morgen anrief. «Da ist nicht so viel Betrieb hier. Wen willst du denn diesmal an der Nase herumführen? Hast du dich in die Freundin deines Bruders verknallt?» Ich muss mir eine glaubwürdige Geschichte aus den Fingern saugen, denkt Lena. Vielleicht eine Familienwette erfinden?

Bevor sie sich auf den Weg zum Theater macht, um die Identität ihres Bruders zu übernehmen, schreibt sie ihm schnell noch eine Nachricht: *Bin in der Stadt. Wird spät. Kuss Lena. PS: Mach ja keinen Unfug!* Und komm bloß nicht auf die Idee, nach deinem Frack zu suchen, fügt sie in Gedanken hinzu. Den Zettel legt sie auf den Küchentisch, und als sie Treppe hinuntereilt, denkt sie: Wenn heute Abend jemand Unfug macht, dann bin ich das wohl eher ...

Vera glaubt ihre Geschichte, findet die Idee lustig, der Verwandtschaft was vorzuspielen. «Aber warum hast du deinen Bruder nicht mitgebracht?», will sie wissen. «Ich hätte ihn in dich verwandeln, mit Minirock und Titten ausstatten können», sagt sie lachend. «Hat er schöne Beine?»

«Perfekte», antwortet Lena matt. «Lang und schlank mit muskulösen Waden.»

«Macht nichts, die schminke ich weg», versichert Vera. «Aber solche Bandagen, wie du da hast», fügt sie mit Hinweis auf Lenas Hand hinzu, «die kann ich nicht verschwinden lassen. Wen wolltest du denn k. o. schlagen?»

«Niemanden», antwortet Lena. «Ich habe mich an einem Nagel verletzt. Es tut immer noch ganz schön weh, vielleicht sollte ich das Pflaster erneuern.» Als sie es abnehmen will, merkt sie, dass es an der Wunde festhängt. «Mist, ich verschiebe das lieber auf später.»

Vera leistet mindestens genauso gute Arbeit wie beim letzten Mal. Lena verschwindet mit ihrer Tasche hinter einem Vorhang, um sich umzuziehen. Mit Frack und Joschas Schuhen – die endlich trocken sind – ist ihre Verwandlung perfekt. Nachdem sie die Schuhe geputzt hat und sich im Spiegel betrachtet, findet sie ihr Outfit durchaus standesgemäß. Ordensband und Handschuhe lässt sie vorerst in der Tasche, Vera muss nicht unbedingt alles sehen.

«O, là là!», ruft Vera aus, als Lena sich ihr präsentiert. «Auf welche Fürstenhochzeit gehst du? Ein normales Familientreffen ist es wohl nicht, oder?» Lena lächelt verlegen. «Nur halbwegs normal», antwortet sie, und Vera stellt keine weiteren Fragen.

Als es auf sieben Uhr zugeht, verabschiedet sie sich, bestellt eine Taxe und fährt zum Weihnachtsfeier-Palast ihrer Kindheit. Aber die Jahreszeit stimmt nicht. Was sie erwartet, ist bestimmt kein glitzerndes Weihnachtsfest, wo es nach Zigarren und Parfüm riecht und man um den Christbaum herumtanzt. Und ganz bestimmt werden auch keine Süßigkeiten verteilt. Auf der Fahrt streift sie die weißen Handschuhe über. Glücklicherweise sind sie weit genug für ihren Verband.

«Jetzt sind wir beiden allein», murmelt sie, als das Taxi davonfährt und sie und Andreas auf dem Bürgersteig zurückbleiben.

Aber da drinnen, denkt sie mit Blick auf die schwere Eichentür, da gibt es nur noch Andreas, verstanden? Das gehorsame Mädchen Lena nickt und verkriecht sich in einer dunklen Ecke. Verstanden, antwortet sie, bevor sie den Vorhang aufzieht. Und mit energischen Schritten geht Andreas Krane Löss auf die Tür zu, öffnet sie und tritt ein.

Der Meistergrad

Der Türsteher ist ausgewechselt worden. Sie gibt ihm das Zeichen, raunt ihm das Geheimwort zu und geht zur Garderobe, um abzulegen. Dort nimmt sie ein Mann in Empfang, der sich als Wortführer des Komitees für Heraldik, also Wappenkunde und rituelles Drumherum, vorstellt. Da Mitbruder Krane Löss recht spät dran sei, meint er mit einem fragenden Blick auf Lena, schlage er vor, sich gleich in die inneren Gemächer zu begeben. Sie nickt bereitwillig, hatte es darauf angelegt, nicht zu früh zu kommen. Das Risiko, in der hell erleuchteten Vorhalle Konversation halten zu müssen, wäre zu groß gewesen.

Auf dem Weg zum großen Saal hört sie gedämpftes Stimmengewirr aus dem Salon. Dein Publikum, denkt Lena. Enttäusche es nicht, Andreas. Bedenke, dass deine Schwester Schauspielerin ist, vielleicht hast du auch etwas von ihrem Talent mitbekommen. Außerdem kennst du ja Seniors Drehbuch. Aber das macht die Sache mit Sicherheit nicht weniger spannend.

Als sie den Saal erreicht haben, nickt ihr der Wortführer zu und übergibt ihr schweigend einen Dolch. Sie weiß, dass es nur eine Leihgabe ist. Der «Tempel» ist unverändert. Aber im Gegensatz zum letzten Mal ist Lena nun über den Symbolwert der einzelnen Gegenstände informiert – was ihr allerdings auch kein sichereres Gefühl gibt.

Dann kommen die anderen herein, die versammelte Gemeinde der Andreas-Meister nimmt Platz. Lena bekommt ein Zeichen, sich ebenfalls zu setzen. Achtung, fertig, los. Der Zeremonienmeister tritt ein und sie fangen an.

Lena weiß, dass es in der folgenden Zeremonie um den Wiederaufbau von König Salomos Tempel geht. Winkelmaß, Hammer, der unbehauene und der kubische Stein und das Reißbrett – das sind die Werkzeuge der Brüder in den Johannisgraden. Sie sind diejenigen, die arbeiten müssen, das Fußvolk der

Organisation. Und kämpfen sollen sie. Dolch und Axt, Schwert und der rote Teppich, auf dem sie neulich gesessen hat, sind die Symbole für das Schlachtfeld.

Der Dolch wird ihr wieder abgenommen. Die Bedeutung ist klar: Jetzt ist der arme Bruder wehrlos. Es folgt das Eröffnungsgelöbnis. Lena wiederholt mit deutlich erkälteter und leicht bewegter Stimme, dass Andreas beim Wiederaufbau des immer wieder zerstörten Tempels mithelfen, dass er von überall auf der Welt Baumaterial und tüchtige Mithelfer organisieren will und dass er sowohl die Ehre und die Reinheit des Ordens verteidigen, als auch durch Schweigen, Vorsicht und Mäßigung die Entwicklung der Loge fördern will. Dann werden sicherheitshalber noch einmal die Strafmethoden wiederholt, die schon in den Gelöbnissen der niedrigen Grade angedroht wurden.

Lena distanziert sich innerlich vom Inhalt des Schwurs. Ihre Gedanken wandern zu König Salomo, dem Bauherrn des Tempels, dem König Hiram Arbeiter, Werkzeuge und *den ersten Freimaurer,* Meister Adoniram, beschaffte. Adoniram, der Vater der Freimaurer, Nachkomme vom Stamm der Witwe von Naphtali, bekam ein geheimes Erkennungswort. Ein Wort, das drei aufrührerische Gesellen um jeden Preis wissen wollten. Sie drohten Adoniram, ihn zu töten, aber er blieb stumm. Da wurden sie so wütend, dass sie ihre Drohung wahr machten. Salomo rächte die Untat auf grausame Weise, ließ ihnen die Zunge abschneiden, das Herz und diverse andere Eingeweide herausreißen. Und zu allem Überfluss zerteilte er ihre Körper in zwei Hälften, schwupp! Daraufhin ließ der Unglückliche Tage und Nächte nach der Leiche seines Freimaurers suchen, und geleitet von einem eigenartigen Licht fanden die drei ersten Meister schließlich sein Grab. Fassungslos standen sie davor, bis einer von ihnen eine göttliche Eingebung hatte: Er riss einen Zweig von einem Akazienbaum und legte ihn auf den Erdhaufen. Aber hatte der Arme in seiner Todesnot das Erkennungswort verraten? Sie grübelten und grübelten, entschieden dann, sicherheitshalber ein neues Wort zu vereinbaren und außerdem dem Verstorbenen eine würdevollere Grabstätte zu besorgen. Noch eine göttliche Eingebung kam über sie: Das erste Wort, das während der Leichenausgrabung fiel, sollte das neue Erkennungswort sein. Sie krempelten die Ärmel ihrer Gewänder hoch und machten sich an die Arbeit, gruben und schwitzten, bis die Leiche vor ihnen lag. Aus unerfindlichen Gründen berührte einer der Meister den Zeigefinger des Toten. «Und seht! Die Haut löste sich und glitt ab.» Nummer zwei tat es ihm nach, mit dem gleichen Resultat. Nummer drei ergriff gleich die ganze Hand und hielt mit einem Mal das Fleisch in der eigenen, während ihm die Knochen weiß entgegenleuchteten. Die drei Männer trauten ihren Augen nicht. Es war doch unmöglich, dass sich der Körper schon nach so kurzer Zeit auflöste! Nachdem sich der Mutigste von ihnen davon überzeugt hatte, dass mit dem Rest des Körpers genau das Gleiche passierte, flüsterte er den anderen folgende Worte zu: *Menah belah.* Was so viel bedeutet wie: *Das Fleisch löst sich von den Knochen, der Körper hat sich aufgelöst.* Meine Güte, denkt Lena. Was für eine rationelle Sprache! Zwei Wörter müssen mit zwölf übersetzt werden! Aber das Erkennungswort war gefunden. Menah Belah.

Der Zeremonienmeister spricht mit eintöniger Stimme vor, Lena wiederholt seine Worte. Selbstverständlich bindet sich Andreas erneut an dieses Gelöbnis, beteuert sie, «... ohne auf Barmherzigkeit zu hoffen – so wahr Gott, der oberste Architekt, ihm helfe». Das Gelöbnis erneuern! Das fehlt gerade noch, geht es ihr durch den Kopf, und sie bemüht sich, kein allzu angeekeltes Gesicht zu machen.

Der Zeremonienmeister wendet sich von ihr ab und plötzlich herrscht Stille im Saal. Lena hat den Eindruck, dass nun eine Art kollektive Läuterung an der Reihe ist, jedenfalls sehen die Brüder alle ganz in sich gekehrt aus. Lenas Gedanken kehren zu König Salomo zurück. Wie ging die Geschichte nach dem Tod Adonirams weiter? So weit sie sich erinnert, wollte Salomo sich nach der Fertigstellung des Tempels für die Arbeit seiner fleißigsten und treuesten Meister erkenntlich zeigen. Er weihte sie in alle geheimen Baupläne ein, gab ihnen noch ein Erkennungswort, betraute sie mit der Überwachung des Tempels, gab ihnen ein Licht, das sie durch die Dunkelheit leiten sollte, einen Dolch im schwarzen Schulterband und einen Befehl: Verteidigt den Tempel! Rächt Adoniram! Ein frommer Wunsch, der Tempel wurde in den folgenden Jahren dauernd zerstört, es wurde eine Art «Volkssport» daraus. Aber die unermüdlichen Betrauten richteten ihn jedes Mal wieder auf, arbeiteten Tag und Nacht, die Schaufel in der einen, das Schwert in der anderen Hand.

Und dank einer glücklichen Fügung fanden sie nach jahrzehntelanger Suche das Grab des Adoniram. Unter einem Felsen. Man konstruierte einen Kran, biss die Zähne zusammen – und was fanden sie in dem Sarg? Den Hauptschlüssel zum Tempel selbstverständlich! Inklusive Aufzeichnungen und der Ursache allen Übels: nämlich den *Bauplan.*

Lena seufzt unterdrückt. Es fällt ihr schwer, den resignierten Ausdruck in ihrem Gesicht zu verbergen. Sie hat noch nie besonders viel Sinn für alttestamentarische oder neutestamentarische Räubergeschichten gehabt. Sie sind auch nicht besser als diese unsinnigen Intrigen in amerikanischen Seifenopern. Was bringt erwachsene Männer nur dazu, diese Storys für bare Münze zu nehmen?

Plötzlich kommt Bewegung in den Saal. Die kollektive Andacht muss vorüber sein, denn die Brüder erheben sich von ihren Stühlen und verlassen nach und nach den Saal. Jemand führt Lena in einen anderen Raum. Alleine. Es ist der Vorraum zur Meisterloge, ein kleines, rechteckiges Zimmer, in dem sich nichts außer einem Sarg befindet. Auf den Deckel ist das Pfand eingeritzt, das sie für den Eintritt in die Meisterloge benötigt. Diesmal ist es kein Akazienzweig, sondern *das ewige Salomosiegel, eine verwandelte Kelle, die geformt ist wie ein Dolch,* hatte ihr Vater geschrieben.

Lena spricht nach, was der Meister ihr vorsagt. Dann nickt er kurz und öffnet die Tür zum Allerheiligsten. Sie weiß aus den

Aufzeichnungen ihres Vaters, dass es viele solcher «Allerheiligsten» in diesem Gebäudekomplex gibt. Sechs, um es genau zu sagen. Mit den dazugehörigen Herrlichkeiten. Und alle sind sie verschieden eingerichtet und ausgeschmückt. Nur eins haben sie zu Lenas großer Erleichterung gemeinsam: das angenehm gedämpfte Licht.

Der Raum ist ein Quadrat voller Quadrate. Er hat eine getäfelte Decke aus massivem, dunklem Eichenholz, die von vier glatten Balken in quadratische Flächen aufgeteilt wird. Das gleiche Muster wiederholt sich sowohl hinter dem Altar als auch auf dem Fußboden.

Rechts von ihr steht der Galgen. Oder Baukran, wie die Konstruktion in diesem Milieu genannt wird. Der ist zu klapprig, um jemanden dran aufzuhängen, denkt Lena, außerdem ist er nicht hoch genug, es sei denn, der Betreffende zieht die Beine an. Aber da hört der Spaß bei ihr auf. Trotz alledem ist es ein schöner Galgen, reichlich verziert mit Filigranarbeit. Doch als Lastenheber wirkt er völlig unbrauchbar.

Vier Säulen markieren den Altarbereich. Lena versucht sich alle Einzelheiten des Raumes einzuprägen. Ob der Heizkörper da drüben in der Ecke auch eine symbolische Bedeutung hat? Des Fegefeuers ewige Hitze vielleicht? Auf dem weißen Marmorkubus, der mitten auf dem Teppich liegt, leuchtet ein rotes Andreas-Kreuz. Es hat eine Gravur: das Ewige Salomosiegel – ihr Pfand. Die anderen Symbole auf dem Marmorblock kann sie nur erahnen. Die Rose, den Akazienzweig, den Zirkel. Den Schädel, die Axt, das liegende Schwert. Das Zeichenbrett, den goldenen Kelch, das Winkelmaß. Den siebenarmigen Leuchter und nicht zu vergessen den Hauptschlüssel zu König Salomos Tempel.

Lena schließt die Augen. Sie hat genug gesehen. Jetzt können die da vorne ruhig anfangen, denn ihr Bartwuchs, der diesmal nicht aufgepudert, sondern angeklebt ist, fängt an zu jucken. Aber sie traut sich nicht, mit den weißen Handschuhen übers Kinn zu reiben. Viel mehr Sorgen macht ihr außerdem dieses wohl bekannte Ziehen im Unterleib. Sie bekommt ihre Tage, und wenn die da vorne sich nicht beeilen, macht sie bald ihr eigenes Andreas-Kreuz auf den Stuhlsitz. Für den Fall, dass sie damit Verwirrung unter den Herren stiftet, nimmt sie sich vor, Hämorrhoiden vorzuschieben. Das müsste doch glaubhaft klingen!

Das Startsignal wird gegeben. Unter sachkundiger Anleitung tritt sie die vier Reisen an. Die aufmunternden Zurufe der anderen begleiten sie. Sie erfährt, dass der Tempel zerstört ist. Alte Neuigkeiten, mein Junge, denkt Lena. Genau wie die Geschichte über den Grundstein, den man völlig unbeschadet unter den Ruinen wiederfindet. Lena hat Lust, die Arme auszubreiten und den nächsten Satz vorwegzunehmen: «Und auf diesem Grundstein soll der neue Tempel entstehen!» Aber wer weiß, was dann passieren würde? Vielleicht glauben die Brüder dann, sie habe hellseherische Kräfte, und knüpfen sie doch noch an dem Galgen auf – oder platzieren sie neben die barbusige Göttin?

Zum Schluss bekommt sie noch einen frommen Wunsch mit auf den Weg; sie möge ein vollkommener Meister in diesem Tempel werden. Das nehme ich gerne entgegen, Freunde, denkt sie, aber Judas wird keinen einzigen Stein für euer Projekt schleppen. Habe noch nie mit Lego gespielt. Keine Albernheiten mehr, Lena!, ermahnt sie sich. Konzentrier dich lieber auf deine Rolle. Aber es gelingt ihr nicht, sie braucht den Abstand, die ironische Distanz zu ihrer Rolle, zum Publikum und nicht zuletzt zu dem Akteur Andreas.

Zwei Schwerter streifen rasch an ihrer Hemdbrust vorüber, und sie spürt, wie sich ihre Brustwarzen vor Schreck zusammenziehen. Der Typ mit dem Schwert, der links von ihr steht, symbolisiert die Vernunft und der andere rechts von ihr das Gewissen. Nur keine Aufregung, redet sie im Stillen ihren verängstigten Brüsten zu. Das hier ist nicht der Auftakt zu einer sadomasochistischen Orgie.

«Vernunft» und «Gewissen» wenden sich von ihr ab, schlagen ihre Schwerter auf die Filigranverzierung des Galgens. Stahl auf Stahl – der Laut klingt hart in der dichten Atmosphäre des Zimmers.

Mit einem leicht flauen Gefühl in der Magengegend vollzieht Lena das Schrittritual des Meistergrades, wieder begleitet von den Zurufen der Meister, die in ein eintöniges, unverständliches Gemurmel ausarten. Das Ritual symbolisiert, dass sie das Licht in die Welt hinausträgt, welches nun in ihr leuchtet.

Unter dem Galgen legt sie den Meister-Schwur ab. Während sie wie ein folgsames Kind die Worte wiederholt, die ihr vorgesagt werden, bekommt sie plötzlich das Gefühl, dass ihr die Luft zum Atmen knapp wird. Die Gegenstände verschwimmen vor ihren Augen. Sie blinzelt und starrt angestrengt in den Raum. Aber dort bewegt sich nur eine Nebellandschaft von schwankenden, schwarzen Gestalten, vor und zurück, wie wogendes Schilf. Nein!, denkt sie panisch. Fall jetzt bloß nicht in Ohnmacht! Sie schluckt, versucht sich zu konzentrieren. Aber der Boden unter ihren Füßen beginnt zu schwanken, sie streckt eine Hand nach dem Galgen aus, um sich festzuhalten. Als sie das kühle Metall auf der Innenfläche ihrer Hand spürt, kommt sie schlagartig zu sich, und der Raum hat wieder fest umrissene Konturen, konkrete Quadrate.

Der Zwischenfall dauerte nur wenige Sekunden. Dennoch haben die meisten Anwesenden das vorübergehende leichte Unwohlsein des Aspiranten bemerkt. Lena registriert, dass der Zeremonienmeister sie stirnrunzelnd ansieht, nickt ihm beruhigend zu. Gott sei Dank, es ist vorbei, denkt sie erleichtert. Ohnmächtig werden – das ist das Letzte, was mir jetzt passieren darf. Sie wischt sich einen Schweißtropfen von der Stirn, sieht mit Entsetzen, dass ihr weißer Handschuh Farbe angenommen hat.

Plötzlich kommt jemand auf sie zu, ein gut aussehender, junger Mann, der verschiedene Gegenstände auf einem Kissen vor sich herträgt. Er bleibt einen halben Meter vor ihr stehen. Lena fühlt sich überrumpelt, davon hatte der Vater nichts geschrieben. Oder doch? *Der Aspirant bekommt dann ein blutrotes Schulterband.* Stimmt genau, es ist das Schulterband und der Halsschmuck des Meistergrades, feierlich überreicht von einem schönen Mann. Er hängt ihr das Andreas-Kreuz um den Hals. In der Mitte des Kreuzes ist der Apostel selbst platziert, und die Rückseite birgt das eingravierte Wort *Salomosiegel.* Während er ihr den alten Schmuck abnimmt, sieht er ihr in die Augen, und ein flüchtiges Lächeln geht über sein Gesicht.

Lena presst die Lippen zusammen, wagt kaum zu atmen. Hätte ich doch Andreas' Rasierwasser benutzt, denkt sie reumütig. So dicht, wie er vor mir steht, merkt er vielleicht an meinem Schweiß- und Körpergeruch, dass ich eine Frau bin. Als sie aufsieht, begegnet sie dem Blick seiner braunen Augen. Sein Gesicht kommt ihr irgendwie bekannt vor, und sie spürt, dass auch er sie einen kurzen Moment lang irritiert anstarrt. Rasch schlägt Lena den Blick nieder. Er tritt einen Schritt zurück, ein schwaches Nicken, und er wendet sich zum Gehen.

Im trüben Lichtschein einer Lampe sieht sie die Umrisse seines Körpers, und ihr geht mit einem Mal auf, warum ihr dieser Mann so bekannt vorkommt. Er war es, den sie unter der Straßenlaterne vor dem Haus hat stehen sehen, an dem Abend, als sie zu Andreas wollte. Er war es auch, der oben in der Wohnung ihres Bruders war und beim Weggehen die Tür nicht abgeschlossen hat. Ob er auch derjenige war, der gestern Abend Andreas besucht hat? Und der sein Arzt ist?

Ihre Knie zittern vor Angst. Verdammt, wie konnte sie nur so dumm sein und ihm in die Augen sehen? Ein Blick kann so entlarvend sein, da hilft die beste Maske nicht. Bisher waren alle diese Männer eine einzige schwarz gekleidete Masse für sie gewesen, einige klein, andere groß, dick oder dünn. Sie hätte keinen von ihnen auf der Straße wiedererkannt. Bis auf *ihn.* Sie spürt seine Blicke, als er sich wieder zu den anderen stellt. Hat er sie durchschaut? Wenn ja, warum lässt er sich dann nichts anmerken? Stattdessen steht er nur bewegungslos da und betrachtet sie – betrachtet Andreas.

Wie in Trance erlebt Lena den Fortgang der Zeremonie. Zwei Männer treten auf sie zu, drehen sie in Richtung Galgen, legen ihr die Arme über Kreuz, legen ihr ein Band um das rechte Handgelenk. Sie zuckt zusammen vor Schmerz, als einer von ihnen ihre Wunde streift. Dann wird das Band am Galgen befestigt, und in dieser Stellung wiederholt sie die Versprechen, die sie als Freimaurer und Andreas-Meister geben muss. Sie schließt die Augen, konzentriert sich auf den tieferen Klang, der die Stimme ihres Bruders von der ihren unterscheidet. Die Worte peitschen auf sie ein, Worthülsen ohne Inhalt, reine phonetische Werte, die nur bruchstückhaft in ihr Gedächtnis dringen. «... gelobe ich Treue ... gebe meine ganze Kraft ... mein Leben ... meinen Einfluss ... kämpfe für die Prinzipien des Freimaurerordens ...»

Es folgt die Einführung in die Geheimzeichen. Die Mitbrüder bilden einen Halbkreis um Lena. Als sie in ein Paar brauner Augen blickt, wendet sie sich rasch ab. Der Meister zieht an dem Band, führt so ihre Hand über den Kopf, wiederholt die gleiche Bewegung dreimal. Lena beißt vor Schmerz die Zähne zusammen. Dann wird das Band entfernt und sie ist ein würdiger Andreas-Meister. Mit dem Gelöbnis, auf ewig dem Wiederaufbau des Tempels zu dienen und selbst Teil dieses mächtigen, unüberschaubaren Werkes zu werden. Ein Bauwerk, das langsam in ihrem Kopf konkrete Formen annahm. Allmählich begann sie zu begreifen, worum es ging. Solange es Menschen gab, hatten sie immer in Gleichnissen und Symbolen gedacht. Die Freimaurer machten da keine Ausnahme, ganz im Gegenteil: Sie verpackten ihre Botschaften, ihre Prinzipien in alttestamentarische Symbolik. Was kümmerte die Spitzenleute aus Wirtschaft und Gesellschaft der Wiederaufbau des salomonischen Tempels – ein völlig unrentables und hoffnungsloses Projekt? Das konnte doch alles nur sinnbildlich gemeint sein! Aber was stand dahinter?

Irgendetwas stimmt nicht. Irgendetwas ist faul an der ganzen Sache, stinkfaul. Der Vater und seine «Bibel» kommen ihr in den Sinn – ist er der Einzige gewesen, der diesen pseudoreligiösen Quatsch ernst genommen hat? Was war mit den Anwesenden? Hatten sie die gleiche Bibel? Waren sie auch verrückt? Oder hatten sie keine Ahnung von der Ideologie dieses Vereins, waren nur Verführte, Opfer des schönen Geredes über edle Werte und Traditionen, Brüderlichkeit, Charakterbildung? Es musste so sein, es war die einzig vernünftige Erklärung. Denn hätten sie die kritischen Bücher gelesen, die auf dem Speicher des Vaters herumlagen, hätten die meisten von ihnen schon längst das Weite gesucht. Welcher normale, aufgeklärte Mensch begab sich schon freiwillig in die Fänge einer Organisation, die absolute Hörigkeit und Unterordnung verlangte?

Zum Abschluss der Zeremonie wird *Das Große Notzeichen Kainan* wiederholt. «Zu mir, dem Kind der Witwe von Naphtali», murmelt Lena im Chor mit den anderen, die Hände zu einem Dreieck vor der Stirn geformt. Mittlerweile weiß Lena, dass die Freimaurer gemeint sind; sie sind die Nachkommen der Witwe. Sie hört, wie der Großmeister vor Missbrauch des Zeichens warnt. Es darf nur in äußerster Not benutzt werden.

Lena sieht wieder den Bruder vor sich, auf dem Sofa sitzend. Wusste er, was er tat, als er das Zeichen formte? Und falls er es wusste, warum glaubte er, es zu brauchen? Der Gedanke jagt ihr einen kalten Schauer über den Rücken. Sie zieht es vor, seine Reaktion auf das Fieber zu schieben.

Als das Signal zum Aufbruch gegeben wird, atmet Lena erleichtert auf. Jetzt hat sie nur noch einen Gedanken: so schnell wie möglich hier raus! Wenn ich nicht auf der Stelle verschwinde, kriege ich einen Schreikrampf, denkt sie und hastet nervös an den anderen vorbei in Richtung Ausgang. Auf der Treppe kommen ihr drei Männer entgegen. Sie versperren ihr den Weg. Karate, schießt es ihr durch den Kopf. Warum habe ich Idiotin nie Karate gelernt? Es sind der Großmeister und der Mann mit den braunen Augen. Den Dritten hat sie noch nie gesehen. Der Meister legt ihr eine Hand auf die Schulter. «Geht es jetzt besser, Krane Löss?», fragt er mit einem väterlichen Lächeln. «Ich habe gemerkt, dass dir da drinnen eine Weile nicht ganz wohl war.» Sie nickt, zwingt sich ihrem Gegenüber in die Augen zu sehen. Er stellt ihr den Fremden vor, und ihr geht im selben Moment auf, dass er der angekündigte Ehrengast ist.

«Ich habe ihm schon berichtet, dass Sie fließend Deutsch sprechen», sagt der Meister, «und mich entschuldigt, dass meine Sprachkenntnisse sich auf Englisch und Französisch beschränken.»

«Meinen Glückwunsch», sagt der deutsche Baron und reicht Lena die Hand. Sie steht wie erstarrt. Deutsch! Sie kann kein Deutsch! Mühsam ringt sie sich ein Lächeln ab und erwidert den Händedruck, murmelt ein *danke.* Als er gerade erneut zum Sprechen ansetzen will, kommt Lena ihm zuvor, stammelt eine Entschuldigung. Sie habe einen Rückfall erlitten und sei so schwach, dass sie sich kaum auf den Beinen halten könne, erklärt sie mit gequälter Miene und hustet angestrengt.

Der Meister runzelt die Stirn. «Das ist bedauerlich», sagt er. «Außerordentlich bedauerlich, dass Krane Löss die festliche Zusammenkunft verpasst.» Lena nickt, hustet so stark, dass ihr Gesicht rot anläuft. «Es tut mir wirklich Leid», wiederholt sie und drängt sich an den Männern vorbei die Treppe hinunter.

«Hey, dein Mantel!», hört sie jemanden rufen. Als sie sich umdreht, sieht sie den «Braunäugigen» mit Andreas' Überzieher auf sich zukommen. «Soll ich dich nach Hause fahren?», fragt er, als er ihn ihr überreicht. Sie schüttelt schweigend den Kopf, wendet sich rasch zur Eingangstür. Bevor sie hinausgeht, sieht sie sich noch einmal um, erntet ein kurzes, reserviertes Nicken. Lena nickt zurück und schließt die Tür hinter sich. Sie saugt tief die feuchte Luft durch die Nase ein. Ein Passant wirft ihr einen fragenden Blick zu.

«Freiheit, ich bin in Freiheit!» Die melodramatischen Worte haben eine grausame Berechtigung. Lena zuckt zusammen. Ging gerade die Tür hinter ihr auf? Nein, pure Einbildung, sie ist geschlossen. Aber jetzt nichts wie weg. Joschas Schuhe sind wie geschaffen zum Laufen, so ausgelatscht und weich. Aber ihre Schritte sind unsicher, die Beine heute Abend ganz und gar nicht auf schnelle Fortbewegung eingestellt. Im Laufen stößt sie gegen eine rotweiß gestreifte Absperrung und stürzt um ein Haar in einen tiefen Graben. Taumelnd sucht sie Halt, der Mantel rutscht ihr vom Arm und fällt in das Loch. Im letzten Moment packt eine rettende Hand sie an der Schulter und zieht sie zurück. «Teufel!», hört sie jemanden sagen. «Der Teufel soll solche wie dich holen. Eigentlich hättest du mit der Schnauze zuerst da reinplumpsen müssen.» Lena dreht sich in die Richtung, aus der die freundlichen Worte kommen. Dort steht jemand, der offensichtlich selbst Probleme mit dem Gleichgewicht hat. Er sieht sie aus blutunterlaufenen Augen an. «Danke», sagt sie, «vielen Dank.» Er murmelt irgendetwas Unverständliches und hält eine Hand auf. «Das Dankeschön kannst du hier reinlegen», lallt er. «Aber nicht weniger als die Reinigung deines Affenkostüms da kostet.» Sie versteht, holt einen Schein aus der Tasche und steckt ihn dem Mann zu. «Danke, Kamerad», sagt er und verschwindet über die Straße. Als Lena ein Taxi vorbeifahren sieht, winkt sie es hektisch heran und vergisst den Mantel, der im Graben liegt.

Die Wohnungstür schlägt mit lautem Krachen zu. Lena hofft, dass ihr Bruder davon wach wird. Wenn nicht, wird sie ihn wachrütteln, um ihn in das Schreckenskabinett dieses und des ersten Abends einzuweihen. Der Gedanke, dass Andreas dieser dubiosen Männerrunde angehört, macht sie rasend vor Wut. Selbst wenn er noch weniger Konkretes über die Organisation weiß als sie – irgendetwas von dem entsetzlichen Unbehagen, das sie heute Abend gequält hat, muss auch er empfinden. Denn es war nicht nur die Angst vor der Entlarvung, die ihr den eiskalten Schweiß aus den Poren trieb, die sie fast in Ohnmacht fallen ließ. Was hätte ihr schon passieren können, wenn man entdeckt hätte, dass sie eine Frau ist? Nein, es war die gesunde Reaktion ihres Körpers auf eine ausgefeilte, planmäßige Gehirnwäsche. Sie ist gefangen gewesen, wie gebannt, hat sich willenlos auf vorgegebenen Linien in einer streng geordneten Welt aus Quadraten bewegt, dem einschmeichelnden Klang einer Stimme gehorchend. Männer, die von sich selbst glauben, alle Fäden ihres Lebens in der Hand zu haben, werden manipuliert. Männer, die mit Hilfe von Geld, Ausbildung, Macht und Einfluss immer höher auf der Karriereleiter steigen. Aber eine solche Machtpyramide, wie die Loge sie anbietet, kommt ihrem Streben wohl entgegen. Sie verweist jeden auf den ihm angemessenen Platz auf der Leiter. Alles muss schließlich seine Ordnung haben, im Interesse der Gemeinschaft und der Menschlichkeit. Lena schnaubt vor Zorn.

Sie stößt die Tür zum Wohnzimmer, auf und will gerade zum Reden ansetzen, als sie feststellt, dass niemand da ist. Das Sofa ist leer. Lena dreht sich hastig um und steuert das Schlafzimmer an, reißt die Tür auf. Ein Hemd und eine Jacke liegen auf dem Bett. Andreas ist nicht hier. Das Bett ist sorgfältig gemacht, wahrscheinlich von der Haushaltshilfe. Die säuberlich zusammengelegten Kleidungsstücke deuten nicht gerade darauf hin, dass ein großes Drama stattgefunden hat. Als Lena hinaus in den Flur tritt, sieht sie sich mit einem männlichen Wesen konfrontiert. Ihrem Spiegelbild. Aus einem Spiegel, der vom Boden bis zur Decke reicht. Sie tritt einen Schritt zurück, legt die Hand zum Gruß gegen die Stirn. Er grüßt höflich zurück. Ich werde ihm ein paar Geheimzeichen beibringen, denkt sie. Andreas lernt schnell, alles sitzt beim ersten Versuch. «Du Narr!», stößt sie hervor und schneidet ihrem Spiegelbild eine Grimasse. «Genau so äffst du wohl auch jeden Schwur nach!»

«Lena?», ertönt die Stimme ihres Bruders aus der Bibliothek. Dort sitzt er also, der Papagei, der frisch gebackene Sankt-Andreas-Meister Andreas. Sie macht die Tür auf. Das Zimmer ist nur schwach von einer Lampe erleuchtet, die hinter dem Schreibtisch steht. Lena erkennt gerade die Silhouette des Mannes, der im Morgenrock am Schreibtisch sitzt, beide Arme auf die Eichenplatte gestützt. Er zieht die Arme zurück, strafft den Rücken. Vater, denkt sie, diese Silhouette gehört Vater! Genau so hat er zu Hause hinter seinem Schreibtisch gesessen. Dann hört sie einen schwachen, unterdrückten Laut, einen Ausruf des Erstaunens. Andreas hat sein Spiegelbild entdeckt. Ohne Spiegel.

«Gratuliere, Meister Sankt Andreas«, sagt sie spöttisch, reißt ihren Schulterschmuck ab und schleudert ihn dem Bruder entgegen. «Ich war heute Abend in der Freimaurerloge, im Meistersaal. Habe mir erlaubt, meinen kranken Bruder zu vertreten.» Sie sieht ihn abwartend an, aber sein Gesicht liegt im Schatten.

«Ich habe die Wanderungen und Reisen für dich übernommen», fährt sie fort. «Und habe alle Schwüre und Gelöbnisse abgelegt. Kein Mensch hat Verdacht geschöpft.» Glaube ich jedenfalls, fügt sie in Gedanken hinzu. «Aber jetzt will ich mit dir darüber reden, okay.» Als sie ihre Jacke abstreifen will, bleibt das Futter in einer scharfen Kante des Andreas-Kreuzes hängen.

Sie geht einen Schritt auf die stumme Gestalt hinter dem Schreibtisch zu. «Es war Ekel erregend!», schleudert sie ihm entgegen. «Es war einfach widerwärtig!» Ungeduldig reißt sie an der Jacke, die sich in der Kette verfangen hat. Auch der Versuch, die Schnur über den Kopf zu ziehen, scheitert an ihrer Nervosität. «Hörst du?», schreit sie ihn an. «Ekel erregend! Begreifst du eigentlich nicht, was da abläuft?» Sie lässt die Jacke baumeln, geht näher auf ihn zu, redet mit drängender Stimme auf ihn ein. «Weltweite Freimaurerei, stand in Vaters Büchern geschrieben. Eine unsichtbare, unvorstellbare Macht. Eine Bruderschaft, die überall ihre Helfershelfer hat. Verpackt in Glanz und Glitter, schöne Worte über eine humanitäre Organisation. Einen ganzen Tag habe ich zu Hause auf dem Speicher mit der Lektüre über diese unschuldige, wohltätige Vereinigung verbracht. Wußtest du, dass sich Vater eine kleine Bibliothek über den Freimaurerorden zugelegt hatte? Ja, auch Bücher mit kritischem, sogar polemischem Inhalt? Und seitenlange Beschreibungen aller Zeremonien, detaillierte Pläne der einzelnen Säle? Ja, ja, der alte Krane Löss machte keine halben Sachen, er war die Gründlichkeit in Person!»

Sie spürt, wie sich das Band immer strammer um ihren Hals legt. Die Handschuhe, sie muss die hinderlichen Handschuhe ausziehen. Hastig streift Lena sie ab, wobei sich auch der Verband von der Hand löst. Sie flucht vor Schmerz, sieht Blut auf den makellosen weißen Handschuhstoff tropfen und zu einem unförmigen Andreas-Kreuz zerlaufen. Endlich lässt sich der Halsschmuck mit der Jacke über den Kopf streifen. Er fällt mit einem metallischen Laut zu Boden, bleibt malerisch neben den Handschuhen liegen.

«Andreas, warum?» Er antwortet nicht. «Andreas», fährt sie mit sanft beschwörender Stimme fort, «warum konntest du deine Briefe nicht im Klartext schreiben? Sodass ich verstehen konnte, worum es eigentlich ging. Warum hast du mir nicht wenigstens die Chance gegeben, dir zu helfen? Deine Briefe waren so wirr, dass ich glaubte, du seist in eine unglückliche Liebe verstrickt. Und wie hätte ausgerechnet ich dir da raushelfen sollen?» Ihr Bruder verzieht keine Miene, zeigt keine Reaktion. «Bitte, sag mir, wie du da reingeraten bist. Du hast Vaters Verbindung zu den Freimaurern doch immer so gehasst!»

Sie sieht ihn flehentlich an, in der Hoffnung, ihm ein Wort, einen Satz zu entlocken. Aber er sitzt wie zu einer Statue erstarrt da, von dem gleichen kränklich-säuerlichen Geruch umgeben, den sie in letzter Zeit so oft an ihm wahrgenommen hat. Er hängt wie eine Wand zwischen ihnen, zwingt sie stehen zu bleiben. Was ist nur los?, fragt sich Lena. War der Schreck mich so verkleidet zu sehen, vielleicht zu groß? Sie gibt sich einen Ruck und streckt zögernd eine Hand aus, um Andreas zu berühren.

Plötzlich packt er sie an der Schulter, und bevor sie reagieren kann, stößt er sie mit aller Kraft von sich. Lena kracht gegen eine dunkle Eichenholzvertäfelung, reißt eine Tiffany-Lampe mit sich und sinkt zu Boden, fassungslos, ja fast erleichtert darüber, dass ihr Bruder überhaupt eine Reaktion gezeigt hatte. Wehgetan hat sie sich nicht, Andreas hat noch nie besonders viel Kraft gehabt. Aber warum ist er plötzlich so aggressiv? Lena bleibt an der Wand hocken, will Zeit gewinnen. Andreas sitzt in unveränderter Haltung auf dem Schreibtischstuhl.

Ist der Schock, sie in seiner Gestalt zu sehen, denn so überwältigend gewesen? Möglich wäre es. Aber wahrscheinlich ist er eher stocksauer über meinen gewagten Auftritt in der Loge, denkt sie betreten. Verständlicherweise, schließlich habe ich mich vehement in sein Leben eingemischt. Oder war es Wut und Enttäuschung darüber, dass sie nun in Dinge eingweiht ist, die eigentlich ihm vorbehalten waren? Lena ist ratlos. Vielleicht richtet sich sein Zorn ja auch gegen die Freimaurer und er zweifelt an dem ganzen System. Oder er hat schlicht und ergreifend Angst um seine Schwester ...? Wohl kaum, schiebt sie den Gedanken beiseite. Das ist nur ihr Wunschdenken. Es passt nicht zu der Person, die dort im Lichtkegel der Lampe sitzt.

Sie richtet sich auf, fest entschlossen, den Moment seiner Entgleisung zu nutzen. Den Moment, in dem der wohlerzogene Andreas seine gute Kinderstube vergessen und seine Schwester angegriffen hat. Sie fragt, drängt, überredet, provoziert, bittet, fleht.

«Wie stehst du zur Freimaurerei, was bedeutet die Bruderschaft für dich? Antworte doch!»

Wieder keine Reaktion. Lena geht kurz entschlossen zur Tür und schaltet die Deckenbeleuchtung an. Die große Lampe verbreitet unbarmherzige Helligkeit. Aber Andreas rührt sich nicht, seine Augen starren ins Leere.

«Kapierst du denn überhaupt nichts?», schleudert sie ihm entgegen. «Verdammt noch mal, wenn du sauer bist, weil ich dich hintergangen habe, dann sag es doch! Schrei mich an, verfluch mich von mir aus! Aber sag was!»

Er bleibt stumm, keine Regung spiegelt sich auf dem zur Maske erstarrten Gesicht. Wie eine Sphinx sitzt er da, die ihr Geheimnis niemals preisgibt. Lena wird immer unbehaglicher zumute. Sie spürt, wie es an ihr hinaufkriecht, krabbelt, mit seinen spitzen Krallen. Das Angst-Tier. Die Stille, die eisige Kälte, die von ihrem Bruder ausgeht, ist unerträglich. Tausend Gedanken jagen ihr durch den Kopf, prallen aufeinander, stieben wieder auseinander. Nein!, denkt sie panisch. Das will ich nicht, ich lasse mich nicht in den Wahnsinn treiben, noch nicht mal aus Liebe zu Andreas. Ich lasse mich nicht von ihm runterziehen, von diesem Fremden, der nicht mehr mein Bruder ist. Mit geballten Fäusten bleibt sie stehen, traut sich nicht, näher an ihn heranzugehen. Und dafür hast sie ihn, hasst ihn grenzenlos.

«Du», beginnt sie mit bebender Stimme. «Du bist ein gefährlicher Träumer. Ein nüchtern kalkulierender, gefährlicher Träumer. Einer, der sich an den Fäden ziehen lässt und selbst Fäden zieht. Einer, der die Gesellschaftsordnung untergräbt wie ein Maulwurf die Erde, einer, der glaubt, dass Jesus verheiratet war und den Heiligen Gral hinterließ – befruchtete Gebärmutter, volkstümlich gesagt. Das verdammte Geheimnis von Jesu Dynastie bewacht ihr also, was? Ihr veranstaltet Zeremonien und Rituale, obwohl es eigentlich um etwas völlig anderes geht – nämlich um Macht!» Sie stößt die Worte verächtlich hervor. «Um Kontrolle! Elite, Herrschaft. Ihr braucht die straffe Organisation des Ordens, um eure Schäflein beisammen zu halten. Pfui Teufel! So eine Sekte wäre schon längst ausgestorben, wenn nicht mehr dahinter stünde, nämlich eine Geld- und Machtelite!»

Außer sich vor Wut und Erregung tritt sie gegen das Andreas-Kreuz, das auf dem Boden liegt, sieht, dass ihre Wunde wieder blutet und das Hemd rote Flecken hat. Sie streift es über den Kopf, wickelt fieberhaft ein Taschentuch um ihre Hand. Dann zieht sie Schuhe und Strümpfe aus. Die eleganten Hosen wirken ohne das weiße Hemd und die blank polierten Schuhe irgendwie verloren an ihrem Körper. Einen Augenblick später steht Lena in Unterhose und T-Shirt da. Genüsslich versetzt sie dem Kleiderhaufen auf dem Boden einen kräftigen Tritt. Eine psychologisch leicht durchschaubare Reaktion, geht es ihr gleichzeitig durch den Kopf. Anstatt meine Wut an Andreas auszulassen, müssen die Klamotten als Ventil herhalten.

«Andreas?»

Seine Haltung ist unverändert. Lena atmet tief durch, zwingt sich zur Ruhe. Sie resigniert, entscheidet sich einfach abzuwarten, genau wie er schweigend in der gleichen Stellung zu verharren. Irgendwann muss er doch etwas sagen, etwas tun. Minuten vergehen. Plötzlich zerreißt das Klingelzeichen die Stille. Lena zuckt zusammen, sieht, dass auch Andreas vor Schreck zusammenfährt. Sie hält den Atem an, horcht. Es klingelt noch einmal. Zweimal kurz hintereinander, drängend. Lena schaltet die Deckenbeleuchtung aus, fühlt sich so sicherer. Dann hört sie ein Geräusch. Herrgott! Sie hat vergessen abzuschließen! Die Wohnungstür geht auf.

Sie hört Stimmen im Flur. Also sind es mehrere. Lena sieht sich verzweifelt nach einer Fluchtmöglichkeit um. Es gibt keine, es sei denn, sie springt aus dem Fenster. Schritte nähern sich der Bibliothek, jemand ruft nach Andreas. Ihr Blick fällt auf den runden Tisch mit der langen, schweren Stoffdecke. Die Rettung! Zu spät, die Tür geht auf und der Schatten eines Mannes breitet sich in den Raum aus. Lena tritt einen Schritt zurück und findet sich hinter einem Vorhang wieder. Das Herz klopft ihr bis zum Hals. Es ist eine Portiere, die eine Tür verdeckt, registriert sie überrascht. Sie wagt kaum zu atmen. Durch einen schmalen Vorhangspalt kann sie die beiden Männer sehen. Es sind der Vicarius des Weisesten Salomo und der jüngere Mann mit den braunen Augen. Er trägt Andreas' Mantel über dem Arm. Erst jetzt fällt ihr wieder ein, dass sie den in dem Straßengraben vergessen hat. Wenn es nicht schon längst passiert ist, dann kommt spätestens jetzt alles raus, denkt Lena. Ihr Bruder sitzt noch immer wie festgefroren hinter dem Schreibtisch. Sie sieht, wie die beiden einen raschen Blick tauschen, den irritierten Ausdruck im Gesicht des Großmeisters, als er den Kleiderhaufen am Boden entdeckt.

«Was in aller Welt . . .?» Er stockt, sieht seinen Begleiter fragend an. Der andere schweigt, weitet sich mit nervösen Fingern den Kragen.

«Densholm», spricht der Großmeister ihn an. «Ich glaube, Krane Löss ist sehr krank.»

Er bückt sich und hebt das Band mit dem Andreas-Kreuz auf, das er Krane Löss vor ein paar Stunden um den Hals gelegt hat, glättet es und legt es auf einen Stuhl. Densholm steht über Andreas gebeugt, legt eine Hand auf seine Schulter und schüttelt ihn leicht. «Andreas», sagt er leise. «Was ist mit dir? Soll ich einen Arzt holen?»

Andreas schüttelt den Kopf. «Nein», erwidert er mit brüchiger Stimme. «Ich bin nur so müde.»

Der Großmeister sieht sich plötzlich im Zimmer um. «Es riecht so merkwürdig hier, finden Sie nicht auch?» Der andere nickt.

O Gott, denkt Lena. Hoffentlich sehen sie nicht hinter dem Vorhang nach. Sie hat das Gefühl, dass ihr Körpergeruch verräterisch stark ist. Kalter Schweiß rinnt ihr aus allen Poren und ihre nackten Füße sind eiskalt. Noch so eine Bemerkung des Großmeisters und mir gefriert das Blut in den Adern. Sie hört ihn ankündigen, dass sie noch eine Weile bleiben, ohne zu fragen, ob es erwünscht ist. Zuerst wollen sie dem Bruder ins Bett helfen – falls er erlaubt? Ist er sicher, dass er keinen Arzt braucht? Nun gut, dann eben nicht. Aber sie wollen ihn auf keinen Fall jetzt allein lassen. Und morgen wird so früh wie möglich Mitbruder und Doktor Thy-Hanssen nach Krane Löss sehen. Was der Großmeister sagt, klingt bestimmt und autoritär und niemand widerspricht. Doch als die beiden Männer Andreas aus dem Stuhl hochhelfen wollen, weigert er sich. Lena sieht, wie er sich mit beiden Händen krampfhaft an der Tischplatte festhält. Ratlos stehen die beiden Männer vor ihm. Dann legt Densholm eine Hand auf Andreas' verkrampfte Faust. «Andreas», sagt er. «Wir wollen dir doch nur ins Bett helfen. Du brauchst jetzt Ruhe und Schlaf. Morgen können wir miteinander reden, wenn du willst.» Seine Stimme ist sanft und beruhigend. Andreas löst seinen Griff und stützt sich beim Gehen auf die beiden Männer.

«Ins Wohnzimmer», hört Lena ihren Bruder sagen, als sie die Zimmertür hinter sich zuziehen. «Ich will mich aufs Sofa legen.»

Ich muss von hier verschwinden, geht es ihr panisch durch den Kopf. Aber wohin? In ein anderes Zimmer? Katz und Maus mit den Eindringlingen spielen? Sie hat keine Wahl. In T- Shirt und Slip kann sie nicht auf die Straße gehen. Es bleibt auch keine Zeit zum Anziehen, die Männer kommen in die Bibliothek zurück. «Das ist wirklich schlimm», hört sie den Großmeister sagen. «In unseren Kreisen hätte ich das von niemandem erwartet.» Seufzend lässt er sich auf dem Schreibtischstuhl nieder und gebietet dem anderen mit einer Handbewegung, ebenfalls Platz zu nehmen. Lena zieht ihren Kopf von dem Vorhangspalt zurück. Densholm sitzt genau in ihrer Blickrichtung. Wer weiß, es gibt Menschen, die spüren, wenn sie jemand beobachtet.

Der «höchste Vorgesetzte, Führer und Befehlsherr, höchst erlauchte Ritter und Kommandeur des roten Andreas-Kreuzes» Herman Klausen sitzt tief in Gedanken versunken. Dank seines scharfen, geschulten Verstandes ist es ihm möglich, jedwede Situation rasch zu erfassen und zu analysieren. Doch diesmal will es nicht gelingen, ihm fehlen Informationen. Sein Blick heftet sich auf Densholm, den gut aussehenden, ja schönen Mitbruder, der, den Kopf in die Hände gestützt dasitzt, kraftlos wie ein alter Mann. Vielleicht kann er ihm mit ein paar Informationen weiterhelfen. Er und Krane Löss sehen sich doch auch außerhalb der Loge, soweit er weiß.

«Wussten Sie, dass Krane Löss drogenabhängig ist?», fragt er unvermittelt und sieht seinem Gegenüber forschend in die Augen.

Densholm zuckt unmerklich zusammen. «Nein, Herrgott, das hat er nie ... das glaube ich nicht ... wie sollte er», stammelt er und schüttelt den Kopf.

«Erzählen Sie mir über ihn», sagt Herman Klausen. «Sie hatten doch guten Kontakt zueinander, nicht wahr?» Merkwürdig, geht es ihm gleichzeitig durch den Kopf. Jemand aus unseren eigenen Reihen muss versagt haben, denn bei der

Aufnahme zum Meister-Grad gab es nur positive Stimmen über Krane Löss.

«Tja, Kontakt», antwortet Densholm zögernd. «Früher hatten wir mehr Kontakt, den gleichen Freundeskreis und gemeinsame Hobbys. Aber im letzten Jahr hat Andreas sich zurückgezogen, hat viel gearbeitet, oft noch bis spät in die Nacht.»

Woher weiß er das, fragt sich Klausen, wenn der Kontakt im letzten Jahr doch nachgelassen hat, wie er behauptet. «Ja, das kann ich mir vorstellen», sagt er. «Es ist bestimmt kein Zuckerlecken, in dieser Branche zu arbeiten.» Über die Reederei Krane Löss GmbH & Co. ist er voll im Bilde. Gesünder als ihr Chef ist sie auf jeden Fall.

«Aber diese Sache muss doch schon seit längerer Zeit laufen, oder?» Die Frage steht eine Weile unbeantwortet im Raum. Densholm macht einen leicht nervösen Eindruck, registriert der Großmeister.

«Das Einzige, was ich über Krane Löss' Gesundheitszustand weiß, ist, dass er nach einer Reise nach Benin eine Virus-Infektion bekam. Das muss etwa zwei Monate her sein. Ich erinnere mich, dass er von einer leichten Leberkrankheit sprach.»

Leberkrankheit, denkt Herman Klausen. Das kann vieles bedeuten.

«Und er ist fast übertrieben vorsichtig mit Alkohol», fügt Densholm hinzu, als ob er die Gedanken des Großmeisters lesen könnte.

Klausen nickt. Krane Löss hat nach allem Möglichen gerochen, aber nicht nach Alkohol. «Soweit ich weiß, ist Krane Löss nicht gerade ein Schürzenjäger?», fragt er unvermittelt.

«Darüber weiß ich nichts», lautet die knappe Antwort.

Herman Klausen stutzt einen Moment. Warum ist Densholm plötzlich so abweisend? Außerdem – Freunde wissen doch normalerweise über solche Dinge Bescheid. Es liegt auf der Hand, dass Densholm ihm etwas verschweigt, aus Loyalität zu Krane Löss. Das sagt ihm sein untrügliches psychologisches Gespür.

Aber jetzt gilt es, am Ball zu bleiben, denkt er. Wir gehen nicht hier raus, bevor ich alles weiß.

«Ja, ja», sagt er mit einem Seufzer und lehnt sich zurück. «Eine Leberkrankheit – sicher Hepatitis. Damit ist nicht zu spaßen. Vielleicht hat er einen Rückfall erlitten und heute Abend eine zu starke Dosis Tabletten gegen die Schmerzen geschluckt. Denn dass er sich ziemlich merkwürdig benommen hat, darin sind wir uns doch einig. Dabei denke ich nicht nur an den kleinen Aussetzer während der Zeremonie.»

Densholm nickt energisch. «Ja, Sie haben sicher Recht. Aber ab morgen ist er ja in guten Händen. Thy-Hanssen ist ein tüchtiger Arzt. Am besten schickt er ihn gleich ins Krankenhaus.»

Herman Klausen sieht nachdenklich vor sich hin. «Hat er eine Freundin?», erkundigt er sich dann.

Wieder diese abweisende Körperhaltung. «Nein, nicht dass ich wüsste», antwortet Densholm.

«Aber die Schuhe dort gehören bestimmt einer Frau.» Klausen erhebt sich und hebt ein Paar schwarze Schuhe auf, die in einer Ecke am Boden liegen. Nach eingehender Betrachtung hält er sie Densholm entgegen. «Die gehören ganz gewiss einer Frau», wiederholt er.

Lena rutscht das Herz in die Hose. Verflixt, er hat Joschas Schuhe entdeckt. Größe 38. Ich habe nie auf großem Fuß gelebt. Andreas hat Größe 42. Vier Nummern Unterschied. Densholms Stimme klingt überrascht, als er widerstrebend zugeben muss, dass das nicht die Größe des Freundes ist.

«Ergo hat er eine Freundin», erklingt die ältere Stimme. «Obwohl sie auf den ersten Blick nicht wie Damenschuhe aussehen.»

Lange Zeit herrscht Schweigen. Lena wartet darauf, dass jeden Moment der Vorhang zur Seite gerissen wird und sie in voller Pracht dasteht. Oder im bedauernswerten Mangel an Pracht.

«Nein, das ist kein Damenschuh», sagt Herman Klausen schließlich gedehnt. «Das ist ein kleiner Herrenschuh, oder besser gesagt: ein Jungenschuh.» Langsam hebt sich sein Blick von dem Schuh und heftet sich auf Densholms Gesicht. «Sagen Sie mir, was Sie wissen», fügt er bedächtig hinzu. «Ist Krane Löss homosexuell?»

«Um Himmels willen!» Densholm schlägt mit der Faust auf die Stuhllehne. «Woher soll ich denn das wissen?»

Danke für die Antwort, denkt der andere. Du hast dich schon verraten, Junge. Du bist so leicht zu durchschauen. «Regen Sie sich nicht auf», sagt er. «Es ist ja nur eine Vermutung, und es ist meine Pflicht, auch solche unangenehmen Fragen zu stellen, wenn es nötig ist.» Densholm senkt verlegen den Blick, murmelt eine Entschuldigung für seine aufbrausende Reaktion.

«Ich schlage vor, dass wir uns mal in der Wohnung umsehen», sagt der Großmeister, während er die Schuhe wieder abstellt. «Gehen wir», fügt er mit einem Wink hinzu.

Das ist eine Falle, denkt Lena. Jetzt stehen sie hinter der Tür und warten darauf, dass ich aus meinem Versteck hervorkomme. Aber nein, das könnten sie einfacher haben, indem sie den Vorhang beiseite ziehen. Eigentlich ist das hier ein sicherer Ort, und wenn es nicht so kalt an den Füßen wäre, könnte ich noch ein paar Tage länger so stehen bleiben. Zumindest noch zehn Minuten länger.

Die beiden Männer durchforsten jedes Zimmer, vom Flur bis zum Wohnzimmer. Der Großmeister lässt Densholm keine Sekunde aus den Augen, keiner von beiden soll einen Raum alleine betreten. Sie finden eine ultramodern eingerichtete Küche vor, beeindruckend, aber nicht gerade gemütlich, denkt Klausen. Sonderbar, auch das Gästezimmer ist hochmodern eingerichtet, ganz anders als die Bibliothek und ihr altenglischer Stil. Krane Löss muss ein sehr widersprüchlicher Charakter sein. Dann entdeckt er Lenas Sachen, die auf dem Bett ausgebreitet liegen: das khakifarbene Hemd, die ausgewaschenen Jeans und die braunen Stiefel, Größe 38, die vor dem Bett stehen. Der handfeste Beweis, dass noch jemand anders hier wohnt.

Er hört, wie Densholm nach Luft schnappt. Für ihn kommt diese Entdeckung offensichtlich auch überraschend. Oder richtet sich sein Erstaunen auf die Tatsache, dass Krane Löss homosexuell ist? Oder darauf, dass zur Zeit – ohne Densholms Wissen – jemand hier logiert? Sie gehen ins Badezimmer. Nichts lässt darauf schließen, dass es von einer jungen Dame benutzt wird. Keine typisch weiblichen Utensilien wie BHs, Lockenwickler und Anti-Falten-Cremes. Auf einer Parfümflasche ist die Aufschrift *Für Sie und Ihn* zu lesen. Zwei schmale Silberringe liegen auf der Ablage über dem Waschbecken. Aber das bedeutet nichts, weiß Herman Klausen. Auch junge Männer tragen solchen Schmuck. Aber irgendwie riecht es nach Frau. Er runzelt die Stirn. Ja, ein unverwechselbarer Geruch ...

Als Nächstes betreten sie Andreas' Schlafzimmer. Es wirkt unbewohnt, vor allem das Bett sieht unbenutzt aus, so sorgfältig ist es gemacht. Ist Krane Löss ein so ordentlicher Mensch?

Bevor sie zurück zur Bibliothek gehen, werfen sie einen Blick ins Wohnzimmer, wo Andreas auf dem Sofa liegt. Er schläft. Oder tut als ob. Jedenfalls liegt er mit geschlossenen Augen da. Der Großmeister wendet sich angewidert ab und verlässt das Zimmer. «Wir gehen», sagt er draußen im Flur zu seinem Begleiter. «Hier haben wir nichts mehr zu suchen. Vorläufig jedenfalls. Im Moment sehe ich keine Gefahr darin, ihn alleine zu lassen. Morgen bitte ich Thy-Hanssen, ihn zu besuchen, und ich würde es gerne sehen, dass Sie ihn begleiten.» Falls Krane Löss Schwierigkeiten macht, fügt er in Gedanken hinzu, oder – noch schlimmer – falls sein «Freund» da sein sollte. «Ist das möglich?» Densholm nickt.

Der Gedanke, dass man ihn, Herman Klausen, hintergangen hat, dass in dieser Wohnung Dinge passiert sind, die sich seiner Kontrolle entziehen, bereitet ihm größtes Unbehagen, erfüllt ihn mit Bitterkeit. Er hat das Gefühl, dass die ganze Wohnung verrucht, verpestet ist wie Sodom und Gomorrha. Eine solche Lebensführung ist völlig unvereinbar mit dem Freimaurer-Geist, sie spottet allen Werten, allen Gelöbnissen. Er wendet sich an Densholm, findet, dass der eher einen apathischen Eindruck macht.

«Leberkrankheit», zischt der Großmeister wütend. «Abmagerung. Zunehmender körperlicher Verfall. Und junge Liebhaber. Vielleicht ist Krane Löss noch von etwas ganz anderem befallen als nur vom Gelbsucht-Virus.»

«O nein», stöhnt Densholm. «Sie glauben doch nicht etwa ...»

«Ich glaube zunächst mal überhaupt nichts, aber ich bin froh, dass es mit der Blutmischerei im dritten Grad schon seit langem ein Ende hat. Mehr sage ich dazu nicht.»

Lena steht noch immer hinter dem Vorhang, als er in die Bibliothek kommt. Sie sieht, wie er das Ordensband an sich nimmt und in die Manteltasche steckt. Dabei entdeckt er den blutigen Handschuh, hebt ihn auf und hält ihn Densholm mit spitzen Fingern entgegen. «Was das wohl wieder bedeuten mag!», sagt er seufzend und lässt ihn fallen. «Darf ich Sie bitten, mich nach Hause zu fahren?»

Densholm steht leichenblass in der Tür, antwortet mit einem Nicken. Dann verlassen die beiden Männer die Wohnung. Lena hört ihre Schritte auf der Treppe. Die Außentür schlägt zu, ein Wagen wird gestartet und fährt davon.

Kälter wurde es

Steif und mit einem tauben Gefühl in den Füßen tritt Lena aus ihrem Versteck hervor. Ihr erster Gedanke gilt Andreas. Wie es ihm wohl gehen mag? Beim Hinausgehen stolpert sie über einen von Joschas Schuhen. Die Frage des Großmeisters kommt ihr wieder in den Sinn. «Homosexuell», murmelt sie vor sich hin. Er hat es ausgesprochen, als sei es die Beulenpest. Bestimmt war er verdammt enttäuscht, weil er beim Durchsuchen der Wohnung keine knabenhaften Liebhaber angetroffen hat. Wie dieser Widerling behauptet hat, dass es seine Pflicht sei, über das Intimleben der Brüder informiert zu werden!, denkt sie wutschnaubend. Aber wenn sie Andreas aufgrund dieses haltlosen Verdachtes aus der Loge schmeißen, bin ich heilfroh! Vielleicht öffnet ihm das endlich die Augen.

Lena stolpert beinahe über die Türschwelle, so schwer sind ihr die Füße. Ihr Bruder liegt in gewohnter Stellung auf dem Sofa. Sein Gesicht ist kalkweiß. Lena beugt sich über ihn, horcht, kontrolliert seinen Puls. Nichts. Panik steigt in ihr auf. Doch dann registriert sie ein schwaches Klopfen. Unregelmäßig. Kurz entschlossen geht sie zum Telefon. Andreas muss ins Krankenhaus, sie hätte ihn schon längst hinbringen sollen. Er ist schwer krank, auch wenn er ab und zu muntere Phasen hat. Fieberhaft sucht sie das Telefonbuch nach der Nummer des Notdienstes ab. Sie schlägt die Zahlen in die Tasten und wartet angespannt auf den Anschluss. Ganz ruhig bleiben, Lena. Bloß keine Panikstimmung verbreiten. Eine Stimme meldet sich am anderen Ende der Leitung. Lena nennt ihren Namen, erklärt, dass ihr Bruder bewusstlos, sein Puls schwach ist. Er leidet an einer Leberkrankheit und ist in privater Behandlung. Wie sein Arzt heißt? Das weiß sie leider nicht. Nein, keine Pupillen-Reaktion, ja, er ist ziemlich bleich im Gesicht. Lena wird ungeduldig. Was sollen diese Fragen? Andreas muss unbedingt ins

Krankenhaus, und zwar auf der Stelle. Keine Sorge, sie kommen so schnell wie möglich. Lena wird angewiesen, ein Kissen unter seine Beine zu legen, eventuelle Kissen unter dem Kopf zu entfernen. Sie bedankt sich und knallt den Hörer auf die Gabel.

Als sie die Kissen umlagert, bemerkt sie, dass Andreas sie aus halb geschlossenen Lidern ansieht. Also hat er doch nicht geschlafen. Oder hat ihn das Telefongespräch geweckt? Sie setzt sich zu ihm und umfasst seine Hände. Er muss jetzt begreifen, dass er Hilfe braucht.

«Waren Herman Klausen und Morten hier?», fragt er mit brüchiger Stimme. Lena nickt.

Er seufzt tief und schließt die Augen wieder. «Und *du* warst in der Loge?» Seine Stimme wird schwächer, die Worte undeutlich.

«Ja, ich war da. Zuerst war es nur eine fixe Idee. Ich wollte Vaters Welt kennen lernen. Und deine.» Ich muss ihn um Verzeihung bitten, denkt sie beschämt. Ich muss ihn tief verletzt haben. «Verzeih mir, Andreas», flüstert sie.

Er schüttelt langsam den Kopf. «Dann weißt du also ... Lena», sagt er und zieht sie näher zu sich heran, «Lena, pass gut auf dich auf. Hüte dich vor den Rächenden Händen.» Kraftlos lässt er die Arme sinken.

Du liebe Zeit, er glaubt doch nicht etwa an diesen Quatsch von den *Rächenden Händen,* über die sie in den Büchern des Vaters gelesen hat? Ein Gefühl der Resignation, der Hilflosigkeit überkommt Lena, während sie dasitzt und ihren Bruder ansieht. Es kann nicht nur an der Krankheit liegen, dass er so wirres Zeug redet, dass Fantasie und Realität in seinem Kopf ineinander übergehen. Hat Herman Klausen doch Recht? Ist ihr Bruder drogenabhängig? Der Koffer im Schlafzimmer ist eigentlich schon Beweis genug. Auch die jähen Stimmungswechsel. Die Briefkopie – war das eine private Bestellung? Getarnt als Firmenkorrespondenz? Schlimm, wirklich schlimm. Lena ergreift seine Hände, massiert sie. Sie sind genauso kalt und feucht wie ihre eigenen. Nach einer Weile werden sie wärmer, die Reibung regt die Durchblutung an. Das Herz arbeitet weiter, unbeirrt von Krankheit und anderem Teufelszeug.

Ich muss mich anziehen, bevor der Krankenwagen eintrifft, denkt sie. Doch als sie ihre Hände zurückziehen will, hält Andreas sie fest. «Lena, ich bin fertig. Ich bin kränker, als du glaubst. Es war die Hölle, die Hölle! All die Jahre ...»

«Jahre?», fragt Lena ungläubig. «Du bist seit Jahren krank? Aber dein Arzt, Andreas, hat er denn nicht ...»

«Es gibt keinen Arzt», unterbricht er sie.

Lena starrt ihn fassungslos an. «Es gibt keinen Arzt?» Sein Gesicht verzieht sich schmerzhaft, dann entspannen sich seine Züge.»

«Der Krankenwagen. Meine Klamotten. Ich *muss ...*» Lena springt hastig auf, holt ihre Tragetasche unter dem Bett im Gästezimmer hervor, wechselt T-Shirt und Slip und zieht die Sachen an, die auf dem Bett liegen. Die beiden Männer!, schießt es ihr plötzlich durch den Kopf. Sie waren in diesem Zimmer, haben gesehen, dass es bewohnt ist!

Als es klingelt, eilt Lena zur Tür. Es ist der Notarzt, erfährt sie durch die Sprechanlage. Sie drückt auf den Türöffner, ein Summen ertönt, als die Haustür aufgeht.

Zwei weiß gekleidete Männer. Eine Bahre. Endlich Hilfe. Lena spürt, wie die Erleichterung durch jede Faser ihres Körpers strömt, ihre Lebensgeister aktiviert. Jemand anders übernimmt. Ein Außenstehender, der nichts mit all dem Wahnsinn zu tun hat. Das Gefühl ist so überwältigend, dass sie in Tränen ausbricht.

Die beiden Männer führen ihre Tränen auf den Besorgnis erregenden Zustand des Patienten zurück, fragen *wo* und stürzen an ihr vorbei ins Wohnzimmer. «Sauerstoff», hört sie einen von beiden sagen. Ein Koffer wird geöffnet, Andreas bekommt eine Maske vor das Gesicht. Mit routinierten Handgriffen betten sie ihn auf die Trage um.

Gleichzeitig mit einem der Sanitäter, der gerade auf dem Boden kniet, entdeckt Lena das Pillenglas. Es liegt halb versteckt unter dem Couchtisch. Es ist leer. Der Deckel liegt daneben. Er nimmt es an sich, wirft einen raschen Blick auf das Etikett und steckt es in die Tasche. «Wann hat er die genommen?», fragt er an Lena gewandt und gibt dem anderen ein Zeichen, die Bahre anzuheben.

Wann? Sie weiß es nicht. Stand das Glas auf dem Tisch, bevor sie zum Anziehen rausgegangen ist? «Irgendwann heute Abend», antwortet sie schließlich, folgt den Sanitätern aus der Wohnung und in den Krankenwagen. Aber auf der Fahrt, als ihr der Kopf vom schneidenden Ton der heulenden Sirene dröhnt, fällt ihr plötzlich ein, wann Andreas die Tabletten genommen hat. Da war ein dunkler Fleck auf seinem Morgenmantel, ein Wasserfleck. Er war noch nicht da gewesen, als sie auf dem Sofa saß. «Es ist noch keine zehn Minuten her», ruft sie dem Sanitäter zu und erklärt ihm warum. Er nickt, ohne aufzusehen, konzentriert auf Schläuche, Sauerstoff und Puls.

Dann schließt Lena die Augen, sieht eine rote Welle vor sich, auf der sie sich fortbewegen. Eine rote, von Lärm erfüllte Welle.

... bis es zu Eis gefror

Im Krankenhaus wird Lenas Wunde versorgt. «Das muss genäht werden», sagt ein Arzt, als er das blutige Taschentuch entfernt und die Verletzung sieht. Sie nickt, streckt bereitwillig die Hand aus. Jemand gibt ihr eine Spritze. Lokale Betäubung, heißt es.

Ein weiterer Weißkittel kommt herein, stellt eine Menge Fragen. Über Andreas, welche Krankheit er hat, ob er in Behandlung ist, seit wann er krank ist, wie der Arzt heißt, welche Medikamente er nimmt und so weiter. Während sie antwortet, macht er sich Notizen. Sie gibt sich alle Mühe, die Situation zu erklären. Dennoch sieht sie die Verwunderung, die Skepsis auf den Gesichtern, als sie die Geschichte hören. Ihre Augen füllen sich mit Tränen. Es ist Zeitverschwendung, sich mit diesen Fragen aufzuhalten. Sollte der Arzt nicht besser bei ihrem Bruder sein und ihm helfen? Ihm wird geholfen, versichert man ihr. Er wird gerade untersucht. Er ist schwach, sehr schwach. Lena fragt, warum sie ihm nicht den Magen auspumpen, um das Gift aus dem Körper zu holen. Das ist schon geschehen, lautet die Antwort. Sein Zustand wird sorgfältig überwacht. Ein operativer Eingriff kommt nicht in Frage. Sie fragt nicht, welche Art Operation gegebenenfalls gemeint ist, vielleicht an der Leber? Bevor der Arzt hinausgeht, sagt er zu Lena, dass sie nach dem Nähen auf die Intensivstation kommen kann. Sie dankt ihm.

Die Wirkung der Spritze bleibt nicht aus. Sie hat ein taubes Gefühl in der Hand, unterhalb des Handgelenks spürt sie überhaupt nichts. Sie muss schildern, wie es passiert ist. Das Gesicht über ihr ist so freundlich. Lena zwingt sich zu einem Lächeln. «Nägel sind eine tückische Sache, zumindest, wenn sie aus der Wand hervorstehen.»

Ihr Lächeln wird erwidert. «Sind Sie Schauspielerin? Sie sind doch als Mann geschminkt, nicht wahr?» Ein forschender Blick streift sie im grellen Licht der Operationslampe.

Lena nickt. Die Schminke! Die hat sie völlig vergessen. Noch nicht mal die Bartstoppeln, die anfangs so gejuckt haben, hat sie gespürt. «Ich brauche eine Fettcreme», sagt sie. «So kann ich nicht länger rumlaufen.»

Als die Wunde vernäht ist, reinigt ihr ein Pfleger das Gesicht und trägt eine, wohlriechende Creme auf. Wenn die Betäubung nachlässt, bekommt sie ein schmerzstillendes Mittel, wird ihr gesagt. Ob sie sich okay fühlt? Ja. Lena bedankt sich, lässt sich den Weg zur Intensivstation beschreiben.

Der Raum liegt im Dunkeln, grüne und rote Lampen, leuchtende Konsole, tickende Schreiber, wachsame Blicke. Hinter einer Glaswand liegt Andreas. Sie sieht nur seinen Kopf und die Hände. Der Rest ist verdeckt von Apparaturen, technischen Geräten. Zwei Menschen befinden sich in dem abgetrennten Raum. Aber sie sehen nicht, wie die Hände danach schreien, gehalten zu werden, die langen gekrümmten Finger sich nach Berührung sehnen. Sie strecken sich ihr entgegen, suchen, betteln. Bitte, halt mich fest.

Lena wendet sich an jemanden, der hinter einem Bildschirm steht, sagt, dass sie dort hinein will. Blicke werden getauscht, man tuschelt hinter ihr. Haben sie Angst, dass sie vor dem Bett zusammenbricht? Oder kapieren sie nicht, dass eine Schwester bei ihrem bewusstlosen Bruder am Bett sitzen will? Sehen sie denn nicht seine flehenden Hände?

Sie wird hereingelassen, auf einen Stuhl neben das Bett platziert. Mucksmäuschenstill sitzt sie zwischen all den Apparaten, will so unauffällig wie möglich sein. Blasse, eiskalte Finger hält sie zwischen ihren Händen. So kalt, als ob Eis aus jeder Pore staubt. Dein Körper kämpft, das warme Blut wird an anderen Stellen gebraucht, denkt Lena. Bitteschön, Andreas, ich will dir gerne etwas von meiner Wärme geben. Sie drückt seine Hand. Die Antwort bleibt aus.

Stunden vergehen, die Nacht geht in Morgen über. Die Pfleger und Krankenschwestern stören sich nicht an der jungen Frau, die schweigend dasitzt, mit dem Rücken zur Glaswand, und dem Patienten unentwegt die Hand streichelt. Sie sieht nicht, wie die drei Männer den Vorraum betreten. Der Arzt Thy-Hanssen, Großmeister Herman Klausen und Andreas-Meister Morten Densholm.

Sie hatten vor der verschlossenen Wohnungstür gestanden. Entweder war Andreas nicht zu Hause oder nicht imstande zu öffnen. Morten Densholm hatte sich nicht getraut, seinen Schlüssel zu benutzen. Der Hausmeister hatte sie schließlich hineingelassen. Aber die Wohnung war leer. Andreas war zu schwach gewesen, um alleine wegzugehen. Jemand muss ihm geholfen haben. Die Kleidungsstücke, die auf dem Bett im Gästezimmer gelegen hatten, waren weg. Nach kurzer Beratung hatte Thy-Hanssen im Krankenhaus angerufen. Ja, ein Patient namens Krane Löss war gestern Nacht eingeliefert worden. Seine Schwester war dabei gewesen. Die beiden Männer hatten unverzüglich Herman Klausen angerufen. Und dann waren sie im Krankenhaus, starrten durch eine Glasscheibe auf einen bleichen, in weiße Laken gebetteten Patienten und eine Person mit khakifarbenem Hemd, die mit dem Rücken zu ihnen saß und Krane Löss die Hand hielt.

Die Schwester, denkt Herman Klausen. Aber ist es überhaupt eine Frau, die da am Bett sitzt? Ein kurzer, blonder Jungenschopf, braunes Militärhemd, Jeans. Thy-Hanssen erkundigt sich leise nach dem Zustand seines Patienten. Er sei kritisch, erfährt er vertraulich, von Arzt zu Arzt. Eine Überdosis Tabletten. Die Leber droht zu versagen. In seinem schwachen Zustand ist eine Operation unmöglich. Schweigend stehen sie in dem schwach erleuchteten Warteraum. Hätten sie ihn doch nur nicht allein gelassen am Abend zuvor! Dann wäre es nicht so weit gekommen.

Morten Densholm schwitzt, lockert seine Krawatte, öffnet einen Hemdknopf. Andreas, denkt er. Andreas, ich ... wir ... du darfst nicht, darfst nicht, hörst du! Ihm schnürt sich die Kehle zu. Er entschuldigt sich und geht hinaus auf den Flur, findet die Besuchertoilette. Dort schließt er sich in eine Kabine ein und lehnt sich bitterlich weinend gegen die Wand. Das Hemd, das im Gästezimmer auf dem Bett lag – er hat es wiedererkannt, hat verstanden, dass es Andreas' Schwester war, die bei ihm wohnte. Kein Liebhaber. Die Erleichterung mischt sich mit Schuldgefühlen. Er hätte bei ihm bleiben müssen letzte Nacht, sich einen Teufel um Herman Klausen und seine Befehle scheren sollen. Andreas ist nicht nur krank, sondern auch todunglücklich. Er ahnt warum. Aber wie hätte er dem Freund helfen sollen, er, der noch nicht mal sich selbst helfen kann? Maßlose, ohnmächtige Wut steigt in ihm auf, ein Gefühl der Hilflosigkeit. Das Einzige, was er im Moment tun kann, ist eine Blutprobe abgeben. Das ist alles.

Auch Herman Klausen hat das Hemd wiedererkannt, inklusive Jeans und braune Stiefel. Auch ihn erfüllt die Entdeckung mit Erleichterung, irgendwie befreit sie den Atem. Letzte Nacht lag er hellwach im Bett, sodass er schließlich eine Schlaftablette einnahm. Es kam äußerst selten vor, dass ihm etwas oder jemand den Schlaf raubt. Ein drogenabhängiger Bruder ist schlimm genug, denkt der Großmeister, auch wenn er nicht noch obendrein schwul ist. Es besteht kein Zweifel daran, dass Krane Löss abhängig ist, von Drogen oder Tabletten. Es ist ja erwiesen, dass Drogenabhängigkeit die Persönlichkeit verändert. Krane Löss hat eindeutige Symptome gezeigt. Die beiden letzten Male in der Loge hat er sich wirklich sonderbar aufgeführt. Als ob er alle routinemäßigen Rituale schlichtweg vergessen hätte! Ganz zu schweigen von der Etikette. Auch sein Gesicht ist irgendwie anders gewesen. So weichlich, fast feminin. Wahrscheinlich war es dieser Eindruck, der den ungeheuerlichen Verdacht weckte, Krane Löss sei ein Homosexueller.

Eine plötzliche Bewegung am Bett erregt seine Aufmerksamkeit. Krane Löss' Schwester rückt ihren Stuhl zurecht, ergreift dann wieder die Hand ihres Bruders. Aber es ist nicht die liebevolle Geste, die seine Aufmerksamkeit fesselt. Es ist eine weiße Bandage. Ein professionell angelegter Verband an der linken

Hand. Herman Klausen hat plötzlich das untrügliche Gefühl, dass es etwas gibt, was er wissen sollte. Da ist irgendetwas, was er wissen sollte! Und in der Gewissheit, es irgendwann herauszufinden, schiebt er den Gedanken beiseite.

Als er sich nach der Schwester des Patienten erkundigt, erfährt er, dass sie sich wohl an einem Nagel verletzt hat und die Wunde genäht worden ist. Morten Densholm kommt herein. Man sieht, dass er geweint hat. Also stehen die beiden sich doch nahe, denkt Klausen nur.

«Ich habe Vater gefunden. Er lag über den Schreibtisch gebeugt, den Kopf auf einem Stoß Briefe. Er kommt bestimmt nach Walhalla.» Diese Worte hatte Andreas damals hervorgepresst. Lena hatte geweint. Vor dem Schreibtisch ihres Vaters gestanden und den Tränen freien Lauf gelassen. Er hatte keine Tränen. Hinter ihnen in der Tür stand eine Frau mit feuchten Augen. Lena hatte eine warme Hand auf ihrer Schulter gespürt. «Weine nur», hatte er gesagt, «wenn es dich erleichtert.» Erleichtert? Tränen erleichterten nicht, sie machten alles nur noch schwerer, zwangen den Körper in Passivität. Aber seine Umarmung hatte gut getan. Nachdem sie sich ausgeweint hatte, ließ sie sich von den beiden aus dem Zimmer führen, in den Wintergarten. Dort hatte er zwei Gläser hervorgeholt und aus Mutters Karaffe eingeschenkt. «Der Tod ist nicht schön.» Das war das Einzige, was er sagte, und die Worte hielten sie davon ab, weitere Fragen über den Tod des Vaters zu stellen. «Der Tod ist nicht schön.»

Die Menschen um sie herum koppeln einige Apparate ab. Lena versteht. Sie wissen, was sie schon die ganze Zeit im Gefühl hat. Ihre andere Hälfte stirbt. Sie hat es an der wächsernen Hautfarbe gesehen, an dem schwachen Zittern seiner Finger. Jemand legt ihr die Hand auf die Schulter, sagt, dass sie nun hinausgehen kann. Lena schüttelt den Kopf. «Ich bin doch seine Schwester, stehe ihm näher als jeder andere Mensch auf der Welt. Lassen Sie mich hier sitzen bleiben.» Falls er noch einmal die Augen öffnet, soll er sie sehen, und keine weiß gekleideten Fremden. Er soll ein vertrautes Gesicht sehen. Und selbst wenn er sie nicht wiedererkennt – sie wird da sein.

Aber Andreas öffnet die Augen nicht mehr. Er schläft auch nicht friedlich ein. Er ringt mit dem Tod, es sind Todeslaute, die sie vernimmt. Das Leben entweicht aus dem zuckenden Körper. Ein grausamer Gestank verbreitet sich, jemand hilft ihr auf und geleitet sie hinaus auf den Korridor. Eine Stimme redet beruhigend auf sie ein, fragt, ob sie ihre schmerzstillenden Mittel genommen hat, ob sie etwas braucht, sich hinlegen möchte. Der Boden schwankt unter ihren Füßen, sie klammert sich an ihren Begleiter, den Blick ängstlich auf den unsicheren Boden gerichtet. Erst als sie ein anderes Zimmer betreten, wagt sie aufzusehen.

Der durchdringende Schrei lässt die drei Männer, die sich in dem Warteraum befinden, vor Schreck zusammenfahren. Bevor sie etwas tun können, bricht die Frau, die gerade hereingekommen ist, zusammen. Ein Pfleger stürzt fluchend herbei. Er hätte sie nicht loslassen sollen.

«Jeder reagiert anders», sagt er mit einem entschuldigenden Schulterzucken. «Aber damit habe ich nicht gerechnet. Es sah ja fast so aus, als ob Ihr Anblick sie schockiert hat», fügt er grinsend hinzu. Er bekommt keine Antwort. Schweigend hilft ihm einer der Männer, ihre Beine hochzulagern. So lange sie bewusstlos ist und nicht klar ist, ob sie sich etwas gebrochen hat, will der Pfleger sie nicht näher untersuchen.

«Kennen Sie sich?» Herman Klausen wendet sich an Densholm.

«Nein», antwortet der. «Andreas hat mir Fotos von ihr gezeigt, aber ich habe sie nie getroffen. Sie hat die letzten Jahre überwiegend in Frankreich verbracht. Ich glaube, er sagte irgendetwas von einem Job bei der norwegischen Botschaft.»

«Lebt sie immer noch dort?»

Jetzt lebt sie bei Andreas, denkt Densholm. «Nein, Andreas

hat mir mal erzählt, dass seine ‹verrückte Schwester› – wie er wörtlich sagte, ihr früheres Leben aufgegeben hatte, um neu anzufangen – als Schauspielerin.»

«Ach, ja?» Herman Klausen sieht ihn interessiert an. «Und? Ist es ihr gelungen?»

«Sie hat vor kurzem einen Diener in Tschechows ‹Kirschgarten› gespielt. Ich habe die Aufführung gesehen. Sie war sehr gut in der Rolle. Ich wäre nie darauf gekommen, dass eine Frau die Rolle spielt, wenn ich es nicht vorher gewusst hätte.»

«So, so», antwortet der andere. «Ich habe das Stück übrigens auch gesehen.»

... Ich habe das Stück übrigens auch gesehen ... Wie aus weiter Ferne dringen die Worte an Lenas Ohren. Als sie die Augen aufschlägt, sieht sie den Pfleger, der sich über sie beugt. «Können Sie sich bewegen?», fragt er. Sie bewegt sich. Er atmet erleichtert auf. «Sie sind in Ohnmacht gefallen», klärt er sie auf. Sie nickt, erinnert sich. «Lassen Sie mich noch einen Moment hier liegen», flüstert sie. Aber sie heben sie auf eine Liege. Sie dreht sich zur Wand, um den Anblick der Männer nicht ertragen zu müssen. Die Tür geht auf, Lena hört Abschiedsworte. Der Pfleger erwidert sie. Dann schließt sich die Tür. Lena überzeugt den Pfleger, dass sie nicht unter Schock steht. Er erlaubt ihr, eine Weile allein zu bleiben.

Die Witwe Ella Krane Löss hat gerade eine wichtige Entscheidung getroffen. Sie hebt das Sherryglas und bringt einen Toast aus. Endlich hat sie ihrem unfähigen Lektor am Telefon gesagt, dass sie es leid ist, ständig vertröstet zu werden. Jetzt wird sie ihre Gedichte im *eigenen* Verlag herausbringen. Am Geld sollte es nicht scheitern, davon hat sie genug.

Als sie draußen ein Taxi vorfahren sieht, zieht sie sich schnell vom Fenster zurück. Die Beifahrertür geht auf, und Lena steigt aus – oder besser *purzelt* heraus. Dass das Mädchen sich nicht ein bisschen graziöser benehmen kann! Und natürlich kommt sie wieder ohne Ankündigung. Ob sie wieder nach irgendwelchen «Briefen» suchen will? Ellas gute Stimmung schlägt um. Sie beschließt, die Tochter reserviert zu behandeln.

Als sie die Haustür öffnet und Lenas Gesicht sieht, weiß sie sofort, dass etwas Schreckliches geschehen sein muss. O nein!, denkt sie trotzig. Heute kann mir niemand die Laune verderben, nichts und niemand. Lena drängt sich an ihr vorbei in die Diele.

«Nein», sagt Ella Krane Löss und hält sich demonstrativ die Ohren zu. «Ich will es gar nicht hören, ich will überhaupt nichts hören!»

Lena sagt nichts, versucht die Mutter zu umarmen. Doch die weicht zurück. «Geh weg mit deinen schlechten Nachrichten, bitte geh! Versuch nicht, mir den Tag zu vermiesen.»

Lena sieht sie ungläubig an. «Den Tag vermiesen», wiederholt sie mit tonloser Stimme. Eine Weile herrscht Schweigen.

«Geh!», sagt Ella Krane Löss noch einmal und weist auf den Ausgang.

«Mutter, Andreas ist . . .»

«Ihr habt mich beide enttäuscht!», fällt ihr die andere barsch ins Wort. «Sowohl dein Bruder als auch du, ihr habt mich schwer enttäuscht. Ich will nicht wissen, was mit ihm oder mit dir ist!» Bei den letzten Worten bricht sie in heftiges Schluchzen aus.

Lena packt sie an den Schultern, zwingt sie, ihr in die Augen zu sehen. «Mutter, hör mir um Himmels willen zu! Andreas ist tot! Er ist heute Morgen im Krankenhaus gestorben. Ich war bei ihm. Es ging alles so schnell.»

Mit einem Ruck entzieht sich die Mutter ihrem festen Griff und schlägt ihr ins Gesicht. «Verfluchtes Weib!», zischt sie Lena an. Dann wendet sie sich ab und stürzt ins Schlafzimmer. Lena hört, wie der Schlüssel sich im Schloss dreht. Verwirrt bleibt sie in der Diele stehen, mit einer Hand die brennende Wange reibend. Verfluchtes Weib? Das hat sie nun wirklich nicht erwartet. Meinte die Mutter, dass Lena schuld am Tod ihres Bruders ist? Oder ist es normal, dass Alkoholikerinnen so auf Trauerbotschaften reagieren? Sie geht zur Schlafzimmertür, klopft vorsichtig an, bittet die Mutter zu öffnen. Kein Laut dringt durch die Tür. Lena bleibt unschlüssig stehen, versucht es noch einmal mit Überredungskunst. Dann hört sie ein Glas klirren. Aha, jetzt folgt sie einem altbekannten Muster – ertränkt ihre Sorgen im Alkohol. Lena zuckt mit den Schultern. Ihre Mutter ist ein erwachsener Mensch, der wissen sollte, was er tut.

Völlig erschöpft sinkt sie in einen Sessel im Wohnzimmer. Bevor sie einschläft, wird ihr klar, dass sie sich nach dem Tod des Bruders allein um alle Formalitäten kümmern muss. Sie darf jetzt nicht den Halt verlieren, muss stark sein.

Als Lena aufwacht, dämmert es schon. Im Haus ist es kalt und ungemütlich. Die Schlafzimmertür ist noch immer verschlossen. Sie rüttelt an der Klinke. Keine Reaktion. Sie geht hinaus, durch das Schlafzimmerfenster sieht sie die Mutter ausgestreckt auf dem Bett liegen. Von mir aus kannst du da liegen bleiben, denkt Lena verbittert. Schlaf du nur deinen Rausch aus! Ich habe keine Lust auf noch mehr Ohrfeigen, weder physische noch mentale. Sie wendet sich von dem Haus ab und geht fort.

Freunde? Verwandte? Sie muss mit jemandem reden. Andererseits will sie lieber allein sein. Also zuerst in die Wohnung. Ein stickiger Geruch schlägt ihr entgegen, als sie die Tür aufschließt. Lena macht sich unverzüglich an die Arbeit. Zuerst den Abwasch, dann Putzen, Staubwischen, Bettwäsche erneuern, Wäsche waschen. Eifrige Geschäftigkeit. Die beste Methode, unerwünschte Gedanken zu verdrängen. Die Hand tut weh, aber die Gummihandschuhe halten zumindest das Wasser ab. Sie will nicht nachdenken, nicht grübeln. Heute nicht. Arbeiten bis zum Umfallen, eine Schlaftablette nehmen und in flauschigen Nebeldunst eintauchen. Morgen wird sie die Gedanken zulassen, die Formalitäten erledigen, alles Wichtige hinter sich bringen. Erst spät in der Nacht löst sich die Welt in traumlosen Schlaf auf.

... von Erde sollst du wieder auferstehen

Sie kann nicht sagen, woher der Dampf kommt. Vielleicht von den dunklen, von Nässe schweren Blättern der Ahornbäume, die um sie herumstehen. Mit Kronen, die sich wie Wurzeln gen Himmel strecken. Oder von den zusammengekehrten Laubhaufen, die sich wie Farbtupfer über den Hang verteilen. Oder von dem schwarzen Erdhügel.

Es dampft. Warme Feuchtigkeit legt sich über Mund und Nase, macht das Atmen schwer.

Lena streicht sich über die Stirn. Die Finger werden nass. Sie legt sie an den Mund. Es schmeckt nicht salzig, der Dampf kommt nicht von ihr selbst. Wie Pferde im Regen, denkt sie, nasse Mäuler und dampfende Flanken. Gesenkte Köpfe, wartend. Warten auf Sonne und Wärme, Aufklaren – neues Leben.

«Von Erde bist du gekommen, zu Erde sollst du werden, aus der Erde sollst du wieder auferstehen.» Auferstehen. Neues Leben. Sie sieht den schwarz gekleideten Gottesdiener, sieht ihn blauschwarze Erde über einen weißen Sarg schaufeln. Von Erde sollst du wieder auferstehen ...

Fahnen werden gesenkt, weiße Taschentücher diskret benutzt, Worte heruntergeleiert ... sollst du wieder auferstehen ...

«Sieh mal, Lena! Der weiche blaue Strich hier geht den Gartenweg hinunter, dort kommt er zur Pforte, schwillt an, lockt den dünnen roten mit sich, und den violetten. Da springen sie über die Pforte, siehst du? Obwohl der schwarze versucht, sie zurückzuhalten, springen sie einfach drüber. Und lachen. Da, siehst du, wie sie lachen? Und dann schmelzen sie zu einer Farbe zusammen, zu einem Strich. Blau auf rot auf violett. Da sind sie stark, bis sie zu dieser Kreuzung kommen, sich zerstreiten und wieder schwach werden, sich in drei teilen. Einer läuft nach Hause, kriecht unter der Gartenpforte durch. Er traut sich nicht. Und der Rote ist dumm, der geht einfach drauflos. Und da kannst du sehen, dass er am Rand des Bogens runterfällt. Weil er dumm ist und nur auf sich selbst hört. Als der Violette hört, wie der Rote schreit, als er fällt, da setzt er sich hin und denkt nach. Hier, an dieser Stelle, denkt er. Er sieht sich lange an. Ich bin rot, denkt er. Aber ich bin auch blau, weil ich violett bin. Deswegen fällt er nicht vom Papier herunter. Siehst du, dass alle geschwungenen Linien, alle Kurven violett sind? Es ist so, weil er Zeit hat und alles wissen will, deswegen die Kurven. Und deswegen landet er auch nicht außerhalb des Bogens.»

Jemand zupft sie am Ärmel, sie soll folgen. Sie sieht die Mutter zwischen zwei entfernten Verwandten. Man stützt sich, man weint. Ein violetter Strich schwingt auf sie zu, eine eifrige Jungenstimme zupft sie am anderen Ärmel. Sie dreht sich um, nickt. Ja, Andreas, ich sehe alles, was du erzählst. Sehe jede Schleife, jede Kurve. Sehe und verstehe. Verstehe, dass die Welt solche violetten Kurven nicht akzeptiert. Deine «Welt» jedenfalls nicht.

Sie sieht auf den Sarg hinunter, auf ein Meer roter, blauer und weißer Blumen. Aber dazwischen schlängelt sich ein violettes Band, ein gewundenes, träumendes violettes Band. Lena wendet sich ab und folgt den anderen nach.

Kondolenzen. Gedämpfte Stimmen versichern, Lena und ihre Mutter nach Hause zu bringen. Natürlich, so gehörte es sich nach den «Feierlichkeiten» am Grab. Aber die Witwe Ella Krane Löss will nicht. Zum ersten Mal in ihrem Leben widersetzt sie sich der Etikette. Sie sagt Nein, nimmt ein Taxi nach Hause und lässt die indignierte Verwandtschaft zurück. Sie wenden sich an Lena. Kann man es verantworten, die Mutter in einer solch schweren Stunde allein zu lassen? Lena nickt. Es ist besser zu verantworten, als sie ahnen.

Ein Mann taucht an ihrer Seite auf. Ein schöner Mann mit braunen Augen und stummem Händedruck. Du siehst aus wie ein Fohlen, denkt Lena, wie ein dampfendes, unbändiges Fohlen. Nicht wie einer, der unter der Gartenpforte durchkriecht, um sich in Sicherheit zu bringen. Aber auch nicht wie ein Dummkopf, der die Nase hoch trägt und neben dem Papierbogen landet. Äußerlich zumindest gleichst du Andreas' violettem Strich.

«Wusste Andreas, dass Sie . . .?»

Lena schüttelt den Kopf. Egal, wonach er fragt. «Andreas war krank. Krank und verzweifelt.»

«Herrgott, ich habe es gemerkt. Und hatte Angst», sagt er. «*Habe* Angst», fügt er leise hinzu.

Man höre und staune, denkt Lena spöttisch. Morten Densholm, Sankt-Andreas-Meister im sechsten Grad, hat Angst! Der System-Kriecher hat Angst! Sie sieht ihm offen ins Gesicht und will gerade ein spitze Bemerkung loslassen, als sie die anderen entdeckt, die abwartend im Hintergrund stehen, mit der zusammengerollten Fahne. Die Bruderschaft. Lena besinnt sich. Nicht Morten Densholm verdient ihren Groll, ihre Anklage. Wenn das Gefühl sie nicht trügt, waren er und Andreas tatsächlich mehr als gute Freunde. Denn *er* hatte gesehen, dass die Augen hinter den Brillengläsern nicht die von Andreas waren.

Sie reicht ihm die Hand zum Abschied und geht. Ignoriert die Schwarzgekleideten, die sich nähern, um ihr Beileid zu bekunden, die Verwandten, die ihr beistehen wollen. Ein kurzes Nicken zum Geistlichen, und sie geht. Weg vom Familiengrab, weg von Erdhaufen und teuren Nelkenkränzen, von feuchten Augen und zusammengerollten Freimaurerfahnen, und weg von den braunen, ängstlichen Augen, hinaus in eine herbstlich-diesige Stadt. Eine Stadt, die den Nebelumhang abgeworfen und stattdessen einen dichten, quellenden Wassermantel übergestreift hat. Die Feuchtigkeit sickert überall durch, verdüstert das Dasein. Kein Regen, kein Nebel. Nur Feuchtigkeit. Feuchtigkeit, die hereindrängt und die Tapeten von den Wänden, den Putz von der Mauer löst, Ampeln in tropfende Kerzen verwandelt – und Menschen in triefende Köter.

Lena geht, ohne auf hupende Autos und blinkende Ampeln zu achten, einer violetten Linie folgend, die sich durch die Straßen schlängelt. Sie bleibt vor einem Haus mit grüner Hecke und schmiedeeisernem Tor stehen, starrt auf die Haustür mit Sprechanlage, aus der jeden Moment eine hektische Bruder-Stimme ertönen wird. «Hallo, ich bin's, Lena.» Summ, summ und die Tür wird aufgehen.

Lena bleibt stehen, sieht auf die Fensterfront mit den korrekt aufgehängten Gardinen. Da drinnen liegt Joscha, ein Joscha mit ausgelatschten Schuhen und verlängerter Rolle. Auf dem Sofa, unter einer blauen Wolldecke, liegt ihre andere Hälfte; eine Lena in Männerkleidung, ein Joscha in Dienerkluft.

Die violette Linie tänzelt auf dem Bürgersteig, wirbelt auf, schlingt sich um ihre Beine, will sie nach oben tragen. Komm, komm, lockt sie, ich werde dir zeigen, dir erzählen, wonach du suchst. Suche, dann wirst du finden.

Sie schließt auf und geht die geschwungene Treppe hoch. Vor der Tür ohne Namensschild bleibt sie eine Weile zögernd stehen. Dann fasst sie sich ein Herz, schließt auf und lässt die Tür zuknallen. Spätestens jetzt sind alle Gespenster vertrieben. Rasch legt sie von innen die Kette vor. Sie ist allein.

Auf dem Weg zum Wohnzimmer macht sie Licht in den anderen Räumen. Du wirst die zurückgeschlagene Wolldecke sehen, redet sie sich selbst zu. Den Couchtisch ohne Tablettenbehälter. Und die verschobenen Sessel, um Platz für die Bahre zu machen. Sie bereut, dass sie den Vorschlag des Anwalts, mit ihr und der Mutter in die Villa zu fahren, abgelehnt hat. Abgelehnt, weil der Obduktionsbericht noch nicht fertig war. Sie musste zuerst wissen, ob die Todesursache in einem Pillenglas lag, das sie übersehen hatte. Warum, konnte sie noch nicht einmal genau sagen. Vielleicht um ihr schlechtes Gewissen zu entlasten. Ja, so war es wohl. Ein ganz eigennütziges Motiv.

Sie holt tief Luft und öffnet die Tür zum Wohnzimmer. Es ist aufgeräumt. Die Wolldecke sorgfältig zusammengefaltet, die Stühle stehen an ihrem Platz. Keine Unregelmäßigkeiten. Lena geht weiter ins Schlafzimmer. Auch hier herrscht Ordnung.

Das Gleiche im Gästezimmer und dem dazugehörigen Bad.

Das Bett ist gemacht, die dreckigen Sachen, die darauf lagen, sind weggeräumt. Die Haushaltshilfe, denkt Lena. Sie muss hier gewesen sein. Beim Hinausgehen entdeckt sie es, das Bild. Jemand muss es wieder aufgehängt haben. Andreas' Haushaltshilfe muss ein sehr ordnungsliebender Mensch sein.

Dann steht sie vor der Bibliothek. Ihr graut davor, diesen Raum zu betreten. Um ihre Füße tanzen keine violetten Linien, sie stehen fest auf kaltem Fliesenboden. Sie lauscht. Stille. Das Herz pocht schneller, als sie die Hand auf die Klinke legt und hinunterdrückt. Jetzt oder nie mehr, Lena. Sie bleibt im Türrahmen stehen, lässt ihren Blick durch den Raum schweifen. Dann stürzt sie auf den Vorhang zu und reißt ihn beiseite. Ihr Versteck. Niemand steht dahinter. Als sie alle Lampen angemacht hat, sieht sie Andreas' Freimaureroutfit. Es hängt ordentlich über einer Stuhllehne. Und unter dem Stuhl stehen Joschas Schuhe. Nur die Handschuhe liegen auf dem Boden verstreut, der eine mit einem schwärzlichen Blutfleck. Warum hat die Haushaltshilfe ausgerechnet die Handschuhe so liegen lassen? Das passt doch gar nicht zu ihrem Stil. Vielleicht war es ihr unheimlich, die blutigen Handschuhe anzufassen? Ja, so muss es gewesen sein.

Plötzlich klingelt das Telefon. Lena zuckt zusammen. Kein Grund zur Panik!, sagt sie sich. Es ist nur ein harmloser Anrufer. Zögernd geht sie zum Schreibtisch. Zu spät. Das Klingeln hat aufgehört. Die Luft ist stickig und kalt, der leere Schreibtischstuhl wirkt abweisend. Lena nimmt langsam darin Platz und knipst die Tischlampe an. Mit steifem Rücken bleibt sie sitzen und starrt in den Raum. Sie merkt, wie ihre Finger an der Nagelhaut zupfen, lässt es einfach geschehen. Sie merkt, wie die Gegenstände vor ihren Augen verschwimmen, und lässt es einfach geschehen. Andreas! schreit es in ihr. Nie mehr ... Andreas! Schluchzend bricht sie über der Tischplatte zusammen, warmes Salzwasser tropft darauf. Andreas, wohin führte deine Farbe? Was waren es für Labyrinthe, aus denen du keinen Ausweg fandest? «Schwächung aufgrund unkontrollierten Tablettenkonsums.» So hatte der Arzt es genannt. Keine Rede von Drogenabhängigkeit. Und dennoch – wo war der Unterschied? War es nicht dasselbe? «Außerdem litt Ihr Bruder an einer Leberinfektion, die auch zum Tod führen kann, falls man den Patienten nicht behandelt.» Andreas ließ sich nicht behandeln, er tat es selbst. Warum nur? Wovor hatte er Angst? *Wollte* er sterben?

Lena verharrt lange in derselben Haltung am Schreibtisch. Die Straßenlaternen brennen schon längst, die Stadt erwacht zu einer neuen Nacht. Langsam rollt ein Wagen die Straße entlang. Vor dem Haus Nr. 23 hält er einen Augenblick. Wachsame Augen richten sich auf die hell erleuchteten Fenster einer Wohnung in der dritten Etage. Dann fährt der Wagen weiter, die abendstille, herbstliche Straße hinunter.

In der Bibliothek ist es still geworden. Die Frau, die dort über den Schreibtisch gebeugt liegt, könnte tot sein. Nackenschuss. Aber es gibt kein Blut. Nur die Handschuhe auf dem Boden sind blutverschmiert. Die gleichen Handschuhe, für die Andreas einmal Prügel einstecken musste, weil er sie dreckig gemacht hatte, wobei Mutter aussah, als habe sie einen Orgasmus. Lena richtet sich auf, erinnert sich an die Worte, die sie in der Loge gehört hatte: «... ein Paar für die Hausfrau, die nun rechtmäßige Freimaurerin ist.» Waren es *ihre* Handschuhe? Wenn ja, warum hatte sie dann so beglückt ausgesehen? Oder hatte sie keine Handschuhe wie die anderen Frauen bekommen und war deswegen tödlich beleidigt? Andreas, dir traue ich zu, dass du solch eine «Heldentat» für deine Mutter vollbracht hast. Damals wart ihr ein Herz und eine Seele. Ob ich sie anrufen und fragen soll? Nein, Unsinn. Es ist ohnehin nicht mehr wichtig.

Müde und abgespannt erhebt Lena sich aus dem Stuhl. Die Schreibtischunterlage ist nass von Tränen. Als sie in die Küche geht um einen Lappen zu holen, entdeckt sie einen Zettel und zwei Schlüssel auf der Küchenbank. Eine Nachricht von der Reinemachfrau. Jetzt hat sie ihren Job gemacht, wie Frau Krane

Löss es ihr aufgetragen hat, heißt es. Damit ist ihre Arbeit bei Krane Löss junior beendet. Anbei die Schlüssel. Übrigens hat sie für die letzten drei Wochen noch kein Geld bekommen.

«In Ordnung», murmelt Lena. «Ich werde mich darum kümmern. Dass du Kontakt zu meiner Mutter hast, ist mir völlig neu. Aber dafür kannst du ja nichts.»

Sie nimmt einen Lappen und wischt damit über Schreibtischplatte und Unterlage. Dabei verschiebt sie sich ein Stück und ein Foto rutscht darunter hervor. Lena nimmt es verwundert auf. Es ist ein Amateurfoto, das ein Straßenrestaurant zeigt. An einem Tisch mit weißer Decke und Rotweingläsern sitzen zwei Männer, die einander um die Schulter fassen. Die Augen leuchten vor munterer Sommer- und Ferienstimmung. Der eine ist Andreas, der andere Morten Densholm. *Rom, Juli 1984* liest sie auf der Rückseite. Lena setzt sich und versinkt in die Betrachtung des Bildes. Sie sahen so glücklich aus, so frei. So weit mussten sie also reisen, um glücklich sein zu dürfen. «. . . es war die Hölle, Lena. All diese Jahre . . .» Die Erinnerung an die Worte des Bruders ist schmerzlich. «Du bist so verdammt privilegiert, Lena!» Privilegiert. Lena weiß noch genau, wie sie sich über diese Formulierung gewundert hat. Jetzt versteht sie. Begreift Mutters Enttäuschung über ihre Kinder. Andreas hatte sich ihr wohl anvertraut in der verzweifelten Hoffnung, dass wenigstens die eigene Mutter ihn verstehen würde. Fehlanzeige. Menschen wie sie verstehen nur Schwarz und Weiß, können die violetten Linien im Leben nicht sehen. Und der Mut zum Sehen fehlt ihnen. Armer Teufel, denkt Lena. Allmählich dämmert ihr, warum Andreas keinen Arzt aufgesucht hat. Er hat hoch gespielt, hoffte auf einen eventuellen Tod *ohne* Scham und Schmach. Für ihn wäre es eine unerträgliche Schande gewesen. Aber was war mit Morten Densholm? Wusste er Bescheid? «Versagen der Leberfunktionen und geschwächte Widerstandskraft aufgrund von Tablettenkonsum.» Kein Wort über etwas anderes. Aber entnahm man Toten noch eine Blutprobe? Wohl kaum. Verdammt, was sollte sie nur tun? Morten Densholms

Augen strahlen ihr entgegen. Sie muss mit ihm reden. Es ist ihre verdammte Pflicht, ihn zu informieren.

Weit nach Mitternacht fährt ein Wagen an Haus Nr. 23 vorbei. In der Wohnung in der dritten Etage brennt noch immer überall Licht. Ein paar Straßen weiter geht eine Frau eiligen Schrittes nach Hause. Sie hat eine große Tasche mit Wäsche bei sich. Obenauf liegen ein Paar dreckiger weißer Handschuhe und ein Paar schwarzer Schuhe. In der Hosentasche steckt ein Foto mit violetter Freude.

Es gibt keinen Strohhalm

«Also gut, dann fangen wir mit den Proben an.»

Der Regisseur bittet um Ruhe. Verstohlene Blicke richten sich auf Lena. Niemand hätte gedacht, dass sie es schafft, so kurz darauf. Ist ihr Bruder nicht erst gestern begraben worden? Die Frau hat Nerven!

Mein Strohhalm, denkt sie, das ist mein Strohhalm. Das Einzige, was wieder Ordnung in mein Leben bringen kann. Sie beißt die Zähne zusammen, bereitet sich auf die Leseprobe vor. Stammeln und Lachen, Konzentration und Ernst. Die Menschen sollen ein Team werden.

Nach wenigen Repliken ist sie sicher: sie schafft es nicht. Sie sieht sich auf der Bühne, in Hosen mit Hosenträgern, zu großen Lackschuhen, zu kleiner Jacke. Drei-Tage-Bart. Brummender Männerbass mit naiven Witzen. Munterkeit, die eine bittere Note erhält, als er kapiert, dass die Zukunft nicht ihm gehört. Scheiße! Ist das eine Komödie oder eine Tragödie? «Hallo, hallo, schönen guten Morgen», trägt sie vor. «Hier bin ich!»

Die anderen sehen, wie Lena das Rollenheft zuschlägt. «Ich kann es nicht, ich kann keinen Mann spielen. Nie mehr», murmelt sie mit gesenktem Kopf vor sich hin. Der Strohhalm entgleitet, sie glaubt ein leises Rascheln zu hören. Der Regisseur geht zu ihr, legt ihr eine Hand auf die Schulter. «Ich kann verstehen, wie dir zumute ist», sagt er. «Es ist in Ordnung, wenn du heute nur zusiehst oder das Heft mit nach Hause nimmst und dir etwas Zeit lässt. In ein paar Tagen kommst du dann vorbei, okay?» Er sieht sie fragend an.

Lena nickt. In ein paar Tagen. Vielen Dank. Blicke verfolgen sie, als sie aufsteht und hinausgeht. Jemand ruft ihr hinterher, sie habe ihr Heft vergessen. Lena nimmt es, bedankt sich und geht. Aber als sie im dichten Herbstregen die Straße entlanggeht, durch die geruchlosen Abgaswolken, da weiß sie plötzlich, irgendetwas in ihrem Leben hat sich quer gestellt, ein Hindernis, das sie nicht zu überwinden vermag.

Habe ich denn keine Freunde, die ich anrufen, mit denen ich reden kann?, fragt sie sich, als sie ihre Wohnung betritt. Doch, ich habe Freunde. Aber die arbeiten jetzt. Außerdem gehen sie einer trauernden Schwester lieber aus dem Weg, aus Unsicherheit, was sie sagen sollen. Sie glauben sicher, dass ich bei meiner Mutter in der Villa hocke, um sie zu trösten. Ob ich jemanden anrufen soll? Kurz entschlossen greift sie zum Telefonhörer. «Ist in der Mittagspause», lautet die Antwort.

Als Nächstes wählt sie die Nummer ihrer Mutter. «Hallo, hier ist Lena, wie geht es dir?»

«Danke, gut», antwortet die Mutter.

«Gut?», wiederholt Lena ungläubig.

«Ja, gut», kommt hartnäckig zurück. «Den Umständen entsprechend. Ich habe im Moment so viel am Hals, muss mich um die Angebote der Druckereien kümmern.»

Lena runzelt die Stirn, versteht nicht, wovon ihre Mutter redet.

«Und in zwei Tagen kommt der Anwalt.»

Der Anwalt? Andreas' Anwalt? Will sie jetzt das Familienoberhaupt spielen, wo sie doch keinen Finger gerührt hat, um ihren Sohn anständig unter die Erde zu bringen? «Wann kommt er?», erkundigt sie sich, fest entschlossen, an dem Termin teilzunehmen.

«Ach ja, stimmt ja auch, ich wollte dich deswegen ohnehin noch anrufen», lautet die Antwort. «Der Anwalt hat mich gebeten, dir Bescheid zu sagen.»

Ich wette, dass du das glatt vergessen hättest, denkt Lena. Dann verabreden sie eine Zeit und legen auf.

Es geht ihr also gut, denkt sie bitter. Ein bisschen ungewohnte Hektik, das ist alles. «Die Leute sollten nicht gegen ihre Depressionen ankämpfen», hatte Jean mal gesagt. «Das macht sie nur noch schlimmer. Stattdessen sollte man sie rauslassen, sie zelebrieren, mit wehmütiger, trauriger Musik untermalen und sich in eine Ecke zurückziehen. Dann verschwinden sie.»

Welche Art Depression hatte er wohl gemeint? Wahrscheinlich die leicht kokette, französische Weltschmerzstimmung. Lena jedenfalls empfand keine Linderung bei dem Gedanken, sich in einen Stuhl zu setzen, die Beine anzuziehen und das «Komme-was-wolle»-Gefühl einzuladen. Dabei würde sie sich höchstens noch mehr in ihre düsteren Gedanken hineinsteigern und in das Bedürfnis, für alle Ewigkeiten so sitzen zu bleiben.

Der Traum von der Schauspielerinnenkarriere ist in Joschas gurgelnden Schuhen ertrunken. Die Gewissheit, sehr bald wieder Geld für den Lebensunterhalt verdienen zu müssen, verursacht ihr Übelkeit. Ebenso die Vorstellung, für irgendeinen launischen Chef Sklavenarbeit hinter der Schreibmaschine machen zu müssen. Arrogante Kuh, denkt sie. Du bist wie deine Mutter. Aber hier geht es nicht um Beschäftigungstherapie, hier geht es ums Überleben.

Und das wird sie ganz allein schaffen, ohne die Unterstützung anderer. Diese Auffassung trennte sie von der Klasse, in die sie hineingeboren war. Ich komme allein zurecht in meinem Leben. Feierliches Gelöbnis. Im Moment kommt sie überhaupt nicht zurecht, weder mit der finanziellen noch mit der persönlichen Situation, noch mit der Zukunft. Und schon gar nicht mit diesem Augenblick, in dem sie untätig im Sessel sitzt und mit leerem Blick vor sich hin starrt.

Der Wecker! Lena schreckt aus ihrem halbwachen Zustand hoch. Habe ich vergessen, ihn abzustellen? Oder ist es das Telefon? Verstört greift sie nach dem Hörer. Niemand dran. Ring! Es ist die Türklingel. Ein kaum wiederzuerkennendes, seltenes Geräusch. Bevor sie die Tür öffnet, wirft sie einen raschen Blick in den Spiegel, fährt sich durchs Haar.

Draußen steht ein Besucher, der nicht nur unangemeldet, sondern auch äußerst unerwünscht ist. Der Großmeister Herman Klausen. Lena zögert, würde ihm am liebsten die Tür vor der Nase zuschmeißen. Aber bevor sie reagieren kann, streckt er ihr seine Hand entgegen, um sein Beileid auszusprechen. Sie nimmt die Hand, nickt.

«Darf ich einen Augenblick hereinkommen?»

Klar darf er das, denkt Lena. Er muss schließlich seinen Pflichtbesuch abstatten. Sie sind ja gebildete und wohlerzogene Menschen, die gerne mal zehn Minuten für die Etikette opfern.

«Bitte sehr», sagt Lena und bietet ihm Platz in einem ihrer Korbsessel an. Sie tauschen Höflichkeitsfloskeln aus, Lena bedauert, keinen Kaffee im Haus zu haben, ob er vielleicht einen Tee haben möchte? Kräutertee? Nein danke, er will auf keinen Fall Umstände machen. Danke, danke. So, denkt Lena, jetzt sind fünf von den zehn Minuten vorbei. Spuck's aus, wenn du was auf dem Herzen hast. Oder fang mit dem Abschiedsritual an.

Er räuspert sich, fragt, ob es stimmt, dass sie Schauspielerin ist.

«War», antwortet Lena.

«Ach so.» Aber es kamen doch andere Aufführungen nach dem «Kirschgarten», oder? Er hat sie übrigens auf der Bühne gesehen, sie hat hervorragend gespielt. Überhaupt war das Stück gut interpretiert. Er mochte es nämlich gar nicht, wenn man die guten alten Meister entstellte. Modernisierte, meint er wohl.

Lena schweigt. Sie hat keine Lust, mit so jemandem wie ihm über Theater zu diskutieren.

«Sind Sie denn nicht mehr am Theater beschäftigt? Solche Talente wie Sie werden doch immer gebraucht.»

Herrgott, was für ein Mann. «Nein, ich bin zur Zeit arbeitslos», sagt sie leichthin, als ob es der Normalzustand für eine Schauspielerin sei.

Nach einer kurzen Pause fährt er fort. «Ich habe gehört, dass Sie auch andere berufliche Qualifikationen haben. Waren Sie nicht bei der Botschaft beschäftigt? Und haben eine Sekretärinnenausbildung?»

Alle Achtung, wie gut er informiert ist!, denkt Lena. «Ja, das stimmt. In meinem vorigen Leben bin ich mit Stenoblock und Kaffeetablett herumgelaufen.»

Er ignoriert die Ironie in ihren Worten und kommt endlich zum Thema. Sie darf ihn nicht missverstehen, aber er möchte ihr gerne ein Angebot machen. Nicht nur weil ihr Bruder ihm nahe stand, sondern weil sie qualifiziert ist. Lena hört interessiert zu. Hier kommt die Bruderhilfe für sie, die Schwester. Aber die entstammt sicher nicht seiner Herzensgüte, da steckt was anderes dahinter.

«O, vielen Dank», antwortet Lena höflich. «Ich wollte schon immer mal die Kameliendame spielen. Glauben Sie, Sie können mir die Rolle verschaffen?»

Eine Ärgerfalte bildet sich zwischen seinen Brauen, dann glättet sie sich wieder. Ein gewollt herzliches Lachen folgt. «Ihr Schauspieler seid ganz schön anspruchsvoll», sagt er mit einer wegwerfenden Handbewegung. «Ich dachte eher an eine Sekretärinnenstelle mit guter Zukunftsperspektive», fügt er dann ernst hinzu, nennt Firma und Abteilung.

Es hört sich an, als sei ihr diese Stelle schon so gut wie sicher. Was führt er im Schilde? Lena gibt sich zögernd. «Aber das Theater . . .», wendet sie ein.

Er zuckt mit der Schulter. «Tut mir Leid, aber in diesem Milieu habe ich leider weder Kontakte noch Einfluss.»

Der Satz bringt Lena zum Lachen. Na, so was! Er, der große Regisseur und Theaterchef, der über einen riesigen, bis zur Hörigkeit dressierten Schauspielerstab verfügt – er hat keinen Einfluss in diesem Milieu?

Er sieht sie pikiert an. «Worüber lachen Sie?»

«Entschuldigung», sagt Lena und streicht sich durch das kurz geschnittene Haar. «Aber ich hatte gerade eine Assoziation.»

«*Sie* waren es, nicht wahr?» Die Frage kommt leise und deutlich.

Eine Weile sitzen sie sich schweigend gegenüber und starren sich an. Lena ist fest entschlossen, seinem Blick standzuhalten, ihn zappeln zu lassen.

«Ich kannte Ihren Vater», sagt er schließlich. «Was Sie getan haben, hätte ihn tief betrübt.»

Betrübt? Nein, denkt sie, er hätte mich höchstens wieder in die weite Welt entlassen, nur unter einem anderen Vorwand als beim letzten Mal.

«Ihr Bruder», fährt Klausen fort. «Wusste er davon?»

Sehr schlau, denkt Lena. Er hat noch nicht konkret genannt, was ich eigentlich «getan» habe.

Sein Blick ist düster, lauernd. «Er wusste es also», sagt er mehr zu sich selbst, deutet ihr Schweigen als Zustimmung.

Lena! Du kannst nicht zulassen, dass sie das Andenken deines verstorbenen Bruders schänden! Du kannst nicht sechzehntausend Freimaurer in Norwegen in dem Glauben lassen, dass Andreas Krane Löss seine Schwester gebeten hat, seine Rolle zu spielen – um seine Krankheit zu verbergen. Sie schluckt schwer, zwingt sich, ihre Stimme ruhig klingen zu lassen. «Was meinen Sie eigentlich? Was soll ich gemacht haben, wovon mein Bruder wusste?»

«Machen Sie mir nichts vor!», gibt er schroff zurück. «Ihr Bruder Andreas hat Ihnen sozusagen die Vollmacht gegeben und Sie gebeten, an seiner Statt den Meister-Grad entgegenzunehmen», erklärt er, wohl wissend, dass er einen wunden Punkt berührt hat. Aus seinen Augen sprüht Verachtung. «Und das, meine Liebe, ist noch viel mieser und niederträchtiger als das, was Sie getan haben!»

«Verflucht!», platzt Lena heraus. «Sie sollten sich schämen, so von meinem Bruder zu sprechen. Sie sind der Letzte, der den Stab über andere Menschen brechen kann, Sie Sklaventreiber!» Sie zittert vor Wut. «Was ich bei Ihren albernen Ritualen erlebt habe, übertrifft alles, was mir an Niedertracht, Gottlosigkeit und Bauernfängerei je begegnet ist. Sie haben nur *ein* Ziel, nämlich sich Leute gefügig zu machen, um sie für Ihre zwielichtigen Zwecke zu missbrauchen!»

Lena hat sich in Rage geredet, genießt die Wirkung ihrer Worte, die sich auf dem Gesicht ihres Gegenüber widerspiegelt.

Du kriegst noch mehr, ich bin noch nicht fertig, denkt sie und fährt fort, mit ihrem Wissen aufzutrumpfen, es bis ins kleinste Detail preiszugeben, alles, was sie mit eigenen Augen gesehen und in Büchern nachgelesen hat. Mit teuflischer Genugtuung beobachtet sie, wie sich seine Hände um die Stuhllehnen krampfen, sodass die Knöchel weiß hervortreten. «Ja ja, auch ich bin den Weg der Akazie gegangen, war Zeugin eines persönlichen Dramas, das sich um eines lächerlichen Zweiges willen abspielte. Aber obwohl er sich so dumm anstellte, ließ ich ihn passieren. War das nicht brüderlich getan? Ihr seid verrückt, völlig durchgedreht, alle wie Ihr da seid!» Sie hält sich die Hand vor den Mund, um einen Schluckauf zu unterdrücken.

«Die Zeremonien», sagt er mit tonloser Stimme. «Die Zeremonien und die verschiedenen Säle, die Symbolik – woher haben Sie all diese Kenntnisse?»

«Das geht Sie nichts an, Vicarius des weisesten Salomo!», antwortet sie mit einem triumphierenden Lächeln. Die Aufzeichnungen ihres Vaters entsprechen ganz offensichtlich der Wahrheit, der Mann vor ihr ist kreideweiß im Gesicht. Er sieht beinahe unheimlich aus.

«Und was machen Sie, wenn Ihr allmächtiger Gott Sie eines Tages zu sich ruft und Rechenschaft von Ihnen verlangt?», fährt Lena fort. «Rechenschaft über Ihre guten Taten als Christ im irdischen Jammertal? Zeigen Sie dann das Große Notzeichen?» Sie legt die Hände vor die Stirn, formt das Zeichen *Kainan.* Und in perfektem Französisch spricht sie die Beschwörungsformel: *«A moi, à l'enfant de la veuve de Naphthalie!»*

«Hören Sie auf!» Der Mann richtet sich halb auf, sinkt dann kraftlos wieder zurück.

Die Rache, denkt Lena. Das ist meine Rache. Hoffentlich bringt sie ihn genauso ins Schwitzen, wie mich die zwei Abende in der Loge ins Schwitzen gebracht haben. Wenn ich ihn mit Worten in Stücke reißen kann, nehme ich gerne ein paar Jahre Fegefeuer in Kauf.

«Und erst mal eure Arbeitsmethoden außerhalb der Loge . . .»

«Das sind alles nur Behauptungen», unterbricht er sie energisch. Plötzlich hat er sich gefangen, ist wieder der Kalte, Beherrschte, derjenige, der die Situation unter Kontrolle hat. Die Veränderung irritiert Lena, ärgert sie. Sie will ihn kriechen sehen, so klein und verletzbar wie gerade eben.

«Behauptungen, die ich beweisen kann», erklärt sie. «In Medienkreisen haben Sie ja bekanntlich nicht allzu viele Freunde.»

Ohne eine Miene zu verziehen, erhebt sich Großmeister Herman Klausen ausgesucht langsam aus seinem Sessel und sieht ihr direkt in die Augen. «Lena Krane Löss, ich rate Ihnen, Vorsicht walten zu lassen.» Seine Stimme jagt Lena einen eiskalten Schauer über den Rücken. Mit einer leichten Verneigung verabschiedet er sich und geht zur Tür.

«Vielen Dank übrigens für das Jobangebot», sagt sie. «Aber ich habe in nächster Zeit eine interessantere Arbeit – an der Schreibmaschine. Es gibt viel zu berichten!»

Mit abgemessener, ruhiger Bewegung wendet er sich ihr zu. Die Hände in den Manteltaschen sind zu Fäusten geballt. «Besinnen Sie sich», sagt er nur, öffnet die Tür und geht hinaus.

Die rächenden Hände

Lena fühlt sich wie ausgepumpt. Der Vulkan in ihr ist erloschen, die glühende Lava zu Stein erstarrt. Zurück bleibt nur Chaos. Sie ringt nach Luft, es ist stickig in der kleinen Wohnung. Mit einer hektischen Bewegung reißt sie das Fenster auf, eine Seiden-Topfblume fällt von der Fensterbank. Sie lässt sie liegen, beugt sich nach draußen in den Herbstnachmittag und atmet begierig ein. Es riecht nach Schwefel. Schwefel und Brand und Verwesung und Tod. Herbst. Klebender, beißender Herbst. Leichter Nieselregen legt sich auf ihr Haar, wäscht ihr Gesicht. Er ist nicht mehr mild, dampfend aus nassem Laub und warmer Erde, er beißt. Schneidet sich wie kleine Skalpelle in die Haut.

Verdammt, was habe ich getan! Sie zieht den Kopf vom Fenster zurück. Ich habe mich diesem gefährlichen Mann offenbart. Er hat mich aus der Reserve gelockt und dazu gebracht, alles zuzugeben. Ein «Geständnis» abzulegen. Und noch viel mehr. Denn jetzt weiß er, dass *ich* mehr weiß als die meisten Brüder. Und ich bin an kein Schweige-Gelöbnis gebunden. Außerdem habe ich ihm angedroht, ihn und die sechzehntausend anderen mit meinem Wissen in der Öffentlichkeit bloßzustellen. Ich bin verrückt, wahnsinnig! Wenn dieser Unsinn über die «Rächenden Hände» nun doch stimmt, dann stehen sie sicher schon Schlange vor der Tür. Lena seufzt, geht vor dem offenen Fenster in die Hocke. Die kalte, hereinströmende Herbstluft tut gut, verschafft Linderung.

«... aber ich habe in nächster Zeit eine interessantere Arbeit – an der Schreibmaschine.» Ihr wird abwechselnd heiß und kalt bei der Erinnerung an die eigenen Worte. Sie wollte ihm Angst einjagen, ihre höchste Karte ausspielen. Aber er hat völlig gelassen reagiert. Ohne eine Miene zu verziehen, hat er die Tür hinter sich zugezogen und noch ein paar Worte zum Abschied nachgeschoben. «Besinnen Sie sich.» Pah! Von wegen besinnen! Nein, sie wird ihr Versprechen wahr machen. Und ihre Drohung.

In rasendem Tempo holt sie ihre Schreibmaschine hervor, spannt einen Bogen ein und macht sich an die Arbeit: *Die norwegische Freimaurerei, ihre Zeremonien, Arbeitsmethoden und ihre seelische Bauernfängerei.* Sie reibt sich die Hände und fährt fieberhaft fort, füllt einen Bogen nach dem anderen, fügt eigene Erfahrungen und angelesene Informationen zu einem Ganzen.

Der Nachmittag geht in Abend über. Das Knattern der Maschine hört auf. Lena legt den letzten Bogen zu dem Stapel, macht sich eine Tasse Tee und beginnt das Geschriebene noch einmal kritisch durchzulesen. Dabei stellt sie entsetzt fest, dass ihr Versuch, ihrem Wissen eine verständliche sprachliche Form zu verleihen, auf der ganzen Linie gescheitert ist. Ich bin eben weder Journalistin noch Schriftstellerin, denkt sie resigniert. Ich kann nicht schreiben. Kein Mensch wird dieses wirre Zeug verstehen. Es ist viel zu unsystematisch, sprunghaft, emotionsbeladen, ein Sammelsurium an Stichwörtern und unzusammenhängenden Informationen. Seufzend lehnt sie sich in ihren Stuhl zurück.

Okay, wenn ich es nicht kann, dann muss mir jemand helfen, der Ahnung davon hat. Jemand, der beruflich mit Sprache arbeitet, der die Informationen nüchtern und objektiv verarbeiten kann. Denn eigentlich soll es kein persönlicher Erfahrungsbericht werden, nach dem Motto «Mein Leben in der Freimaurerloge», sondern eine Reportage über eine unsichtbar existierende Gesellschaft. Von einem guten, mutigen Journalisten geschrieben. Beziehungsweise von einer Journalistin. Na klar! Genau das brauchst du, sagt sie sich. Und wer wäre besser dafür geeignet als Anne-Mari Berulfsen, die alte Schulfreundin mit dem Beinamen «Norwegens Antwort auf Günther Wallraff»?

Aufgeregt geht sie zum Telefon, sucht die Nummer der Zeitung heraus, bei der Anne-Mari Berulfsen arbeitet. Eine Stimme am anderen Ende der Leitung bedauert, aber die Dame sei zur Zeit nicht im Hause, Lena solle es privat versuchen. Sie wählt die Nummer, wirft einen Blick auf die Uhr. Es ist acht. Hoffentlich ist sie nicht ausgegangen.

Lena hat Glück. Anne-Mari Berulfsen hat sich gerade aus dem Fernsehsessel erhoben und über die schlechten Wetteraussichten geflucht. Nebel mit Sichtweite gleich null, Warnung vor Straßenglätte und vorläufig leider keine durchgreifende Wetteränderung. Warum bin ich eigentlich nicht auf Gran Canaria?, fragt sie sich. Einfach ein paar Stunden vorarbeiten und weg aus dieser höllischen Nebelsuppe. Am Strand liegen, Sonnenschein und Sangria tanken. Die Welt geht nicht unter, wenn man sich mal für eine Woche abmeldet. Mit einem theatralischen Seufzer greift sie nach dem Hörer, in der Hoffnung, dass jemand sie zu einer Runde Sangria in der Stadt einladen will. Morgen geht sie jedenfalls nicht arbeiten. Ein bisschen Alltagsflucht würde gerade jetzt gut passen.

«Lena Krane Löss? Na klar erinnere ich mich an dich. Sowohl an dich als auch an deinen Bruder Andreas. Es war entsetzlich traurig zu hören, dass er gestorben ist. Tut mir echt Leid. Rufst du mich als Privatperson oder als Journalistin an?»

«Als Journalistin», lautet die Antwort. Anne-Mari hört aufmerksam zu, als die Frau am anderen Ende der Leitung um ein Treffen bittet und ihr eine Story verspricht, die es in sich hat. Als sie um einen kurzen Überblick bittet, zögert die andere. «Ich weiß nicht, wo ich anfangen soll. Es hat mit Machtstrukturen zu tun. Aber ich kann am Telefon nicht darüber sprechen. Es sind Dinge, die ich in einem Milieu erlebt habe, das normalerweise für Frauen nicht zugänglich ist. Und auch bei weitem nicht für jeden Mann.»

Meine Güte, denkt sie, war Frau Krane Löss auf der Vorstandssitzung irgendeines Männerklübchens? Zum Beispiel des Reedereiverbands? Hängt nicht ihre Familie da drin?

«Ja, wir können uns gerne treffen», antwortet sie. «Ich hatte mir übrigens gerade überlegt, ein Glas Wein trinken zu gehen. Wie wär's so gegen zehn in der «Gelben Witwe»? Aber warte, gib mir wenigstens schon mal einen kleinen Hinweis, ein Stichwort.»

«Die geschlossene Bruderschaft», hört sie die andere sagen. Anne-Mari Berulfsen lächelt in sich hinein. «Geht es um diese Jungenklubs, wie Freimaurer, Rotary oder Odd Fellow?», erkundigt sie sich.

Sie erhält ein schlichtes «Ja» zur Antwort. Spürt, wie die Journalistin in ihr erwacht, ihre Neugierde geweckt wird. Falls Lena etwas über die Interna *dieses* Milieus weiß, könnte es verdammt interessant werden ...

Nachdem sie den Hörer aufgelegt hat, versucht sie sich zu erinnern, was sie über dieses Thema weiß. Herzlich wenig, aber es gab da mal eine Aufsehen erregende Sendung im Fernsehen, deren Moderator ganz plötzlich einen Rückzieher gemacht hat. Und eine Artikelserie in der Zeitung. Und eine Namensliste, auf der so auffallend viele mächtige Männer aufgeführt standen, dass es regelrecht stank nach geheimer Kameraderie. Eine Melodie vor sich hin summend zieht sie sich an, taucht hinaus in die Herbst-Suppe und träumt von Gran Canaria. Eines Tages wird sie dorthin reisen, das steht fest.

Lena steckt die Bögen mit den gescheiterten Schreibversuchen in eine Plastiktüte. Nach kurzer Überlegung legt sie auch die weißen Handschuhe und Joschas Schuhe dazu. Es kann nicht schaden, die Sachen als «Anschauungsmaterial» dabei zu haben. Als sie das Haus verlässt, stellt sie fest, dass sie noch viel Zeit bis zu der Verabredung hat. Unterwegs kehrt sie in eine Bar ein, trinkt einen Irish Coffee. Dann setzt sie gemächlich ihren Weg fort. Es ist noch immer zu früh. Die Welt hat sich wieder in Nebel gehüllt, der Regen ist in trübe Schwaden übergegangen. Lena kann nicht begreifen, dass sie diese Suppe einmal faszinierend fand. Es ist einfach nur eklig. Menschen gleiten an ihr vorbei, eilen nach Hause, in ihre warmen hellen Wohnungen. Oder an andere Orte, an denen es gemütlich ist. Wieder die gedämpften Geräusche, wieder die langsam kriechenden Autos. Heute schätzt sie die hell erleuchteten Hauptstraßen.

Aber sie hat Zeit, lässt sich von einer Hausecke zur nächsten treiben.

So ein Mist, denkt Anne-Mari Berulfsen, die schon beim dritten Glas Wein angelangt ist. Typisch für diese Villenviertel-Kids, vergessen Verabredungen, sobald sich was Interessanteres auftut. Sie sieht auf die Uhr. Es ist halb elf. Ich gebe ihr noch eine halbe Stunde, beschließt sie. Kurz darauf kommen ein paar Bekannte herein und die Nacht wird lang . . .

Am Tag danach hat sie einen Kater. Der Vormittag vergeht mit Bereuen, Wasser trinken und Zeitung lesen. Irgendwann beschließt sie Lena einfach anzurufen, zumal deren Andeutungen ihre Neugierde geweckt haben. Niemand nimmt ab. Na ja, Sie arbeitet wohl – oder liegt in irgendeinem Doppelbett. Dann versucht sie es eben später noch mal.

Gleich darauf ruft sie in der Redaktion an, erkundigt sich, ob es was Neues gibt.

«Ja, liest du denn keine Zeitung?», lautet die Gegenfrage. «Da stehen die neuesten Nachrichten. Nordland-Bahn entgleist, invalider Lotto-Gewinner und ein paar kleine Kriege in der Welt.»

Anne-Mari unterdrückt ein Gähnen.

«Aber die richtigen Schlagzeilen kommen erst morgen», sagt ihr Kollege.

«Ach, ja?» Sie wartet gespannt ab.

«Ja, heute Morgen um sieben Uhr wurde eine Frau von Bauarbeitern tot aufgefunden. Sie lag in einer dieser höllischen Baugruben. Die Polizei hat die Umgebung abgesperrt. Sie wollen noch nichts Näheres über den Fall sagen. Es ist noch nicht geklärt, ob was Kriminelles dahinter steckt oder die Dame einfach von selbst kopfüber in die Grube gefallen ist.»

Anne-Mari Berulfsen ringt nach Luft. Die Gegenstände verschwimmen vor ihren Augen. «Der Name», sagt sie atemlos. «Habt ihr den Namen der Frau?»

«Nein, natürlich nicht, die Polizei darf ihn nicht rausgeben. Wegen der Angehörigen, weißt du.»

«Okay, danke», erwidert sie knapp und knallt den Hörer auf die Gabel, wählt sofort eine andere Nummer, lässt sich mit Polizeiobermeister Atle Monsen verbinden.

«Ich hab's eilig», gibt er ihr sofort zu verstehen. «Fass dich bitte kurz.»

«Ich flehe dich an, Atle, gib mir den Namen der Frau, die heute Morgen tot aufgefunden worden ist!»

«Tut mir Leid, die Sache ist noch nicht offiziell. Du musst dich gedulden, bis wir die Presse informieren.»

«Ich rufe nicht dienstlich an, sondern privat!»

«Hör auf, mich so anzubrüllen! Es hat keinen Sinn. Die Vorschriften sind klar.»

«Ist es Lena Krane Löss?» Anne-Mari lauscht gebannt in den Hörer.

«Mein Gott», hört sie ihn flüstern. «Wie kannst du ...»

Ich komme», fällt sie ihm ins Wort. «Ich komme sofort. Bleib wo du bist.»

«Darauf kannst du wetten», murmelt er.

Sie bestellt ein Taxi und steht Minuten später in Atles Büro. «Sie ist es also?»

Er nickt, bittet sie um ihren Bericht.

«Sie rief mich gestern Abend an, um acht Uhr, gleich nach den Nachrichten, wollte mit mir reden. Wir verabredeten uns für zehn Uhr in der ‹Witwe›. Ich war da, habe lange auf sie gewartet. Aber sie kam nicht. Das wunderte mich. Am Telefon klang es, als sei es sehr wichtig für sie, mich zu treffen – als Journalistin, sagte sie.» Anne-Mari Berulfsen stöhnt, sinkt in einen Stuhl. «War es ein Unfall oder vermutet ihr, dass was anderes dahinter steckt?»

«Worüber wollte sie mit dir sprechen?», will er wissen, ihre Frage ignorierend.

Sie gibt die spärlichen Informationen wieder, die Lena ihr am Telefon gegeben hat. «Herrgott», sagt sie betroffen. «Ihr Zwillingsbruder ist doch erst vor ein paar Tagen begraben worden. «Wie entsetzlich für die Eltern!»

«Der Vater ist tot», sagt Atle Monsen. «Und die Mutter erreichen wir nicht. Niemand geht an die Tür und niemand meldet sich am Telefon, wenn wir anrufen.»

Ein anderer Beamter schaut zur Tür herein, lächelt ihr freundlich zu. Anne-Mari kennt ihn. «Die Angehörigen sind von uns verständigt», sagt er. «Und die Sache wird in einer halben Stunde an die Presse weitergegeben.» Dann geht er wieder.

«Ich habe heute frei», sagt sie zu ihrem Freund Atle, «habe also beruflich nichts damit zu tun. Aber ich bitte dich inständig, mir trotzdem ein paar Informationen zu geben!»

Er seufzt, streicht sich nervös übers Haar. «Es war schlimm», sagt er. «Ein schlimmer Anblick. Der Arzt meinte, sie sei seit neun bis zehn Stunden tot gewesen.»

«Wie kann eine Tote mitten in der Stadt so lange Zeit unentdeckt liegen?»

«Der Nebel», antwortet er. «Nebel und Dunkelheit. Und der Ort. Wer sieht schon im Vorbeigehen in eine Baugrube – vor allem, wenn es dunkel und neblig ist. Die meisten Leute machen einen großen Bogen darum und halten sich an die Absperrungen. Sie hat übrigens eine solche Sperre im Fallen mit sich gerissen. Jedenfalls lag eine auf ihr. Möglicherweise ist sie gestolpert und mit dem Kopf aufgeschlagen. Sie hatte eine Wunde an der Stirn.»

«Lag sie auf dem Bauch?»

«Nein», antwortet er. «Das ist ja das Schreckliche. Die Frau war nicht sofort tot, sie muss sich noch gedreht haben. Vielleicht hat sie versucht aufzustehen.» Er sieht Anne-Mari ernst an. «Sie ist erstickt», fügt er nach kurzem Schweigen hinzu. «An Erde erstickt. Gesicht und Oberkörper waren mit Erde bedeckt, der Mund war voll davon. Und über den Beinen lag die Baustellenabsperrung. Schöne Scheiße!», sagt er stöhnend. «In solchen Situationen träume ich immer von einem Dasein als Postbote auf dem Land.»

«Hatte sie etwas bei sich? Eine Tasche oder so was?»

«Ja, eine Handtasche mit dem üblichen Zeug; Portemonnaie,

Schminksachen, Tampons. Sonst nichts. Wir fanden ein abgerissenes Stück Plastik in dem Erdhaufen. Aber das Merkwürdigste ist . . .»

«Ist was?» Sie sieht ihn forschend an.

«Komm mit, ich zeige dir was, bevor der ganze Journalistenschwarm auftaucht. Nein, nein», fügt er rasch hinzu, als er ihr erschrockenes Gesicht sieht. «Du brauchst sie nicht zu identifizieren, das ist schon geschehen.»

Atle führt sie in ein Fotolabor, zeigt ihr dort ein paar Bilder, beruhigt einen Kollegen, der aufgeregt herbeieilt. «Es ist schon okay», sagt er. «Sie hat Informationen über die Tote, deshalb muss sie die Fotos sehen.»

Schwarz-Weiß-Fotos – schwarze Erde, heller Mantel, Bilder mit und ohne Absperrung, Bilder eines mit Erde bedeckten Gesichtes. Und Bilder, wo die Erde entfernt ist.

Anne-Mari Berulfsen schnappt nach Luft. «Was in aller Welt», flüstert sie, «was in aller Welt bedeutet das?»

Die Frau in dem Graben liegt in einer merkwürdigen Geste erstarrt. Beide Handrücken ruhen an der Stirn, zu einem deutlichen Dreieck geformt.

Anne-Mari sieht ihn ratlos an. «Ich begreife das nicht», sagt sie. «Ich begreife überhaupt nichts.»